姫四郎流れ旅

東海道つむじ風

笹沢左保

コスミック・時代文庫

この作品は、二〇一〇年に小社より刊行された「姫四郎流れ旅 東海道つむじ風」を再編集したものです。

本書には今日では差別表現として好ましくない用語も使用されていますが、作品の時代背景および出典を尊重し、あえてそのまま掲載しています。

目次

桜が消えた戸塚宿

一

東海道は眠たくなりそうな昼下がり、街道を行く旅人（たびにん）たちの足どりも遅くなりがちであった。

元来が明るい東海道筋だから、春空の下の雰囲気がいっそう陽気になる。寒かったり暑かったり、風が吹いたり雨が降ったりすれば人間は脇目もふらずに歩き続ける。

だが、陽気がいいとつい、あちこちの景色へ目を配りたくなるものだった。ついでに口も軽くなって、笑顔が多くなる。春風も決して強くはなく、思い出したように桜の花びらを運んでくる。

小田原から、東へ四里――。

海辺の宿場は大磯で、情緒豊かに盛っている。日暮れも近いということで、旅人のほとんどがこの大磯で宿をとる。もう少し足をのばせないこともないのだが、次の宿場は平塚であった。

大磯に比べると、平塚は小さな宿場だし、町としても鄙（ひな）びている。それに平塚には、大磯のような美しい景色も情緒もない。それで旅人としては、翌日に少々の無理をしてもと、大磯に泊まりたがるのである。

町はずれより小磯まで並木あり、大磯の浦は海にて名物の小石あり。五色にて美しければ、人これを愛し盆栽に入れて弄ぶ。

この大磯には宿場が、全戸数の一割に近く六十六軒ほどある。そのうち上級の旅籠屋が五軒、中級が十九軒、下級が四十二軒となっている。『初音屋』は、下級の上というところの旅籠であった。

どこも満員だから、相宿ということになる。初音屋のその部屋も、六畳に男の客が四人も詰め込まれていた。四人のうち三人は、連れであった。江戸の職人である。三人とも四十に近い大工で、親方とか棟梁とか呼ばれていそうな貫禄だった。

三人の話の具合だと、年に一度の気晴らしに箱根の湯治場で、三日ばかり骨休みをして来たらしい。仲がよくて気の合う三人旅で、箱根から江戸へ帰る途中なのである。風呂も飯もあと回しにして、三人は一杯やり始めていた。

もうひとりは渡世人であった。その旅の渡世人は早々に飯をすませてしまって、部屋の壁ぎわに寝転がっていた。それが習慣なのか着換えをせずに、黒の手甲脚絆もつけたままでいる。

枕もとに、かなり痛んだ三度笠と道中合羽、それに振分け荷物をまとめて置き、そのうえに朱鞘の長脇差がのせてある。二十七、八に見える長身の渡世人で、色の浅黒い顔はなかなかの二枚目であった。

右の手首に、変わったものを巻きつけている。

数珠である。数珠を二重にして、渡世人は右手首に巻きつけているのだった。

渡世人は、三人の同室者に背を向けて横になっていた。

「小田原宿の茶屋で、何人もがその話に夢中になっていたじゃあねえかい」

「そうかねえ。おいらは眠くって、ぼんやりしていたからなあ。まわりの連中の声なんて、まるっきり耳にはへえってこなかったんだよ」

「それにしちゃあ、大福餅をパクパク、番茶をガブガブと結構、忙しかったようだぜ」

「そっちのほうに、夢中だったんだろうよ。それで、うっかりしてたんだ」

「かもしれねえ」

「あれだけの騒ぎに気がつかなかったとは、おめえさんも長生きをする口だよ」

「それでいってえ、何がそんなに評判になっていたんだ」

「まるで、わかっちゃあいねえのかい」

「いいから改めて、おいらに話を聞かせてくんねえな」

三人の江戸者の話ははずみ、笑い声をまじえて賑やかであった。一杯やりながらのやりとりだから、声もついつい大きくなる。

背を向けていても、渡世人はその話を聞かずにはいられなかった。

その渡世人は口もとに、何となく笑いを漂わせて、背後の楽しい話し合いに聞き入っていた。

「黒鬼が、出たんだとさ」

「黒鬼……？」

「五年ほど前から、年に二度ずつ江戸の豪商を襲って、鬼みてえな押し込みを働く盗賊じゃあねえかい」

「ああ、あの評判の黒鬼が今年もまた、江戸の商家を襲ったのかい」

「そうよ、黒鬼は一年に二度、必ず春と秋に江戸を訪れる。この五年のあいだ、そいつをきちんと守っているんだ。今年も春になって、例年どおりにお出ましになったってわけよ」

「五年のあいだ火盗改めが目の敵にして、お縄にしようと狙っているが、未だにその正体さえわかっちゃあいねえ」

「黒装束に黒覆面、顔を見た者だってひとりもいねえんだからなあ。人相、年恰好、武士か百姓か町人かもわからねえ真っ黒な野郎で、そのうえ騒ぎ立てる者は女子どもだろうと容赦なく刺し殺す」

「鬼みてえな非道で、身仕度が真っ黒だ。そんなことからいつの間にか、人呼んで黒鬼と評判になったんじゃあねえかい」

「そのくれえのことなら、おいらだって承知していらあな。この五年のあいだに襲った商家が十軒、そのどれもが千両箱のひとつや二つ、くれてやってもまるっきり困ることはねえって豪商ばかり」

「それでも騒いだり逃げ出したりで黒鬼に刺し殺された者が、この五年のあいだに合わせて二十と八人だ。火盗改めや江戸の町奉行所が、血相を変えて黒鬼退治に熱くなるのも無理はねえ」

「黒鬼はおのれ一匹だけで押し込みにはいり、手下は外に待たせておくんだそうじゃあねえかい」

「そうらしい」

「手下は千両箱を運び出し、そいつを担いで逃げるってだけが役目なんだ。そのうえ、黒鬼と手下は別々に、逃げて姿を消すって話だぜ」

「だから、なおさら行方をつかむことができねえらしいな」

「ところが去年になって、どうも江戸に隠れ家がある盗賊じゃあねえようだと、それだけはわかったんだな」

「すると隠れ家は、江戸を離れたところにあるってのかい」

「品川の大門を避けて、目黒から御殿山へ抜ける。そのあと東海道をまっしぐらってわけよ」

「だったら、武州の川崎あたり……」

「いや、相州かもしれねえ」

「おい、よしてくんねえ。いまおいらたちのいるここは、相州なんだぜ」

「相州あたりから、わざわざ江戸まで出てくる。江戸で押し込みを働いて、またさっと相州へ引き揚げる。だからこそ、火盗改めの手にも負えなかったんだろう」

「それで今年の春のお務めに、黒鬼が江戸へお出ましになったってのは、いつのことだったんだい」

「四日前のことだそうだ」

「それでもう小田原あたりまで、噂が聞こえていたんじゃあねえかい」

「四日前……」

「四日前の晩に、黒鬼はどこを襲ったんだね」

「新橋の芝口一丁目の升屋だそうだ」

「芝口の升屋っていやあ、江戸いちばんの油問屋じゃあねえかい」

「そうよ」

「それで、奪われた金子は……？」

「二千両」

「けえっ、気が遠くならあ」

「そのうえ、奉公人が二人、黒鬼に刺し殺された」

「ひでえことをしやがる」

「ところが、今度ばかりは黒鬼も無事にはすまなかったのよ」

「ほんとうかい」

「もう少しで、年貢の納めどきってところだったんだそうだ」

「火盗改めが、どうにかしたのかね」

「翌日になって火盗改めの何人かが、かねてよりの手筈どおり東海道を相州へ向かったのさ」

「黒鬼は相州の方角へ逃げた、とにらんでか」

「そうよ。三日前の夜になって火盗改めの一行は、神奈川宿をシラミつぶしに探索することになった」

「あと少しで相州ってところの神奈川宿かい」

「それで火盗改めは神奈川宿の問屋場に宿役人を集めて、五十八軒の旅籠屋の宿帳改めをやった。そこで浮かび上がったのが、六軒の旅籠に泊まっている六人の客だ。この六人が怪しいってわけで、火盗改めは手分けをして六軒の旅籠屋へ踏み込んだ」

「うん」

「そのうちの桑田伝十郎って火盗改めが踏み込んだのは、神奈川宿いちばんの旅籠田村屋だった」

「うん、おもしろくなって来たぞ」

「目ざす男は、風呂にへえっていた。桑田伝十郎は手強いと見てか、腰の一刀を抜き放っていきなり風呂場へ飛び込んだ」

「まるで、講釈師じゃあねえかい」

「ところが、さすがは黒鬼だ。桑田伝十郎の顔に湯を浴びせておいて、黒鬼も身から離さずにおいた刀を引っこ抜いた」

「じゃあ何かい、その田村屋の風呂場にいた客ってのは、やっぱり黒鬼だったのかい」

「間違いねえ、火盗改めと知って刀を抜いたんだから、正真正銘の黒鬼よ。腕っぷしも大したもんで、黒鬼の刀は火盗改めの胸板をグサリとばかり貫いた」

「見て来たよう嘘をつき」

「だが、ほとんど同時に桑田伝十郎の刀も、黒鬼の左肩をザックリと割っていた」

「相討ちだったのか」

「火盗改めのほうが、はるかに深手を負っていた。桑田伝十郎はその場に倒れて、動けなくなっちまった。一方の黒鬼は風呂場を出て、裏庭を走り抜けて田村屋の外へと逃げてしまったのよ」

「逃げられたのかい。だけどよ、今度こそはその桑田って火盗改めが、黒鬼の面体をはっきりと確かめたんだろう」

「そいつが、いけねえんだ。騒ぎを聞きつけて田村屋の風呂場へ駆けつけた火盗改めたちに見守られるうちに、桑田伝十郎は息を引き取ったってわけなのさ」

「ただひとりの生き証人が、死んじまったってことかい」

「桑田伝十郎が息を引き取る前に言い残したのは、黒鬼の左肩に一太刀、おかめ桜……。たったこれだけだったそうだ」

「何だって……？」

「黒鬼の左肩に一太刀……」

「そいつは、わかったよ。黒鬼の左肩に斬りつけて、手傷を負わせたってことなんだろう。はっきりしねえのは、そのあとの言葉なんだ」

「おかめ桜……」

「おかめ桜って、いってえ何のことなんだい」

「そいつは、誰にもわからねえ」

「おかめにひょっとこ、その〝おかめ〟ってことかね」

「そうだろうよ」

「オカメとサクラで、おかめ桜かい。山桜、八重桜、吉野桜ってんなら知っているが、おかめ桜なんて聞いたこともねえぜ」

「おれも、知らねえな」

「おかめ桜ってのが、どこかに咲くのかもしれねえよ」

「だったら、ひょっとこ桜ってのもあるはずだ」

「まるで、判じ物じゃあねえかい」

男たちは大いに笑って、黒鬼という凶悪な盗賊の話を打ち切った。所詮は、酒の肴にしての世間の噂であった。ひとつ話題の長話には飽きがくるし、自分たちには無関係な他人事でもある。

三人の男は、すぐに女の話に移っていた。箱根の湯治場で抱いた女たちを思い出して、それらの肌の白さや乱れようについての品定めを始めている。酔いも回っているし、ますます賑やかになっていた。

渡世人――乙井の姫四郎は、目を閉じていた。もう相宿の男たちの話を、耳にはしていなかったのである。今夜は畳のうえで屋根の下で、ゆっくり眠ることができれば、それで満足だったのだ。

野宿を思えば、やかましいことぐらい何でもない。こうして下級の旅籠だろうと、宿に泊まるのは三カ月に一度がせいぜいである。小田原で立ち寄った賭場でツキまくり、三十五両も懐中にあるとなると、人並みに旅籠に泊まりたくなるのが人情というものだった。

おかめ桜……か。

乙井の姫四郎は目をつぶったまま、胸のうちでつぶやいてニンマリとした。

二

野宿と違って、出立の時刻もゆっくりということになる。

翌朝、乙井の姫四郎は明け六ツに、大磯の初音屋を出た。今日も上天気で、いかにも春らしい陽気であった。姫四郎は多くの旅人にまじって、東海道を東へ向かった。大磯をあとにして、しばらくは砂の多い道を行く。海辺だからである。

間もなく、平塚であった。

平塚から三里半、約十四キロで藤沢につく。江の島を経て鎌倉に至る道があるので、藤沢も賑やかな宿場だった。更に一里と三十丁で、戸塚である。この戸塚からも三里、十二キロの鎌倉への道があった。

戸塚は藤沢より小さく、平塚や保土ヶ谷よりは大きい宿場である。戸塚と大磯が、同じ程度ということになる。戸塚から二里九丁で、保土ヶ谷であった。保土ヶ谷の手前で、相州から武州へはいる。

保土ヶ谷の先は神奈川、川崎、品川で、八里たらずでもう江戸の日本橋であった。

保土ヶ谷からもまた金沢を経て、鎌倉と浦賀へ向かう道が出ている。人口が三千人、六百戸に近い人家のうち、六十七軒が旅籠屋であった。本陣が一、脇本陣が三という宿場だった。

乙井の姫四郎が保土ヶ谷についたのは八ツ、午後二時であった。宿内の煮売屋に寄って、昼飯を食べることにした。ところが、その煮売屋でちょっとした騒ぎが起こったのだ。客のひとりが、突然すすり泣くような声を洩らして、苦しみ出したのである。

十七ぐらいの娘であった。

三十年配の男と、丁稚小僧が一緒だった。商家のお嬢さんとお供の手代に小僧と、ひとめでわかる。娘は上体を屈めて、両手で下腹部を押さえている。身をよじりながら、声を発していた。

「お嬢さま、いかがなさいましたか」

手代が驚いて娘の顔を、のぞき込むようにした。

娘は答えないし、手代はどうすることもできなかった。お嬢さまの身体に、やたらには触れられない。ましてや娘の下腹部を、さするわけにはいかなかった。

手代はただ、おろおろするばかりだった。

「痛い、ああ痛い」

泣きそうな声で言って、娘は下腹部を強く押していた。

「お嬢さま、どこがどのように痛むのでございますか」

手代は、汗をかいていた。

「それは……」

娘は顔を伏せたまま、激しく首を振った。どこがどう痛むか、手代には説明できないというわけである。

それを見ただけで、姫四郎には娘の苦しみの原因がわかった。娘にもなぜ痛むのか見当がついていて、恥ずかしさのために答えることができないのだ。女独特の下腹部の痛みなのである。

「では、お医者さまへ……」

手代は、途方に暮れている。

娘は目をつぶり、歯を食いしばっていた。眉根（まゆね）を寄せた青い顔に、冷や汗を浮かべている。

「医者だったら、森川先生がようございますよ」

見るに見かねて、煮売屋の亭主が乗り出して来た。

「森川先生と、言いましてね。この保土ヶ谷に、貧乏人からは一文も取らないたったひとりの医者さまでございましてな。ここを出て東へ向かい、十六軒目の家の裏手に住んでおいでですよ」

　煮売屋の亭主が、親切に教えていた。

「待っておくれな、お前さん」

　煮売屋の女房が、亭主の袖を引いた。

「何だよ」

「天童先生は病いに倒れて、臥せっておいでだそうだよ」

「ああ、その話はさっき、聞いたばかりだ。何でも腎がお悪いとかで、おやすみになっていなさるそうだな」

「腎に持病があるってことでねえ」

「だけどおめえ、天童先生のお加減が悪いからって、このお嬢さんをそこへ行かせちゃあならないという法はないだろうよ」

「でもさ、天童先生に見立てて頂けないんじゃあ……」

「お弟子さんが何人かいなさるんだから、代わりに見立ててもらえばいいじゃあねえかい」

「天童先生なら安心だけど、あそこのお弟子さんたちはあまり頼りにならないって話だよ」

　女房は亭主に、目でうなずいて見せた。

「そうか」

　亭主はなるほどと、思案顔になっていた。

　そのとき、姫四郎が飯を食べ終えて、銭を置きながら立ち上がった。姫四郎は娘に近づくと、手代を押しのけた。

「娘さん、月のものが滞っておりやすね。そのための痛みでござんしょう」

　姫四郎は、娘の肩を叩いた。

　驚いたように顔を上げた娘と、姫四郎の目が合った。とたんに脂汗をかいている娘の顔が、真っ赤になっていた。娘は慌てて、深くうなだれた。娘は黙っていたが、それが答えになっていた。

「心配はいりやせん。森川天童先生のところへ行って、あっしがよく効く薬をもらって差し上げやすよ」

　姫四郎はニッと笑って、娘に背中を向けた。背負っていってやる、という意味であった。

煮売屋の夫婦もお供の手代も、あっけにとられた顔で姫四郎を見やっていた。

当然である。旅の渡世人が名医の如く、娘の下腹の激痛の原因を指摘したのだ。旅の渡世人が医者なのだろうかと、誰だってびっくりする。

「親分さんは、天童先生のお知り合いなんでございますかね」

煮売屋の亭主が訊いた。

「いいえ、まだお目にかかったことはございやせんが、天童先生のご高名はかねがね伺っておりやす」

姫四郎はその場に、しゃがみ込んだ。

激しい痛みの前には恥じらいも遠慮もなく、娘は両手で顔を隠すようにして姫四郎の背中へ倒れ込んだ。

「さようですか」

煮売屋の亭主は、何となく納得したようだった。

「常陸国は水戸の御城下で、名医として名を知られていた森川天童先生なんでござんしょう」

姫四郎が、逆に質問した。

「はい。そうなんでございますよ。変わった先生でして、同じ土地で同じような病人ばかりを診ていたんじゃあ、医術のためにならないからと水戸の御城下を離れて、諸国を回っておいでだったそうでございます」

亭主が、そう説明した。

「天童先生とは、そういうお人なんでござんすよ」

姫四郎は腰をのばすと、背中の娘を揺すり上げた。

「八年前にこの保土ヶ谷に流れておいでになり、天童先生は気に入ったからとここに住みつかれて、以来ずっと保土ヶ谷になくてはならないお医者さまとして、お過ごしでございますよ」

亭主は、そのように付け加えた。

「じゃあひとつ、天童先生にお目にかかって参りやす」

笑顔で言って、姫四郎は煮売屋を出た。娘のお供の手代と丁稚が、あとを追って来た。煮売屋から東へ十六軒目と、家を数えながら姫四郎は歩いた。背中で娘が、息を詰めてはうなっている。

森川天童――。

姫四郎は少年の頃、父の口からよくその名前を聞かされた。水戸の城下に、森川天童という名医がいる。大坂の名医である伏屋素狄（ふせやそてき）の高弟のひとりの門人となり、天才的な医術を身につけたのが森川天童である。

森川天童こそ、伏屋素狄の医術の知識を受け継いだ正統派の第一人者だと、姫四郎の父は言っていた。その森川天童には興味もあったし、姫四郎にとって一度会ってみたい人間のひとりだったのである。

森川天童はまだ、五十前のはずであった。水戸の城下から姿を消したのは十一、二年むかしのことだが、その森川天童は保土ヶ谷に住みついて、八年も前からこの土地の医者になっているという。

その森川天童の師の師である伏屋素狄は、驚くべき研究をやってのけたことで知られていた。伏屋素狄は生きた動物や人間の死骸を開き、腎動脈にガラス管を差し込んで、墨汁を注入したのであった。

そのあと動脈を閉じて、腎臓を圧迫するという実験を何度も繰り返したのである。皮膚を破って、墨汁を注入した場合はどうなるか。実験のあとの腎臓や輸尿管はどうなっているか、などを知るためだったのだ。

十六軒を数えたとき、小さな四つ辻に出た。そこを左へ折れた路地の奥に、庭付きの離れを改造し、建て増しをしたような住まいがあった。入口を示す杭（くい）に

『森川天童』の表札が打ちつけてある。

板戸があけたままになっている母屋の土間へはいると、各種の薬草の香が鼻をついた。土間にはいくつも大小のカマドがあり、大小の鍋がかけてあった。また、乾燥中の薬草が、無数に吊るしてある。

広い板の間では四人の門人が、薬研を使い、薬草を刻み、書物と照らし合わせて薬草を選り分け、煎じ薬を作るなどしていた。その門人のひとりに、森川天童先生にお目にかかりたいと申し入れた。

「お手前は、どなたさまですか」

その門人が尋ねた。門人は四人とも、三十前後に見えた。

「姫四郎と申しやす。父は内藤了甫と申す者と、先生にお伝え下さいやし」

姫四郎は言った。

「少々、お待ち下さい」

門人は、奥へ引っ込んだ。

「恐れ入りやすが、この娘さんに牡丹皮と紅花の薬湯をお願い致しやす」

姫四郎は、別の門人に声をかけた。

牡丹皮はボタンの根皮で、消炎と鎮痛の作用が強い悪血駆除剤で、婦人病に用いられる。また紅花は、菊科のベニハナの花弁であり、通経剤や陣痛促進剤として効果のある婦人病の妙薬であった。

奥へ引っ込んだ門人が戻って来て、森川天童が会うことを承知したと姫四郎に告げた。天童も関東随一の名医とされていた内藤了甫の名を、知らないはずはないのである。その内藤了甫の息子と聞けば当然、会いたくもなるだろう。

姫四郎だけが、奥へ案内された。

裏庭に面した粗末な六畳に、五十前の男の寝姿があった。夜具の中に納まっていて、青白い顔がいかにも病人らしい。眼光炯々として、医者というより学者の感じがする。その気難しそうな顔に、天童は懐かしむような笑みを浮かべていた。

「身動きもできない病人でな。このような恰好で、失礼させてもらいますよ」

天童が、まずそう言った。

それから森川天童と姫四郎は初対面の挨拶を交わした。天童はもちろん内藤了甫のことをよく知っていたし、その息子の来訪をひどく喜んでいるようだった。

「内藤先生のことばかりではなく、お手前についてもいろいろと耳にしておりましてな。まあ、世間の噂だけでだが……」

天童は目をまるくして、姫四郎の全身を眺め回した。

「見たとおりの無宿者、笑ってやっておくんなはい」

姫四郎は、遠くを見るような眼差しになっていた。

「内藤先生のご子息が、たいそう名の売れた渡世人でいなさるといったことは、やはり医者から医者へと語り伝えられてな」

「面目ねえことで」

「人呼んで、乙姫とか……」

「へい、乙井の姫四郎を縮めての乙姫が、あっしの異名となっておりやす」

「長脇差さばきだけではなく、医術の腕も大したものだという話ではないですか」

「恐れ入りやす」

「若いうちは、元気でよろしい。わしのように年をとると、医者が寝込むといったことにもなる」

「腎の加減がお悪いとか、聞いて参りやしたが」

「腎に持病があることは確かだが、いまがそうだとは言いきれぬのでな」

「どんなふうに、加減がお悪いんでござんしょう」

「小便の出が、悪くてならんのだ」

天童は、照れ臭そうに笑った。

「そいつは、よくありやせんね。小便の毒が、身体中に回ることになりやす」

姫四郎は、真面目な顔つきになっていた。

三

影がよぎった――。

姫四郎の目が、裏庭へ走った。女がいた。二十二、三の女である。裏庭で草むしりでもしていたのか、女はタスキがけで指先の泥をこすり落としていた。色白のいい女だが、寂しそうな愁い顔であった。

姫四郎と目が合うと、女は会釈をするようにして、裏庭を横切っていった。タスキをはずしながら、女はもう姫四郎のほうを見ようとはしなかった。その姿は一瞬にして、姫四郎の視界から消えた。

あっさりした出会いだったが、その女の顔と姿が姫四郎の印象に残った。いわゆる好みのタイプであり、特に美しい女ではなかったが、姫四郎を目が覚めたという気持ちにさせたのであった。

「腎はそもそも、精汁を作るところであったな」

森川天童が言った。

姫四郎は先輩の講義を拝聴するように、黙って相手の顔を見守っていた。

「小便は腸において絞られ溜まり、小便袋へ送られる。したがって小便が出ない病いと腎は、かかわりがないと見てよいのですぞ」

天童は姫四郎に、教えるような口調になっていた。

だが、それは珍しい説ではなかったのである。腎は生殖の源泉であって精汁を作り、尿は腸から泌別されて膀胱に溜まるというのは、漢方医術の定説とされていたのだった。

姫四郎は間もなく、天童に別れを告げた。病人のところに長居は許されないし、いざ会ってみると話すこともなかった。姫四郎は通経剤を飲まされた娘、手代や丁稚を残して、ひとり天童の住まいを出た。

路地から通りへ足を運んだ姫四郎の前に、人影が立ちふさがった。天童の住まいの裏庭で、草むしりをしていた女であった。女は訴えるような目で、姫四郎を見上げた。しかし、長く正視はしていられなかったし、女はうなだれるように顔を伏せた。

「何かご用でござんすかい」

姫四郎は笑いを浮かべて、女の身体に無遠慮な目を這わせた。

「お願いがあります」

女は思いきったように、口を動かした。だが、声は小さかった。

「おめえさんの名は……？」

「お葉です」

「お葉さん」

「はい」

「それでお葉さんは、あっしが何者かを承知のうえで、声をかけて来なすったんですかね」

「はい、乙姫さんのことは噂に聞いて、知っていました」

「そいつはまあ、何とも嬉しい話じゃあござんせんか。お葉さんみてえにいい女から、そんなふうに言われたんじゃあ、どんな頼まれ事でも引き受けねえわけにはいかねえでしょう」

「さっき裏庭でも、乙姫さんの医術は大したものだって話を、耳にしていました。それで是非とも、お願いしようと思って、ここで待ち受けていたんです」

「どうしろってんですかい」

「怪我人の傷の手当てを、お願いしたいんです」

「傷の手当て……」

「はい」

「お尋ねしやすがね。お葉さんは天童先生のお住まいの裏庭で、草むしりをしていなすったんじゃあねえんですかい」

「ここに立ち寄ったついでに、裏庭の草がのびているのに気づいてむしっていただけのことなんですけど……」

「ここに立ち寄ったってことは、お葉さんの住まいはほかにあるってわけで……?」

「はい」

「そうだとしても、お葉さんが天童先生と親しい間柄にあるってことには、間違いねえんでござんしょう」

「義理の父娘なんです」

「ほう」

「母はわたしを連れ子として、父と一緒になりました。その母はもう、とうに亡くなりましたけど」

「義理の父娘でも、別々に住むってことはねえでしょう。お葉さんにご亭主がいなすって、別に所帯を張っているというふうにも見えやせんがね」

「それには、ちょっと仔細があって」

「それに、あっしに怪我人の手当てを頼むってのも、妙な話じゃあありやせんかい。どうして天童先生に、頼まねえんでござんしょう」

「そこにも、ちょっとした事情があって、父には打ち明けられないんです。とにかく、乙姫さんにお頼み申します。怪我人の手当てを……」

「その怪我人ってのは、どこにいなさるんです」

「戸塚宿に……」

「戸塚？」

「そこに、わたしどもの住まいがありますんです」

「わたしどもの住まいってなると、やっぱりお葉さんには連れ合いがおありなんでござんすね」

「でも……」

お葉という女は、赤くなって目を伏せた。

「まだ祝言は挙げちゃあいねえが、うちの人と変わらねえこれと所帯を持っていなさるんでござんしょう」

薄ら笑いを浮かべながら、姫四郎は右手の親指を立てて見せた。

「はい」

お葉は、小さくうなずいた。

「そうですかい。それにしても、これから戸塚へ逆戻りとは……」

姫四郎は、下唇を突き出した。

「厚かましいお願いでご迷惑でしょうが、どうか聞き届けてやって下さいまし」

お葉は頭を下げてから、姫四郎の顔をじっと見つめた。媚(こ)びているわけではないが、せつなそうな目つきが、いじらしくて色っぽい。二十一、二の年増(としま)になりかけた女のドキッとするような色気であった。

「お葉さんみてえなお人に、あっしは弱いんでござんすよ。それでつい、酔狂な気を起こしちまうんでさあ」

ニヤリとしながら、姫四郎はさりげなくお葉の肩から腰へと手を滑らせていた。反射的にお葉は身体を固くしたが、熟(う)れた女の肉の火照(ほて)りと、柔らかい感触を姫四郎は充分に楽しんでいた。

東海道を西へ、引き返すことになる。保土ヶ谷から八キロ以上あるので、女連れの足では戸塚につくのが夜になる。品野坂にさしかかった頃には、もう日が西に傾いて、箱根周辺の山々がシルエットになっていた。

歩きながら、お葉が簡単に事情を説明した。

お葉と一緒にいる男は、中村新平という。下級武士の家に生まれてその後、天涯孤独の身の上となり、流れ歩いているところを森川天童に拾われた。以来、新平は八年のあいだ、内弟子として天童に仕えた。ところが三年前、二十八歳だった新平と二十のお葉が、互いの気持ちを押さえきれなくなって、ついに深い仲になってしまったのである。勝手に恋愛して肉体関係を結んだのだから、それは不義密通ということになる。

天童は、激怒した。

天童は新平に、破門追放を言い渡した。恩知らずの烙印を押されて、新平は天童のもとを去ることになった。しかし、お葉は新平から離れる気にはなれず、そのあとを追ったのであった。

新平とお葉は、隣りの戸塚に住みついた。戸塚の宿はずれに、小さな茶屋がある。新平とお葉に同情した茶屋の持ち主が、店をそっくり提供してくれた。夫婦も同じ二人は、それによって生計を立て、住まいをかねた茶屋で暮らすようになった。

一年半がすぎて天童も、お葉だけには甘くなっていた。半年ほど前から、お葉に限り天童のところへ出入りすることを許されていた。それで今日もお葉は、天童の住まいに立ち寄ったというわけである。

それもお葉は天童のところへ、新平の傷の手当てを頼みに出向いたらしい。しかし、せっかく保土ヶ谷まで行きながら、ついに言いそびれてしまった。そこへ運よく、姫四郎が現われたという次第であった。

「新平が動けないので、店も三日前からしめてしまっているんです」

お葉は暗い顔で、溜め息ばかりついていた。

「寝込んでいて動けねえってなると、よほどの怪我ってことになりやすね」

姫四郎は言った。

「深手(ふかで)の傷じゃないんですけど、血がとまらなかったので……」

「切り傷でござんすかい」

「はい」

「どんな刃物で……」

「刀傷です」

「そいつは、穏やかじゃあねえ」

「刀で斬りつけられました」

「どこを、斬られなすったんです」

「左の肩口から、胸にかけて……」

お葉の目つきに、落着きがなくなっていた。

「なるほどねえ」

姫四郎は、大磯の旅籠(はたご)で相宿(あいやど)の三人が口にしていた『黒鬼』の話を、思い出さずにはいられなかった。

黒鬼が、神奈川宿の旅籠の風呂場で火盗改めの桑田伝十郎に斬りつけられて傷を負(お)ったのは、今日から数えれば四日前の夜ということになる。

お葉の話によると、新平の怪我のために店をしめたのは三日前からだという。

桑田伝十郎は、刀で黒鬼の左肩に斬りつけている。

新平も左肩を、刀で斬られたということである。

ぴったり符合しているではないか。

「どうして誰に、斬られたんでござんしょうね」

姫四郎は訊(き)いた。

「出先で、ならず者と喧嘩をしたんだと、新平は申していました」

顔をそむけて、お葉は答えた。

「出先ってのは、どこなんで……？」

姫四郎は、お葉の顔をのぞき込んだ。

「よくは、知りません」

お葉は、弱々しく首を振った。知っていて隠していると、お葉の横顔が正直に白状していた。

戸塚の宿はずれについた。

鎌倉への道との分岐点をすぎると、吉田橋にさしかかる。このあたりからは北へ、丹沢（たんざわ）や大山に通ずる近道も出ている。吉田橋を渡って間もなく、右側の闇の中に戸をしめきった茶屋が浮かび上がった。

茶屋の裏に棟続きで、小さな住まいがあった。板戸をあけると、炊事場だけの土間があり、その奥に部屋がある。一間（いっけん）しかないのだ。粗末な夜具がのべてあり、晒木綿（さらしもめん）を上半身に厚く巻きつけた男が横になっていた。

大男である。

美男子だが、土気色（つちけいろ）の顔をしている。夜具がドス黒く、たっぷりと血を吸い取っていた。かなりの出血だったらしい。新平という男は、死んだように眠っていた。熱があるようだった。

姫四郎は三度笠、道中合羽、それに振分け荷物と長脇差をまとめて置いた。姫四郎はもう笑っていなかったし、人が変わったように厳しい表情になっていた。姫四郎は、下半身に着物をつけているだけの新平を、観察する目で眺めやった。

血の染まった晒を、姫四郎は慎重に解き始めた。夜具の向こう側にすわって、お葉がそれを手伝った。当然、新平が目を覚ました。姫四郎の顔を間近に見て、新平は慌（あわ）てて起き上がろうとした。

「静かに！」

姫四郎が、鋭い口調で言った。

「お前さんも、知っておいでだろ。医者の渡世人、乙姫さんですよ」

お葉が、新平を押さえつけた。

「お、おれ、おれは……」

新平は迷うような口ぶりで、姫四郎にそう言いかけた。

「黙っていなせえ」

姫四郎はかまわずに、晒を巻き込みながら取り除いていく。

晒の下には、べたべたと膏薬が貼りつけてあった。止血のための素人治療である。お葉が、やったことなのだろう。姫四郎は全部の膏薬を、引きはがした。左の肩口から乳のあたりまで、一文字に刀傷が刻まれている。

傷の長さは、大したこともない。肩の傷がかなり深いので、出血がひどかったのだろう。だが、いまはもう出血も、ほとんどとまっている。確かに斬られてから三日、はたっている傷だった。

「傷口を焼酎で、洗ったんでござんすね」

姫四郎はチラッと、お葉を見やった。

「はい」

お葉は、うなずいた。

「ですが、傷口の中の洗い方が、少々たりなかったようでござんすね。そのせいでしょうが、肩口の深い傷のあたりだけが膿んじまっておりやすよ」

姫四郎は新平の肩の、赤く腫れ上がっている部分に手を押し当てた。そこだけが、火傷をしそうに熱くなっていた。

「膿を出さなければ、いけないんでしょうね」

お葉は、不安そうな顔つきになっていた。

「このままにしておいたら、左腕を切り落とさなけりゃあならなくなりやすね。妙な毒の回りようで、命取りになるってこともありやすよ」

姫四郎は、新平を横向きにさせて、背中にまで目を走らせた。

「命取りになるんだったら、そいつは望むところだ！」

新平が、大声を張り上げた。

四

もちろん姫四郎は、そうした新平の言動に反応を示さなかった。姫四郎はお葉に、焼酎と酢と新しい晒、それに膏薬の用意を命じた。姫四郎は生憎と、化膿どめの薬を持ち合わせていなかったのである。

振分け荷物の中から、水銃だけを取り出した。

水銃とは、浣腸用の器具である。

長脇差を抜いて、その切先を焼酎で洗った。姫四郎は片膝を、新平の胸のうえに置いた。膝で押さえつけると、新平はもう身動きもできなかった。新平の左腕を、強く引っ張るようにした。

長脇差の切先を、新平の左肩に近づけた。

紫色の中心部を囲んで、肉が真っ赤に腫れ上がっている。

長脇差の切先が、一直線に走った。紫と赤の円形が真二つに割れて、そこから膿が噴き出した。

「ぎゃっ！」

と新平が悲鳴を上げた。暴れようとしたが、姫四郎の膝の下にあってはどうすることもできなかった。姫四郎は長脇差の峰を、腫れている部分に押しつけて、容赦なく腕に力をこめた。

一滴残らず、膿を押し出さなければならないのである。

「殺してくれ！」

新平が叫んだ。

姫四郎は赤い腫れが白く変色するほど、強く長脇差の峰を押しつける。膿が出てきて、真っ赤な血に変わった。

「どうせ、生きちゃいられねえんだ！　さあ、殺せ」

新平は二本の足で、バタバタと夜具を叩いていた。

姫四郎は傷口を広げると、水銃によって吸い上げた焼酎を注入した。

「わあっ！　傷の手当てをするより、さっさと殺してくれ！」

新平は、身体を弓なりにして怒鳴った。

だが、水銃の焼酎による洗滌は、一度だけですむことではなかった。姫四郎は何度となく、水銃に含ませた焼酎を傷口に注ぎ込んだ。血の赤が薄れて、水に溶かした紅のような色になったほどだった。

そのあとは、酢であった。

酢による消毒洗滌が終わったとき、新平は汗まみれになった顔をぐったりと伏せていた。傷を縫合することはなかった。膏薬を厚めに塗り、油紙でおおって晒を巻く。それで、完了だった。

「ありがとうございました」

お葉が、姫四郎の前に両手を突いた。

「ご本人はあんまり、ありがたがっちゃあいねえようですぜ」

姫四郎は、皮肉っぽく笑った。

「そのとおりだ」

新平が言った。

「新平さん、傷の手当てをしたからってあっしは何も、おめえさんに生きていてもらいてえとは思っちゃあおりやせんぜ」

姫四郎は、切先を洗った長脇差を鞘に戻した。

「だったら何だって、余計なことをしてくれたんだ」

新平は顔を上げて、姫四郎をにらみつけた。悲壮な感じがするほど、新平の表情は暗かった。

「お葉さんに、頼まれたからでござんすよ。ただ、それだけのことで……」

「どうせ、死なきゃあならねえこのおれだ。傷の手当てなんて手間をかけるだけ、馬鹿らしいじゃあねえか」

「そんなことは、ござんせんよ。死にてえんだったら、いまからだって遅くはねえ。あっしに遠慮しねえで、さっさと首でもくくりなせえ」

「ああ、そうしようじゃあねえかい」

「この世に現われては、消えていく、まるで空の雲みてえのが、人の生涯ってもんでさあ。そんな生涯の初めと終わり、生きるも死ぬも大した違いはござんせん。死のうと生きようと、好きなようにしておくんなはい」

姫四郎は、お葉へ目を移した。

「あのう、お礼のほうはどうすれば、よろしいんでしょう」

お葉が、両手を突いたまま言った。

「銭をもらうわけにはいきやせんので、お葉さんと一晩しっぽり濡れて、朝のお天道さんに目がくらむほど楽しむってのは、いかがなもんでござんしょうね」

臆面もなく、姫四郎はそう提案した。笑っている目が好色そうだし、冗談というふうにも受け取れなかった。

困惑の表情で、お葉は目を伏せた。

「何てことを、言い出すんだ！」

痛みに顔をしかめながら、新平が上体を起こした。

「新平さんは、間もなく首をくくろうってお人だ。そんな新平さんに遠慮したり、操を立てたりすることはねえでしょう」

姫四郎は、お葉のほうへにじり寄った。

「お葉、こっちへくるんだ」

新平は、自分の背後を指さした。

だが、お葉は動かずにいた。

「死にたがっておいでのお人にしちゃあ、ずいぶんと未練でござんすねえ」

姫四郎は、新平に言った。

「やかましい！」

新平の声だけは、勇ましく元気であった。それだけに、虚勢だとすぐに読まれてしまう。

「どうやら本心から、死にてえと思っているんじゃあなさそうだ。それなのにおめえさんはどうして、死ぬんだ死ぬんだとがなり立てるんでござんすかい」

「おれは、生きちゃあいられねえんだ」

「理由がわからねえんじゃあ、合点がいきやせんね」

「知りてえかい」

「へい」

「だったら、教えてやろう」

「伺いやしょう」

「このままいたら、おれはお縄にされる。そのうえ、火盗改めに引き渡されて江戸送りだ。江戸でおれを待っているのは、引き回しのうえ獄門って死罪なんだよ」

「そいつはまた、恐ろしい話でござんすねえ」

「そうとわかっているんだったら、いまのうちにあの世へ旅立ったほうが、まだマシだろうよ」

「おめえさんはいってえ、どんな悪事をやりなすったんで……」

「いうまでもなく、新平とは世を忍ぶ仮りの名だ」

「それで、おめえさんの正体は……？」

「聞いて、驚くなよ。五年前から極悪非道の盗賊と大江戸八百八町を騒がせたうえに、火盗改めや町奉行所をキリキリ舞いさせて来た黒鬼とは、実はこのおれのほんとうの姿なんだよ」

新平は胸を張り、大見得を切ったという感じだった。しかし、そのあと深呼吸を何度となく繰り返したし、新平の顔は引き攣っていた。

その新平の告白を聞いても、お葉はまったく驚かなかった。どうやら、すべてを承知しているらしい。しかし、驚きはしなかったが、お葉は別の反応を示していた。お葉の暗い表情がくずれて、いまにも泣き出しそうな顔になったのである。

「これで、わかってくれただろうな」

新平は、深々と吐息した。

お葉が、声を上げて泣き出した。

「よく、わかりやしたよ」

姫四郎は、平然とした顔つきでいた。

姫四郎も、驚いてはいなかったのだ。

「ほんとうに、わかったのかい」

怪しむような目で、新平は姫四郎を見やった。

「おめえさんが、あの黒鬼だったとはねえ」

姫四郎はお葉の背中を、慰めるように撫で回していた。

「感心する割りには、びっくりしねえじゃあねえかい」

「そいつはまだ、何分にもピンとこねえからでござんしょうよ」

「この左肩の傷が、何よりの証拠だ。こいつは四日前の晩、神奈川宿の旅籠に踏み込んだ火盗改めが、風呂場にいるおれに斬りつけたときの刀傷よ」

「その火盗改めの名は、桑田伝十郎だそうで……」

「そうかい。おめえさんもどうやら、詳しい話を耳にしているようだな」

「その桑田伝十郎をひと突きにして、黒鬼は逃げ出したとか……」

「そのとおりだ。おれは神奈川から戸塚まで夜道を逃げて、まだ明るくならねえうちにここに帰りついたのよ」

「そうですかい」

「合点が、いっただろう」

「とんでもねえ」

「何だと……」

「おめえさんの肩口の傷が、そうじゃあねえと言っておりやすよ」

「そいつは、どういうことだ」

「左の肩口の傷は深いが、そのあと胸にかけての傷は浅くなっておりやす」

「それが、どうしたってんだ」

横を向いて、新平は、吐き出すように言った。

「殺すか殺されるかの斬り合いには、そんな傷の負（お）わせようがねえんでござんすよ」

姫四郎は右手で、刀を振りおろすときの動きを示した。右手首の数珠（じゅず）が、チリチリと忙しく音を立てた。

肩口だけはザックリと割って、そのあとの刀に急にブレーキがかかることはあり得ない。刀の重さと斬りつけたときの激しさで、肩から胸へ走った傷は、だいたい同じような深手となる。

ところが新平の傷は、肩口だけが深くて、そのあとは尾を引いたように浅くなっている。それは途中で力を抜き、刀を引くようにしたためである。つまり死にもの狂いになって、斬りつけたという傷ではないのだ。

肩を割ることだけを目的にして、そのあとは斬る側に遠慮の気持ちが働いている。咄嗟のことであれば、そんなに器用な攻撃はできない。斬る側も斬られる側も納得のうえで、刀傷を作ったのである。

「斬るほうと斬られるほうが納得ずくでなんて、そんな馬鹿なことを誰がやる！」

姫四郎の説明を聞いて、新平は狼狽しながら大声でわめいた。

「おめえさんを黒鬼だってことにするためには、証拠になる左肩の傷がなけりゃあならなかった。早い話が、おめえさんを黒鬼にするための細工でござんしょう」

姫四郎はいつの間にか腕を回して、お葉の肩を抱いていた。

「いいかげんにしやがれ！　このおれが、偽の黒鬼だというのか」

「本物の黒鬼も、今度ばかりは追いつめられた。わが身が危ねえとなりゃあ、顔を知られてねえのをさいわいに、偽物の黒鬼をこしらえるほかはねえ。それで本物の黒鬼は、おめえさんに白羽の矢を立てた」

「そんな話、知るもんか」

「おめえさんはそれを承知して、左肩に深い傷を作らせた。そのうえ、おめえさんは本物の黒鬼になりきって、お縄にかかることまで承知させられたんでござんしょう」

「お縄になるまで待ってはいられず、血がとまらなかったり膿んだ毒が回ったりで、死んじまうかもしれなかったんだぜ」

「そうなりゃあ、本物の黒鬼はなおさら助かることになりまさあ。おめえさんが黒鬼になりすましたまま、ものを言わねえ死人になってくれりゃあ、もう何の心配もありやせんからね。いや、その前に黒鬼の偽物だってことがバレそうになりゃあ、おめえさんを殺そうとするに違いありやせん」

「どっちみち、おれは生きちゃあいられねえのさ」

「悪いことは、言いやせんよ。いまのうちに、お葉さんを連れて逃げ出したほうがいいんじゃあねえんですかい」

「おれが黒鬼の偽物だって証拠は、いまのひとつだけかい」

新平の声は、弱々しくなっていた。

お葉はもう、泣きやんでいた。

「もうひとつ、確かな証拠がござんすよ。おめえさんの身体から、桜の花が消えちまっているってことでさあ」

姫四郎は悪戯っぽく、ニッと笑った。

五

桑田伝十郎という火盗改めは、絶息する直前に言葉を残した。

黒鬼の左肩に一太刀、おかめ桜……。

前半の言葉の意味はそのものズバリだが、後半の『おかめ桜』というのが何とも不可解である。この判じ物のような言葉の謎を解いた者は、まだひとりもいないだろう。火盗改めも全員が、頭をかかえているのに違いない。

しかし、姫四郎には大磯の旅籠屋で相宿の男たちの話を聞いたときから、その言葉の意味が読み取れていたのである。三人の男たちに背を向けて、姫四郎が思わずニヤリとしたのもそのせいだったのだ。

桑田伝十郎は、黒鬼の特徴について同輩たちに、伝えようとしたのであった。黒鬼がいかなる人物かを、知る者はまったくいない。その黒鬼の特徴を認めた人間は、当然それを同輩に報告しようとする。

だが、具体的に伝える暇もなく、桑田伝十郎は死亡した。そのために、『おかめ桜』としか言い残せなかった。では、その鮮烈な特徴とは、いったい何だったのか、それは黒鬼であることの目じるしになるような、個性的な特徴でなければならない。

桑田伝十郎が踏み込んだのは、旅籠の風呂場だったのである。

黒鬼は、風呂にはいっていた。

したがって、黒鬼は下帯だけの姿で、全裸も変わりなかった。

そこに注目すれば、『おかめ桜』の意味はすぐにわかる。

桑田伝十郎は、黒鬼の裸身に特徴を見出したのである。

「おかめ桜とは、おかめと桜、おかめに桜、と言いたかったのが縮まったんでござんしょうね」

姫四郎は言った。

「そうなんです」

お葉が、深くうなずいた。

「男の裸に、おかめと桜、そうなりゃあ、彫物（ほりもの）のほかには考えようがねえでしょう。桑田って火盗改めが見たのは、桜におかめの面（めん）という彫物だったんでござんすよ」

「乙姫さん、そのとおりなんです」

「黒鬼だという証拠は、桜におかめの彫物でさあ。ところが、新平さんの腕も背中もとっくりと拝ませてもらいやしたが、桜の花びらの一枚も見当たりやせん。知ってのとおり彫物は、肌を焼くほかには消しようがねえんでさあ」

「この人にはもともと、彫物なんかありません」

「そうでござんしょうね。でなけりゃあ、桜が消えたりするはずはねえ」

「何もかも、乙姫さんの読んだ筋書どおりだったんですよ」

「さあ、新平さん、もう下手な芝居は、よしにしましょうぜ」

姫四郎は、立ち上がった。

「お前さん……」

お葉が、新平の背中にすがった。

新平は、がっくりと頭を垂れている。黙り込んでいた。

姫四郎は足音を忍ばせて、土間に降り立った。

それに気がついて、新平とお葉が姫四郎の動きを目で追った。

姫四郎は、足もとにあったものを拾い上げた。それは、割れた茶碗のカケラであった。姫四郎は板戸をガラリとあけた、同時に姫四郎は外の闇へ向かって、茶碗の破片を投げつけていた。

「わっ！」

闇の中で、叫び声が聞こえた。

人の気配が消えて、影が走り出すのを感じ取った。ヒタヒタという足音が、遠のいていった。

「話をそっくり、聞かれたようでござんすよ。こいつはもう、悠長にかまえてはおられやせんね」

板戸をしめて、姫四郎は向き直った。

「さあ、早く……」

腰を浮かせてお葉が、新平を急き立てた。新平も釣られて、立ち上がった。お葉に続いて新平も、旅の仕度に取りかかった。

お葉が手早く身の回りのものを集めて、それを小さな荷物にまとめた。三人揃って草鞋をはき、外へ出たのはそれから三十分後のことであった。

「行くアテは……？」

街道へ出たところで、姫四郎が訊いた。

「ありません」

お葉が、首を振った。

「江戸にだったら、ひとり二人の知り合いはいるんだが……」

新平が言った。

「それなら、江戸へ向かいなせえ」

姫四郎は先に立って、東海道を東の方角へ歩き出した。

「保土ヶ谷を、通ることになる」

「乙姫さんが、ついていてくれるじゃありませんか」

背後で新平とお葉が、そんな言葉を交わしていた。

さっきの闇が嘘のように視界は明るくなっている。夜空の雲が切れて、朧月が顔をのぞかせたのである。昼間のようにとはいかないが、街道が白い帯みたいに浮き上がっている朧月夜であった。

「森川天童先生に化けている黒鬼は、どこの何者なんでござんすかい」

歩きながら、姫四郎は背中で訊いた。

「本名は六助、父が旅先で雇った流れ者でした」

お葉が答えた。

「その六助とやらを、天童先生が拾ったのはいつの頃だったんで……」

「いまから、十二年も前のことになりますか。父が母とわたしを連れて水戸の御城下をあとに、行方定めぬ学問の旅に出てから二年後のことでした。供の者が病いに倒れたので、旅先で六助を下僕代わりに雇ったんです。それから三年、六助は見よう見まねで父の医術を覚えたし、父を手伝って病いを治すことができるようにもなりました」

「それで六助は、医者で通るようにもなったんでござんすね」

「はい」

「天童先生は、どうなすったんです」

「いまから九年前に信州の木曾路で、山犬に咬まれた傷が因で亡くなりました」

「天童先生は世間に知られることもなく、旅の夜露と消えなすったんでござんすかい」

「それから間もなく六助は、力ずくで母を自分のものにしたんです。母はわたしを飢えさせないためにもと、六助と一緒になりました。その頃から六助は森川天童と偽って、保土ヶ谷に住みつくようになったんです」

「そいつが、いまから八年前……」

「三年後に、母が病いにかかって亡くなりました」

「それと同じ頃から、黒鬼が江戸で荒稼ぎをするようになったってわけですね

「そういう勘定になりますけど……」

「……」

「お葉さんは、六助が黒鬼だってことに、まるっきり気がつかなかったんでござんすかい」

「はい。新平が身代わりになれと、事を無理強いされるまでは、夢にも思ったことがありませんでした」

「その無理強いってのは、いつまでも裏切者の犬畜生という扱いを受けたくなかったら言うことを聞けって、新平さんに黒鬼の身代わり役を押しつけたことなんでござんしょうね」

「はい。六助に逆らって、わたしと思い思われの仲になった新平に、義理立ての償いをさせようとしたんでしょう。母が亡くなったあと、六助はわたしを自分のものにしようという気になっていたんです。それだけに新平が憎くって、今度の身代わり役には打ってつけってことにもなったんでしょう」

「新平さんは身代わり役を押しつけられて、弱みという心の傷から逃れたくもあり、命を投げ出す気になったんでござんすね」

「六助にはそれなりに、恩も義理もある新平ですから……」

「ですが、いくら死ぬも生きるも変わりねえとは言いながら、そんな殺され方をするんだったら人としての値打ちがねえ」

姫四郎は目を細めて、春の月をうっとりと見上げた。

「乙姫さんに出会えなかったら、わたしひとりではとても新平を思い留まらせることはできなかったでしょう」

お葉はまた、涙に声を曇らせていた。

戸塚をあとにしたのが四ツ、午後十時。

保土ヶ谷を目前にしたのは九ツ半、午前一時であった。深い眠りの中にあって、無人の世界に目覚めているのは空の月だけであった。月の光がなければ、歩くこともできない時刻である。

保土ヶ谷宿の手前に、橋が架かっている。その川に沿って、金沢・浦賀への道が南へのびていた。橋を渡りかけてすぐに、姫四郎が背後の二人を制した。橋のうえに四人の人間の姿が、シルエットになって浮かび上がっていたからである。

新平とお葉は、立ちどまった。姫四郎だけが足早に、橋を渡り始めた。四つの人影は、欄干(らんかん)のない橋の幅いっぱいに並んでいる。ゆっくりとした川の流れが、月の光にキラキラと輝きを見せていた。

両者の距離が縮まった。

四人の男は、いずれも黒装束に身を固めていた。盗賊か忍者という装(な)りである。ただし、覆面はしていない。どの顔にも、見覚えがあった。偽物(にせもの)の森川天童の家にいた四人の門弟たちで、いま黒鬼の手下という正体を現わしたのだった。

四人の男は、一斉に動き始めた。武士が腰にしているような大刀をすでに抜いていた。四人の男は、左右の端を突き進んだ。だが、そこには誤算があったのだ。男たちは、姫四郎の世にも珍しい剣法を、念頭においていなかったのである。

右手で長脇差を抜くのが、当然と決め込んでいる。ところが、姫四郎は左の逆手(さかて)で、長脇差を抜き放ったのであった。それは向かって右側を進んでいた男にとって、抜き打ちの一撃という結果になっていた。

前の男が下から胸を切り裂かれ、顎から顔面を斜めに割られていた。月光の中に、赤黒く鮮血が散った。男は信じられないという顔で、のけぞっていた。姫四郎の長脇差は空中に円を描き、逆手(さかて)のままで後ろの男の右肩口へ走った。

「ぎゃあ！」

後ろの男が、悲鳴を上げた。その男は肩の付け根から、右腕を切断されていたのである。刀を握ったままの男の右腕がそっくり、橋の真中に音を立てて落ちた。

二人の男がほとんど同時に、川の中へ墜落した。真っ白な水煙が、月光を浴びて鮮やかだった。

戸惑いながら、あとの二人が刀の切先を姫四郎へ向けた。一方の男の顔に、血の凝固した新しい傷跡があった。

戸塚の新平の住まいへ忍んで来て、姫四郎に茶碗のカケラを投げつけられた男なのである。

姫四郎は、跳躍した。逆手の長脇差を警戒して、二人の男はあわてて姿勢を低くした。しかし、その裏をかいて姫四郎は空中で、長脇差を逆手から正常な握り方に直していたのである。

頭上から振りおろされた長脇差によって、男のひとりが首の側面を八分どおり断ち割られた。首ががくんと傾いて、その重みによろけるように男はのめっていき、川の中へ頭から落ち込んだ。

そのとき、顔に傷のある男が橋のうえに尻餅をついた。戦意を失って刀を投げ出した男の胸に、姫四郎の長脇差が埋まったのだった。姫四郎は長脇差を抜き取ると、そのまま一気に六助の住まいへ突っ走った。六助は、夜具の中にいた。姫四郎はいきなり、掛け蒲団をはねのけた。

六助は裸であり、左肩と胸だけが晒木綿に包まれていた。姫四郎は足で、六助の身体を反転させた。俯伏せになった六助の背中いっぱいに桜吹雪におかめの面という図柄の彫物が見られた。

「おめえさんに会ってすぐ、森川天童の偽物だってわかったぜ。知ったかぶりをして腎は精汁を作り、腸で小便は絞られるなんて漢方医術の講釈を聞かせたのが運の尽きよ。天童先生なら伏屋素狄の〝腎は小便漉し役なることいちじるし〟という教えを、ちゃんと受け継いでいなさるはずなんでね」

片目をつぶって、姫四郎は笑った。その笑いが消えないうちに、姫四郎の左手の長脇差が六助の喉に吸い込まれていた。六助はしまったという顔のまま、絶命したようだった。姫四郎は、長脇差を鞘に納めた。

新平とお葉に姫四郎は、保土ヶ谷の宿内で別れを告げた。これ以上ゆっくりした旅は、ご免をこうむりたかったのである。夜明け前の月を見やりながら、姫四郎は足早に歩き出した。

「乙姫さんは、西へ向かうんですか」

お葉の声が、あとを追って来た。

「流れ旅でさあ」

乙井の姫四郎は背中で答えて、振り返ろうとはしなかった。

因に、ヨーロッパの尿の研究は一八四二年にボーマンの濾過説、一八四五年にルードウィヒの反対の逆吸収説、一八七六年にハイデンハインの分泌説が出ているが、伏屋素狄の漉し説はボーマンの公表より三十六年も早かったのである。

命を競う小田原宿

一

相州(そうしゅう)小田原――。

現在の神奈川県小田原市である。中世より城下町として知られた小田原は、鎌倉時代には土肥(とい)氏が、室町時代には大森氏が、それぞれ支配した。そして北条早雲がこの地に城を築き、以後五代九十六年間にわたり北条氏の城下町として栄え、地方文化の中心地となった。

江戸時代にはいると大久保氏の居城となり、明治に至るのである。

小田原は箱根山を攻防線として関八州を守る軍事的要地であることから、徳川家譜代(ふだい)の大名のうちの実力者大久保氏の支配に任せた。

この江戸時代後期にあっては、大久保加賀守十一万三千百二十九石の城下町だった。同時に小田原は、東海道の宿場町としても大いに栄えていたのである。

人口　五四〇四
人家　一五四二
旅籠(はたご)　九五

本陣・脇本陣　八

これが天保十四年の調べによる小田原の、宿場としての規模であった。いずれの点でも、東海道有数の宿場の大きさだった。

東海道五十三宿のうち、人口の数では第十二位、人家の数では第九位、旅籠屋の数では第五位、本陣・脇本陣の数では第一位ということになる。

この小田原のすぐ東を、酒匂川が流れている。酒匂川は三月から九月までは歩いて渡り、十月から二月までは橋が架けられる。南を見れば、もうそこは海であった。

とにかく、このあたりは追はぎが多いことで知られている。

だから、酒匂川の河原で死骸が発見されたとき、誰もが追はぎの仕業だと頭から決め込んだのだった。ところが、小田原の町奉行所の役人が調べた結果、どうも追はぎの犯行ではないらしいということになった。

その噂はたちまち、小田原をはじめ大磯、平塚といった近くの宿場まで突っ走った。小田原を中心としたこの一帯では、ちょっとしたニュースだったのだ。

「酒匂川の河原で、死骸が見つかったんだとよ」

「追はぎか」

「それが、違うんだ。懐中の財布は、手つかずで残っていた」

「だったら、追はぎじゃあないですね」

「金目のものは何一つ、奪われていないんですからね」

「それに、突いたり刺したりした傷は、一つも残ってねえのさ」

「斬ったのか」

「後ろからバッサリ、袈裟掛けに斬ったあと、一刀のもとに首をスパッてわけだ」

「首は皮一枚残して、切り落とされていたそうだ」

「追はぎなんかに、そんな芸当はできねえよな」

「百姓、町人には無理だろうよ」

「すると、二本差しか」

「同じ武士でも、相当な使い手だ。それが二人がかりで、斬り倒したってわけよ」

「それにもう一つ、気がかりなことがある。斬り殺されたのが、小田原の御城下に住む医者だってことよ」

「医者……！」

「またかい」

「これで、三人目じゃあねえかい」

「小田原の御城下に住む医者が、酒匂川の河原で殺されるってのも、妙な話じゃあねえかい」

「前の日に、近くまで用たしに出向くと言って、そのまま行方知れずになっちまったんだそうだ」

「それで翌朝には酒匂川の河原で、首とおさらばして冷たくなっていたって話かい」

「酒匂川の河原まで連れ出されたうえで、斬り殺されたってことになる」

「それにしても、いってえどういうわけなんだろうな」

「何がだい」

「医者の先生ばかりが、御難続きってことよ」

「その辺のこととなると、こちとらにはさっぱりわからねえ」

「この十日のあいだに、医者の先生ばかりが三人も死んでいるんだぜ」

「まったく、気味の悪い話だ」

梅沢というところの立場で、大変な噂話になっていた。

立場というのは、宿場以外にある街道筋の休息所であった。道中人足たちが、杖を立てる場所という意味から、生まれた用語である。

つまり、道中人足が杖を置いて、ひと息入れるところだった。当然、旅人もそこで、休むことになる。立場には茶屋があるから、道中人足に無関係な旅人たちも、そこに寄って休息する。

宿場より気楽でいられるから、噂話に夢中になることが多かった。茶屋を中心とした立場は、旅人や道中人足たちの情報交換所にもなっていたのだ。

梅沢は、小田原と大磯の中間にある。景色のいいところだった。北には大山など丹沢山塊が、夏空の下に眺められ、南は浦続きの海であった。暑ささえ感じられない潮風の中の茶屋である。

茶屋のいちばん端の縁台に、二人の男が腰をおろしていた。ひとりは六十前の僧であった。乞食坊主と言われても仕方がないような身装りで、坊主頭だけが青々していて清潔な感じである。

旅の雲水、と見ていいだろう。

墨染めの僧衣も白い手甲脚絆も、薄汚れてすっかりくたびれている。頭陀袋を首にかけて、破れた網代笠を膝のうえに置いていた。ほかに所持品は、錫杖ぐらいしかないようだった。

その隣りにすわっているのも、また薄汚れた感じの男であった。

旅の渡世人である。

痛んだ三度笠をかぶり、振分け荷物の一方に丸めた道中合羽を結びつけている。草鞋(わらじ)だけは真新しいが、黒の手甲脚絆も着ているものも古びていた。

鉄環(てっかん)と鉄鐺(てつこじり)で固めた朱鞘(しゅざや)の長脇差を、腰にぶち込んでいる。

二十七、八の背の高い渡世人であった。日焼けがしみついた色の浅黒い顔に、歯の白さが印象的である。切れ長な目をしていて、珍しいくらいに睫毛(まつげ)が長い。顎がやや、しゃくれ気味だった。目もとが涼しげだし、甘い二枚目の顔である。それでいて、ひどく冷ややかな感じがする。気品があるくせに、くずれている。陽気みたいでいて、どことなく暗い顔であった。多情な年増女(としまおんな)なら、ついつい刺激されてしまいそうな旅人であった。

その渡世人は、右の手首に変わったものを巻きつけていた。数珠(じゅず)である。銅製の大珠ばかり五十四個の一連の数珠を右の手首に三重に巻いているのだった。

さっきから隣りの雲水が、しきりと渡世人のその右手首の数珠を気にしていた。僧ともなれば、数珠は無縁ではない。しかも、数珠を流れ者の渡世人が身につけているという点を、雲水は怪しんでいるのに違いない。

「最初は十日前のことでしたな。亡くなったのは、小田原の御城下の石川朴斎(ぼくさい)というお医者さんで……」

「そうだ。箱根への途中の塔(とう)ノ沢(さわ)の谷底へ、落ち込んで死んだってんだろう」

「あれにしたって、突き落とされたのかもしれねえよ」

また道中人足と旅人たちの、やりとりが始められていた。

雲水は番茶をすすりながら、渡世人の右手首の数珠へ目を走らせている。渡世人は海を眺めながら、五、六個の小石を手で弄(もてあそ)んでいた。だが、二人とも周囲の話には、聞き耳を立てているようであった。

「まあ、そうだろうな。谷底へ突き落とされて、殺されたのに違いねえ」

「石川朴斎先生のおかみさんの話だと、塔ノ沢なんぞへ足を向けるはずはねえってことだそうだもんな」

「やっぱり、近くまで病人の様子を見に行くからって出かけて、そのままあの世へ旅立ったってことなんだろう」

「二人目は、五日前だったな」

「平塚の医者だろう」

「平塚一の医者だという評判の大貫正道(おおぬきせいどう)先生で、このときは何でも使いの者が呼びに来たってことだ」

「小田原に急病人が出た、大貫正道先生でなけりゃ手に負(お)えねえ、何とかお出まし願いてえと、使いの者が駕籠(かご)でもって迎えに来たらしい」

「それで大貫って医者は、小田原へ向かったんだな」

「そうよ」

「それっきり、戻っちゃあこねえ」

「翌日、袖司(そでし)ヶ浦(うら)に水死人となって、打ち上げられた」

「水死人ってことだけどよ、頭に深い傷が残っていたそうだぜ」

「岩にぶつかったで片付けられちまったけど、実はその頭の傷で死んだってことになるんじゃあねえのかい」

「撲(なぐ)り殺してから、海の中へ投げ込んだのか」

「まあ、そんなところだろうな」

「そして三人目がまた小田原の医者で、坂田玄可(げんか)先生ってことになる」

「大貫正道って医者は平塚一というんだから文句なしだが、石川と坂田って医者も小田原の御城下では、かなり名を知られていたらしいぜ」

「そうよ、石川も坂田も町の医者としては、腕がいいって評判だったんだ」

「十日のうちに、腕がいいと評判の医者ばかりが、三人もあの世行きだよ。どうにも、こいつはわからねえ」

「それも三人揃って、殺されたとしか思えませんよ」

「手にかけたのは武士で、同じ下手人ってことになる」

「その武士は、大久保家の家中ってことになるだろう」

「小田原藩の武士ってことかい」

「小田原の御領内で、起こったことなんだからな」

「おいおい、滅多なことを口にするんじゃあねえよ」

ここで、道中人足も旅人たちも沈黙した。不安そうな顔で、あたりに目を配る。確かに口にしてはならないことだと、気がついたからである。

大久保家は、名家であった。徳川幕府を支える重鎮として、小田原城主からほかへ動いたことがない。幕閣の中心人物として、大久保の代々は実力を発揮している。

大久保加賀守忠朝(ただとも)

大久保加賀守忠増(ただます)

大久保加賀守忠真(ただざね)

と百六十年間に三代が、老中に任ぜられている。いまでこそ老中の地位を退いているが、幕府への影響力は依然として強いものがあった。

その大久保家の臣が、十日間に三人の医師を殺したなどと、想像で言っていいはずはない。もし、そのようなことが藩士の耳に届いたら、無事ではすまないのである。

不意に、旅の渡世人が立ち上がった。茶代を置くと、渡世人は荷物を肩に担いだ。渡世人は街道を、西へ向かって歩き出した。旅馴れた足どりで、自分の影を踏む。早い歩き方であった。

そのあとを、雲水が追った。修行のための旅を続ける雲水ならば、当然また足が早いはずである。雲水は歩きながら網代笠をかぶり、徐々に渡世人との距離を縮めていった。

夏の日射しが明るくて、視界は原色に彩られていた。空の青、海の紺、雲の銀、山の紫、草木の緑と美しい。路上の影だけが、黒であった。遠く近くで、呼応するように蟬が鳴いている。

渡世人と雲水の影が並んだ。

「名を承りたい」

いきなり、雲水が言った。

「乙姫と申しやす」

予期していたように、渡世人はニヤリとして答えた。

「かつて野州は河内郡乙井村に、関八州随一の名医と謳われた内藤了甫先生がお住まいだった。しかし、ある夜その内藤先生のお住まいに賊が押し入り、家人全員をひとり残らず殺害した。難を逃れたのは、三男の姫四郎どののみ」

一気に言って雲水は、初めて長身の渡世人を見上げた。

「よく、ご存じで……」

渡世人の口もとには、まだ笑いが漂っていた。

「多くの病人の命を救った内藤了甫先生とそのご一家の死に、お上も世間も知らぬ顔の冷たい仕打ち。姫四郎どのは世を拗ねて乙井村を去り、その後は無宿の渡世人にまで堕ちたとか……」

「みずから好んでの生きる道だったら、堕ちたってことにはならねえでしょうよ」

「しかし、さすがは名医の血を引く姫四郎どの、医術の修業を身につけてか、そのほうの腕も大したものと聞く」

「医術の修業だなんて、とんでもござんせんよ」

「右手は人を生かすために在りと数珠を巻き、左手のみで刃物を使う。そのうえ、人を生かすも殺すも道楽にすぎずと、気ままに行きすぎる旅人こそ乙井の姫四郎、人呼んで乙姫とか噂を聞きましたぞ」

「どうも、恐れ入りやす」

「その右手の数珠を見て間違いないとは思ったが、お手前が乙井の姫四郎、乙姫どのですか」

「へい」

「拙僧は一、二度、内藤了甫先生にお会いしたことがある。拙僧も、漢方の医術を学ぶ者としてだが……」

「さようでござんすかい」

「いまは遠春と称し、僧として諸国を行脚しておるが、かつては玉井遠春という漢方医ということで、少しは名を知られておりましてな」

「すると、おめえさんが上州一の漢方医として知られた玉井遠春先生で……」

「いかにも」

「こいつは何とも、おみそれ致しやした」

「いやいや、それほどのことでもない。しかし、漢方医がなぜ、雲水となって諸国を行脚するのか、乙姫どのも怪しまれることだろうな」

「へい」

「実を申すと、医術に悟りが必要だと思うてのことなのだ。まずは仏に念じて邪心を退けたとき、初めて医術の効き目も倍加するものなりと、わしは気がついてな」

「なるほど……」

姫四郎は、ニッと笑った。むかしその名を知られた玉井遠春という漢方医と、妙なところでめぐり合ったと思ったら、その玉井遠春が何とも不可解な精神主義を説き始めたのである。

退屈しきっていた姫四郎も、いささか面喰らったのだった。

二

間もなく、酒匂川であった。

左手の海を、袖司ヶ浦という。この袖司ヶ浦に大貫正道という医者の死骸が打ち上げられ、酒匂川の河原では坂田玄可なる医者が斬殺されたのでもある。もうひとりの医者石川朴斎は、小田原の先の箱根路、塔の沢の谷底に落ちて死んだ。この十日間に、三人の医者が死んでいる。三人とも、殺されたと判断していいだろう。只事ではない。武士が関係しているようだし、何か重大なことが、あったのに違いなかった。

歩きながら、姫四郎は、袖司ヶ浦の海へ小石を投げ込んだ。姫四郎が手にしている石は、大磯の西で拾ったものである。大磯の西には松並木が続き、大磯の浦があった。大磯の浦の海には、名物の小石があって、旅人(たびにん)たちはそれを拾っていく。五色の小石であって、とても美しい。盆栽に使えるので、人々は大磯の名物である五色の小石を持ち帰るのだった。姫四郎も大磯の海で、六つばかり五色の小石を拾って来たのである。

小田原の御城下へはいった。姫四郎と遠春は、別れることになる。遠春は御城下の北のはずれにある別法寺という禅宗の寺に泊まるとのことであった。雲水としては、当然のことだった。

「ところで、乙姫どのはどちらに宿をされるのかな」

遠春が訊いた。

「小田原には、八幡の京兵衛って貸元がおりやしてね」

姫四郎は、苦笑を浮かべた。

「そこに、草鞋をぬぐということになりますのか」

「へい、野宿のほうが、気楽でよろしいんでござんすがね。小田原を素通りして野宿をしたなんて知れると、八幡の京兵衛親分には嫌味に受け取れやしょうから……」

「間もなく、日が暮れますからな。まあ、小田原に一泊したほうが、無難でございましょう」

「へい」

「明日にはまた、お目にかかりたいものだ。お父上の話など、是非とも聞かせて頂きたい」

「ご縁がありやしたら、明日にでもまた……」

「では、」これにて……」

「ごめんを、蒙りやす」

立ち去る遠春を見送ってから、姫四郎も東へ向かって歩き出した。

さすがは小田原の繁華街で旅籠屋を中心に荒物屋、煮売屋、酒屋、餅屋、乾物屋、薬種屋、下駄屋、炭屋、塩物屋、米屋、足袋屋、油屋、古着屋、提灯屋、太物屋といった商家が軒を並べ、その中には医者などの住まいも含まれている。筋違橋の向こうには、ういろう、甲かね、足駄と、名物を売る店が多かった。『東海道中膝栗毛』の弥次郎兵衛と喜多八が下駄をはいたままで湯にはいり、五右衛門風呂の底を抜いたことで知られる小田原宿でもある。

筋違橋の手前に、口入れ屋の八幡屋があった。その八幡屋、京兵衛の住まいでもあるのだ。大名の城下町で、博徒が正業を持たずに、大きな顔はしていられない。

八幡の京兵衛も、表向きは口入れ屋の主人である。人足請負など口入れを業としていれば、若い者がごろごろしているのは当然ということになる。一方の貸元という無職渡世も、黙認されるわけであった。明かりがつかないうちに、姫四郎は八幡の京兵衛の住まいの敷居をまたいだ。

明かりがついてからの時刻になって、旅人が貸元の家を訪れるのは、作法に反することになるのだった。

若い者ばかり、五、六人が顔を出した。どれも知っている顔ばかりだし、仁義の口上を述べる必要もない。この春先に一度、立ち寄っているからである。お竜が泳ぐようにして、姿を現わした。

「おいでなさい、乙姫さん」

お竜が嬉しそうに、華やかな笑顔を見せた。

「一宿一飯の恩義も返さねえうちに、ご当家の前を通りかかるというご縁がござんして、厚かましいとは重々承知のうえで、立ち寄らせて頂きやした。ご厄介になりついでに草鞋を捨てさせて頂きやすので、よろしくお頼み申しやす」

姫四郎は、お竜に挨拶をした。

「堅いことは抜きにして、まずは濯ぎを使っておくんなさいな」

お竜は身体をくねらせて、姫四郎をぶつような手つきをしてみせた。目つきが妖しいほどで、こぼれるような色気があった。お竜はもう二十五、脂の乗りきった中年増というわけである。

お竜は小田原の銘酒屋『福むすめ』の酌女として、十六のときから五年間を過ごしている。その間にもう、いやというほど男の身体を知り尽くしているのだ。

姫四郎も二度ほど、『福むすめ』に立ち寄って、お竜と肌を合わせたことがあった。

そのお竜が二十一のときに、いきなり八幡の京兵衛の女になったのである。京兵衛が三十も年下のお竜に、夢中になったということだった。

それから四年、お竜もいまでは姐御、姐さんと呼ばれて、八幡屋のいいおかみさんになっている。女房ではなく、あくまで情婦ということなのだが、この世界ではそれが当然なのであった。

「親分は、お留守でござんすかい」

姫四郎は、お竜に訊いた。

「三島で、寄合いがありましてね。五人ばかり連れて、出向いているんですよ。明後日は、戻ってきます」

お竜は姫四郎を、中庭に面した小座敷へ案内した。客人用の板敷きの広間は、もっと表に近いほうにある。お竜としては特別な客人という意味で、姫四郎を奥の小座敷へ招き入れたのだろう。

旅装を解く。

しまい風呂でもないのに、湯殿へ案内される。

湯から上がってくると、驚いたことに浴衣まで用意してあった。

飯の給仕は、お竜が引き受けた。

しかも、銚子が五、六本、用意してあった。

至れり尽くせりというより、貸元のところに草鞋をぬいだ客人に対する待遇として他に例を見ないことだった。たとえ貸元の気紛れからだろうと、ここまで作法や慣習を無視することはないだろう。

「いってえ、どういうことなんでござんしょうねえ。これで明日のお天道さまが拝めるんなら、何の不服もござんせんが……」

そんなことを言いながら、姫四郎は浴衣を着込み、酒の仕度が整っている膳部の前にすわった。

「いいじゃありませんか。乙姫さんは親分の客人というより、このお竜の客人なんですからね」

媚びるように笑って、お竜は銚子を手にした。

「どうしてまた、そういうことになるんですかい」

姫四郎は、盃の酒を飲み干してから、ニヤリとした。

「だって、わたしはうちの親分に拾われる前に、二度も乙姫さんに可愛がってもらっているんだもの。うちの親分よりわたしのほうが、乙姫さんとは馴染みが深いってことになるでしょ」

蕩けそうな顔になって、お竜は流し目で笑いかけた。

「ですが姐さん、あの頃のお竜ってのは……」

「福むすめのお竜、つまり男に買われる女だったたって言いたいんでしょうよ」

「へい」

「相変わらず、意地悪で薄情なんですねえ。あの頃のわたしが乙姫さんだけには、商売っ気抜きだったたってことを百も承知でいたくせに……」

「そんなことは、一も承知でなかったんでござんすがね」

「お忘れかい、乙姫さん。お前さんにわたしを抱いた銭はいらないから、どこかへ連れて逃げてくれって、泣きながら頼んだお竜って酌女がいたことをさ」

「そんなことが、ありやしたっけねえ」

「あれからだって、乙姫さんへの思いを捨てきれずにいるんですよ」

「おっと、そいつは聞かなかったことに致しやしょう」

「そんなことを言われたら、気を悪くするってのかい」

「とんでもねえ。あっしにとっちゃあ嬉しいことでござんすがね、いまのおめえさんは親分だけが男の姐さんですからねえ。言葉のうえだけだろうと、不義密通は許されねえんでござんすよ」

「だって、わたしはただ正直に、胸のうちを……」

「親分がお留守なんで、姐さんはちょいとばかり寂しがっておいでなんでさあ」

「どう致しまして。親分が三島女郎衆とドンチャン騒ぎでもしてくれるようなら、わたしにだってもう少し張り合いがあろうってもんですよ」

「そいつはまた、どういうことなんで……」

「親分の年を、考えてみて下さいな。留守だろうとなかろうと、わたしが寂しいことに変わりはありません」

「なるほど」

「もう半年も、独り寝が続いているんですよ。年増女が、むかし好きだった男のことを思い出して、どこが悪いんですよ」

お竜は不貞腐れた顔になって、立て続けに盃の酒を口の中へ流し込んだ。

これで、お竜の強烈すぎるほどの色気の源が、わかろうというものである。姫四郎への特別待遇の理由も、やはり同じと解釈していいだろう。京兵衛の留守に姫四郎が訪れたということが、お竜をその気にさせてしまったのに違いない。

お竜は、酒を飲み始めた。姫四郎も調子を合わせることになる。盃のやりとりが、忙しくなった。お竜はほろ酔い気分になり、色気はもはや好色の兆候に変わっていた。膝をくずしたお竜の着物の裾が乱れて、内腿やふくら脛の白さがチラチラする。

時間がたった。

「ねえ、今夜は客人がひとりもいないんだよ。だからさ、乙姫さんの出入りに気づく者も、いないってことなのさ」

お竜が姫四郎の太腿をさすりながら、うっとりとした目つきで言った。

「そいつは、結構なことで……」

姫四郎は立ち上がった。

「わたしが寝ているのは、二つ奥の小部屋だからね」

いまさらのように声をひそめると、お竜は甘ったるい口調でささやいた。その手が、姫四郎の肩にかかっている。

「へい」

振り返ると姫四郎は、片目をつぶって悪戯(いたずら)っぽくニッと笑った。

お竜に尋(たず)ねたいこともあるのだからと、姫四郎はそのつもりになっていた。

三

姫四郎が指定された小部屋へ忍んでいったのは八ツ、午前二時になった頃であった。それまで浅い眠りに落ちていたし、姫四郎はすっきりした気分だった。姫四郎は長脇差だけを、手に提げていった。

その小部屋は、一組の夜具と角行燈だけでいっぱいになっていた。角行燈には、燈心を一本だけにして、火がはいっている。そのうえ行燈に着物が掛けてあるので、部屋の中はぼんやり顔が見えるという程度の明るさだった。

「遅いじゃないか」

押し殺した甘い声で言って、お竜は怨ずるような目で姫四郎を見やった。お竜は一睡もしないで、待ちわびていたらしい。焦れるのは、当然であった。

「お待ち遠さんで……」

姫四郎はニヤリとしながら、お竜に寄り添って身体を横たえた。

「もう、気が変になりそうだったよ」

お竜は姫四郎にしがみつき、荒っぽく脚を絡めて来た。何と薄掛けの下にあるお竜の身体は、腰巻だけの裸身だったのである。姫四郎の手が乳房に触れると、お竜は強引に唇を押しつけてくる。

しばらく、二人は口を吸い合った。お竜は身悶えを続けながら、姫四郎の手を股間にはさみ込んだ。そこは火照りによって、煮立っている鍋の蓋のように熱かった。唇を離すと、お竜は激しく息を弾ませた。

「ああ、せつないねえ。早く、何とかしておくれな」

目を閉じてお竜が、泣き出しそうな顔で言った。

「その前に、ちょいと尋ねておきてえことがござんしてね」

胸を重ねて姫四郎は、お竜の顔をのぞき込んだ。

「こんなときに、野暮なことをお言いでないよ」

「手間は、かかりやせん」

「いまさら改まって、何が知りたいというんだね」

「福むすめの酌女だった頃、おめえさんは上州の生まれだとか、あっしに打ち明けておくんなさいやしたね」

「わたしは、上州の沼田の生まれさ、もっとも父親の顔も名も知っちゃあいないけどね」

「そうそう、そんな話でござんした」

「おっかさんは、同じ上州の高崎というところへ奉公にいっていた。そのおっかさんが、腹をふくらませて、沼田へ戻って来た。そして、生まれたのが、このわたしだったってわけさ」

「おっかさんに手を付けたのは、奉公先の旦那さんだった。その旦那さんってのは、名の知れ渡った医者だったとか、おめえさんは話しておくんなすった」

「よく覚えていておくれだね、乙姫さん。その通りなんだよ。その名ははっきり教えてくれなかったけど、お前のおとっつぁんは上州一の漢方の医者さまだって、おっかさんがよく言っていたっけ」

「おめえさんが十五になったとき、その医者さまは上州から行方をくらましたんでござんしたね」

「そうなのさ、何でも医術の修行のために諸国を旅するとかで、ふらりと出かけちまったんだそうだけどね。そのために沼田への仕送りも絶えたし、おっかさんは寝ついてしまったし、わたしがお定まりの身売りってことになったんだよ」

「売られた先が、小田原の銘酒屋で……」

「二階の小部屋で、客に抱かれるのが本業の酌女ってわけさ。上州一の漢方のお医者さまが、そうと知ったらどんな顔をしただろうかねえ」

「その後、医者さまの消息は知れずじまいだったんでござんすかい」

「もう、古い話だよ。でも、血は争えないもんだねえ。あの頃、わたしが客のお前さんに思いを寄せたのは、お前さんに医術の心得があるってことを知って、急に他人のようには思えなくなったためなのさ」

「いま生きているとしたら、その医者さまの年はいくつぐれえなんで……」

「五十八、九ってところだろうねえ」

「玉井遠春……」

「え……？　お前さん、いま何とお言いだい」

「玉井遠春って名を、耳にした覚えはござんせんかい」

「確か、そんなような名を何度か、おっかさんの口から聞いたって気がするんだ」

「そうですかい」

「だけど、何もかも遠いむかしのことさ。乙姫さんも、どうしてそんなつまらない話をしたがるんだい」

天井を見上げて考え込んでいたお竜の顔に、また淫（みだ）らな笑いが広がった。

「なあに、例によって、あっしの退屈凌（しの）ぎの道楽からでさあ」

姫四郎はクスッと笑った。

「ねえ、わたしはもう我慢できないよ。退屈しないように、思いきり可愛がっておくれな」

お竜は両手で、姫四郎の頭を押さえ込んだ。いやでも姫四郎の顔は、お竜の胸のふくらみに押しつけられて、その先端のツボミを口に含まずにはいられなかった。お竜はのけぞりながら、姫四郎の腰のあたりを太腿ではさみつけた。

熱い泉の中へ姫四郎を迎え入れると、お竜は堰を切った激流のように、もうとまることを知らなかった。お竜は用意してあった手拭いを、口の中に押し込んで噛みしめた。それでも、唸り声が洩れっぱなしという奔放さであった。

やがて、汗まみれになった全身から力を抜き、お竜は死んだように動かなくなった。口から手拭いがこぼれ落ちたが、お竜の可愛い唇は開いたままだった。満足しきった女の生真面目さが、お竜の顔にあった。

「どうも、ご馳走さんで……」

姫四郎はお竜から離れて、浴衣の乱れを改めた。

「わたしのほうこそ、たんとご馳走になっちまって……」

夢みるような目つきで、お竜は姫四郎を見上げた。

「ひと眠りしたほうが、ようござんすよ。間もなく七ツになりやすんで、あっしは草鞋をはかせて頂きやす。食い逃げの早立ちってわけで……」

「間もなく、七ツだって？　だったら、わたしもこうしちゃあいられない」

「起きなさるんですかい」

「わたしは毎朝、八幡さまへお参りに行くことにしているのさ。今朝はお前さんと、二人でお参りに行こう」

「そんなことをしたら、罰があたりやすよ」

「お互いに、食い逃げなんて味気ないじゃないか。次はいつ会えるかわからないんだし、せめて名残りを惜しむのに、八幡さまへ一緒にお参りしようじゃないか」

「へい」

「じゃあ早速、仕度をしよう」

お竜は腰に手をやって、いかにもだるそうに起き上がった。

姫四郎も客人用の広間に戻ると、夜具を片付けてから身仕度にとりかかった。手甲脚絆をつけて、着物の裾を絞り上げ、長脇差を腰に押し込む。三度笠と振分け荷物を持って、姫四郎は中庭の濡れ縁へ出た。

若い者たちはまだ眠っているし、表戸も開かれてない。中庭へ出て、裏木戸を抜けることになる。姫四郎が新しい草鞋をはき終わったとき、着換えをすませたお竜も中庭におり立った。

二人は裏木戸から出て、表の通りへ回った。歩きながら姫四郎は、三度笠の顎ヒモを結んだ。時刻は七ツ、午前四時である。人影もまだ疎(まば)らで、姫四郎とお竜に目を向ける者もいなかった。

南へ歩いて間もなく、潮の香を嗅ぎ波の音を聞いた。松林の手前に八幡神社、その向こうに八幡ヶ浦と呼ばれる小さな浜辺がある。二人は八幡神社の境内にはいった。視界は水色に染まっている。

その視界に、五つ、六つと人影が浮かび上がった。いずれも覆面の武士であり、すでに抜刀していた。姫四郎は背後のお竜が、横へ逃げるのを気配で察した。六人の武士が、姫四郎を包囲した。

「首尾(しゅび)よく、お引き渡し致しましたよ」

お竜の声が、そう言った。

「これが内藤了甫のせがれで、医術をよくする姫四郎か」

正面にいる覆面の武士が、目をキラリと光らせた。

「一晩引きとめておき、この時刻にここへ連れ出して参るというのも、楽ではなかったであろう」

　もうひとりの武士が言った。

「女には、色仕掛けってものが、ございますからね」

　お竜の笑った声が答えた。

「仕掛けておきながら、手めえも心ゆくまで楽しめるんですから、女ってのは得なもんでござんすよ」

　姫四郎は、ニッと笑った。

　その姫四郎の胸と背中に、六本の刀の切先が触れた。姫四郎は、身動きがとれなかった。背後の武士が、姫四郎に目隠しをした。その場で姫四郎は十回ほど、身体の回転を強制された。

「じゃあ、わたしはこれで……」

「ご苦労」

　お竜と武士のやりとりが聞こえた。

　二人の武士が、姫四郎の左右の腕をかかえ込んだ。無理に、歩かされることになる。右に左に、姫四郎は引っ張り回された。目隠しをしたり、回転させたり、左や右へ歩かせたりしても、それらはすべて無駄なことだった。

方角をわからなくしたうえに、かなり歩いたと錯覚させたつもりなのだろうが、姫四郎には八幡ヶ浦から少しも遠ざかっていないと読めていた。波の音、松風の音、それに潮の香を、武士たちは考慮していないのであった。

屋敷に連れ込まれて、庭伝いにかなり奥のほうへ案内された。庭から縁側へ。そして五つ六つも部屋を通り抜けたという感じである。かなり大きくて立派な武家屋敷だと、姫四郎は判断していた。

三度笠、手甲脚絆をはずされて、長脇差も抜き取られた。着流しの恰好になった姫四郎は、すわることを命じられた。姫四郎は、正座した。目隠しが、取り去られた。周囲を武士たちが、固めている。その武士たちも、もう覆面をはずしていた。

正面に、五十がらみの武士がすわっていた。気品骨柄、貫禄から推して、小田原の重役のひとりと見てよさそうだった。重役は姫四郎の顔を、にらみつけるように見据えている。深刻な表情であった。

「何も目隠しをするなんぞ、手の込んだ細工は無用でござんしょう。このお屋敷へ連れ込まれた医術の心得がある連中は、生きては戻れねえんでしょうからね。石川朴斎、大貫正道、坂田玄可ってわけでさあ」

姫四郎の口もとには、笑いが漂っていた。

「そこまで、見抜いておるのか」

重役は吐息(といき)してから、重そうに唇を動かした。

「さるお方が、業病(ごうびょう)に取りつかれた。そうしたことが世の中に聞こえるのを恐れて、見立てをした医者の口を封ずる。世間には、よくある話でござんすよ」

「そうした例に似てはおるが、いささかの違いがある。いかなるご病気かも判じようのなかった医者は、自由の身にしておけば後日、そのことを必ず口外する。それで、生かしてはおけなかった。何も最初から、生命を奪うつもりはない」

「するってえと、何ですかい。さるお方のご病気を間違いなく見立てて、相応の手当を施したんだったら、生かしたってんですかい」

「それなりの心尽くしを添えて、無事に送り届けたことだろう。みずからが手がけた病人については、医者は口外せぬものと聞いておるからな。しかし、石川、大貫、坂田なる三名の医者はいずれも、他に例を見ず、手の施しようもない業病と、いたずらに首をかしげるばかりであった。それで口外されることを恐れて、三名の者は……」

「ですが、どうしてまた町の医者に、見立てを頼みなすったんでござんしょうね。

こちらさんみてえな大藩には、いくらでも藩おかかえの名医がおいでのはずで……」

「それが藩医たちも、藩とつながりのある医家たちも、揃ってサジを投げたのだ。それで藩医、医家たちと談合のうえ、御城下の医者あるいは御城下を通行する医術の心得ある者に、内密で見立てを頼むことに致そうと決定したのだ」

「あっしが、その網にかかった四人目ってことでござんすかい」

「いや、五人目だ。先刻すでに、ここへ連れて参った者がおる。玉井遠春と申す者で、漢方の名医とか聞く」

重役が、沈痛な面持ちで言った。玉井遠春もここへ連れ込まれている——と、姫四郎の顔から笑いが消えていた。

四

重役の説明によると、さるお方の病気にサジを投げた藩医と武家階級に接触がある医家たちは、内密にほかの医者にも見せたらと提案したわけである。得体の知れない業病となると、公けに天下の名医を集めることもできない。

江戸から有名な蘭方医を招いてという話も出たが、その名医の動静からもさるお方の業病が天下に知れ渡る恐れありと、反対意見が強かった。それでとりあえず、御城下とその近辺で評判の高い町医者を、拉致してくることにした。

同時に、小田原を通行する旅人の中に、隠れたる医家がいないかどうかを、探らせることにした。その役目を金によって引き受けたのが、八幡の京兵衛一家であった。京兵衛は身内の半数を連れて箱根山を越え、西の三島に網を張った。

一方、お竜は残った子分たちを動員して、東の平塚に網を張ることにした。とたんに、平塚の網に、二人の大物が引っかかった。ひとりは、かつて上州一の漢方医と言われた玉井遠春である。

もうひとりは、関八州随一の名医と謳われた内藤了甫の息子で、道中あちこちで鮮やかな医術の腕を見せていると評判の姫四郎だった。お竜はその二人を、小田原で捕捉した。玉井遠春が別法寺に落着くのを、子分のひとりが確認している。

姫四郎のほうは、お竜がわが家へ迎えて、色仕掛けで引きとめ、安心させておいて浜八幡神社まで連れ出した。玉井遠春はそれよりも早く、別法寺からこの屋敷へ拉致されたというわけである。

「とにかく病人を見ねえと、どうすることもできません」

気をとり直して、姫四郎は言った。

「しからば……」

重役が周囲の武士たちに、目でうなずいて見せた。

三人の武士が立ち上がり、姫四郎を押し包むようにして廊下へ出た。三人の武士が、姫四郎を送り込んだのは湯殿であった。姫四郎は湯につかり、時間をかけて全身を洗った。風呂から上がると、新しい下帯が用意してあった。

木綿の白衣を裸身にまとい、同じく白い頭巾をかぶるように命じられた。そこから更に、奥へと案内された。あちこちに付いている紋どころが目に触れる。上り藤に大の字の紋は、大久保家の家紋である。

ここは、八幡ヶ浦にある大久保家の浜屋敷なのだろう。その浜屋敷に、病人が臥せっている。しかも、重役をはじめ藩士たちが、病人のために苦労を重ねているのだ。そうなると病人は、藩主かその肉親に違いない。

三間付きの広間に、姫四郎は案内された。左右の女中が、襖を開く。次の間へはいると、また別の女中が襖を左右に開く。その奥に、十畳の座敷があった。病人の寝所である。

襖絵は、銀泥の雲に秋草であった。畳は高麗縁で、その中央に夜具が積み重ねてある。そこに横たわる病人へ、三人の女中が円うちわで風を送っている。意外にも、病人は若い女であった。

顔は高貴な女物の扇子で隠していて、姫四郎などに見せようともしない。髷を解いた髪の毛が、横のほうへ流れている。白絹の寝間着に包まれたその身体つきから、二十前後と見当がついた。

この寝所までは、武士もはいることを許されない。ひとり例の重役だけが、姫四郎の背後に控えている。だが、その重役にしても両手を畳に突いて、完全に顔を伏せてしまっていた。

医者の診察のために、病人の寝間着の衿が開かれる。あるいは、半裸にさせることもあるだろう。それで重役も病人の肌を見ないように、最善の注意を払っているのだ。病人を直接見ることを許されているのは、姫四郎と五人ほどの女中だけであった。

いや、もうひとりいる。玉井遠春だった。玉井遠春はすでに、姫四郎と同じ白衣姿で、病人の足もとに正座していた。遠春は弱々しい目つきで姫四郎のほうを見やった。冴えない顔色をしている。

姫四郎は、診察を始めた。病人の脈をとり舌の色を見てから、胸、腹、脇腹、背中、腰、下腹部と触診を続ける。病人は身体で痛いとか、くすぐったいとかの反応を示すだけであり、言葉は一切口にしない。

何も、わからなかった。

年齢は二十一、二のお姫さまだが、もちろん既婚者である。子どもを、ひとりか二人は生んでいる。肌の色つやが悪くて、瘦せている。わかったのは、それくらいのことだった。小田原藩主との続柄など、尋ねるわけにはいかなかった。

重役の話では、どこが悪いと訴えることもなく、ただ瘦せていく一方だという。肌の色つやが悪くなり、起きている気力もなくなった。疲れやすいし、すでに精神的にも参っているらしい。

お姫さまだから、気分的なものが先行するし、寝込む時期も早まるだろう。だが、どこかが悪化していることは確かだし、下手をすると手遅れになるかもしれない。それにしても、病人が苦痛を訴えないというのはおかしい。

どこかが痛むのだが、それを藩医にも打ち明けずにいるのではないか。恥ずかしい年頃の娘にはよくあることだし、お姫さまにも同じような気どりがあって不思議ではないのだ。

女として恥ずかしい部分に、異常を感じている。しかし、高貴な女性としては恥ずかしさとプライドが邪魔をして、藩医にも苦痛を訴えられずにいるのではないか。恥ずかしい部分となると、下腹部か乳房しかない。

姫四郎はもう一度、病人の下腹部と乳房を丹念に触診した。下腹部の場合は、困惑するように身を縮めるだけで、病人の反応は鈍かった。だが、左の乳房を押すと病人は身体をよじるようにした。

姫四郎はやがて、病人の左の乳房に固い部分があるのに気がついた。それに触れると、病人は痛がった。親指一本ほどの大きさで、固くなったものが内包されている。

「あれ……」

病人は、のけぞって叫んだ。

手を合わせて念仏を唱えていた遠春が、驚いて顔を上げた。その遠春を招き、姫四郎は重役を促して次の間に下がった。三人だけの密談である。

「最初に、お願いがございやす」

姫四郎は、重役に言った。

「申せ」

重役の目には、期待の色が見られた。

「あっしが、さるお方のご病気をお治ししたら、こちらの玉井遠春先生の身はどうなるんでござんす」

「そのほうの知ったことではない」

「遠春先生もあっしと同様に、無事に帰して頂きてえんでござんすがね」

「そうはいかぬ。この玉井遠春と申す者は先刻より、いずこが悪いのか見当もつかぬと、ただ念仏を唱えおるだけなのだ」

「ですが、あっしはこれから遠春先生に、手助けをお願いすることになるんでござんすよ」

「手助けだけなら、間もなく藩医らも集まることだし、それたちに頼むがよい」

「お断わり致しやす」

「断わる……？」

「遠春先生はあっしの父親とも昵懇(じっこん)の間柄(あいだがら)だったんで、気が置けやせん。手伝ってもらうには、気が置けねえってのが何よりでござんすからね。そちらがもしいけねえとおっしゃるんなら、あっしのほうもお断わり致しやす」

「断わって、それですむと思うのか」

「思っちゃあおりやせん」

「即刻、そのほうの首を刎ねてやる」

「やっておくんなさい。あっしのほうは、一向に構いやせんよ」

姫四郎は、ニヤリとした。

「そのほう、命は惜しくないのか」

「へイ。死のうと生きようと、大した変わりはねえと思っておりやすからね」

圧倒されたように、重役は急に気弱な顔つきになった。

姫四郎は、両腕を前に突き出した。

「これは、何の真似だ」

重役は扇子で、姫四郎の両腕を押さえた。

「右の腕も左の腕も、まったく同じものでござんしょう。そいつがただ、どうしても一本にはならねえってだけでさあ」

「だから……？」

「生きるってことと死ぬってことも、それと同じようなものなんでござんすよ」

「そのほう、面白いことを申すの」

「さあ、決めておくんなはい」

「そのほうの見立ては……？」

「早々に医術を施さねえと、さるお方の命は助かりやせん」

「いかなる医術を施すのだ」

「さるお方の肉を、切り開きやす」

「何だと……！」

「肉の中にできている腫れものを、切り取るんでござんすよ」

「まあ、待て」

「あっしの見立てや医術がお気に召さねえってんなら、さっさと首を刎ねてもれえやしょう」

姫四郎は、相変わらず笑っていた。

「うむ」

重役のほうは対照的に、苦悩する顔になっていた。重役としては、お姫さまに切開手術を施すなど、考えも及ばなかったのだろう。切開手術となると、まさしくゆゆしき一大事であった。

直ちに、藩医と領内の医家の代表三人が、呼び集められた。重役からの報告を聞いて、藩医たちも顔色を変えた。姫君の御乳房を切り開くなど、もってのほかだと口走った医家もいた。

「乳岩は取り除くよりほかに、手の施しようがござんせん」

姫四郎は、その点を強く主張した。当時はまだ『癌』という字は、用いられていなかった。『乳癌』ではなく『乳岩』とされていたのである。それでも医家たちには、乳岩という言葉が耳新しかったらしい。

「万人にひとりと言われる乳岩か」

藩医だけが、乳岩を知っていた。

「とっくのむかしに華岡青洲先生、それにあっしの父親も、乳岩に医術を施しておりやす。やるだけやってみるほかは、ござんせんよ」

姫四郎が言った。

「もし、施術に失敗したら……」

藩医は、目を閉じた。

「何人かが、死ぬことになりやしょう。生きたり死んだりで、当たり前なことじゃあござんせんかい」

「その前にご病人が、肉を切り開く痛みに果たして耐え得るものかどうか」

「施術が終わるまで、病人には眠って頂きやす」

「華岡青洲先生が考案された麻沸湯を、用いるのか」

「その通りで……」

「麻沸湯の作り方を、存じておられるのだな」

「へい、父親の見よう見まねではござんすが……」

「意を決しましょう」

藩医が言った。

決定だった。まず必要とするものを集めるのに、二時間ほど費さなければならなかった。普通なら、二日はかかっただろう。しかし、さすがは十一万三千石の大名で、大抵のものなら揃っていたし、不足品には金と機動力がものを言った。

藩医と有力医家が八人ほど、手術に立ち会うことになった。監視、見学、助手を兼ねての立会人である。あとは姫四郎と玉井遠春だけで、重役を含めた何びとも寝所に出入りすることを禁じた。

姫四郎にとっても、一世一代の手術となった。

誤診ということも、あり得るのだ。同席している藩医たち八人も、玉井遠春も診断を下せなかった。それればかりか石川朴斎、大貫正道、坂田玄可が死んでいる。万人にひとりの病気だからといって、誤診が許されるはずもない。

乳岩という診断が正しかったとしても、手術に失敗する可能性は十分にある。

姫君の身体を切り刻んだうえで死なせたとなると、ただ首を斬られるだけなら楽なものであった。極刑に処せられても、文句は言えなかった。

死ぬのも、姫四郎だけでは終わらない。この場にいる医者全員も同じ運命（さだめ）をたどることになるし、重役をはじめ多くの武士が腹を切らなければならない。姫四郎の責任は、重大であった。

その姫四郎も、初めての経験なのである。たった一度、父親の内藤了甫が乳岩の手術をするのを、見たことがあるだけなのだ。しかし、姫四郎は真剣な顔つきではあっても、冷静そのものだった。

姫四郎は黙々と、麻沸湯の製作に取り組んでいた。麻沸湯というのは、華岡青洲が独自に考案した全身麻酔薬であった。

五

古今漢蘭を折衷（せっちゅう）した華岡流外科は、世界で最も早く記録に残る全身麻酔に成功している。ボストンの医師ワレンが初めてエーテルによる全身麻酔に成功した一八四六年は、華岡青洲の死後十一年ということになるのである。

いま、姫四郎はその華岡流麻酔薬を作ったのであった。曼陀羅華（まんだらげ）八分、草烏頭（くそうず）を二分、白芷（はくし）を二分、当帰（とうき）を二分、山芎（さんきゅう）を二分、南星炒（なんせいしょう）を一分の割り合いで細かく刻むところから、この麻酔剤の処方は始まる。

細かく刻んだものをまぜ合わせて熱湯に投じ、沸騰させながらかき回した。養分が湯に吸収されるのを待って、姫四郎は丹念に滓（かす）を取り去った。そこで、でき上がったのが麻沸湯である。

この麻沸湯が温湯になったところで、藩医が病人に飲ませた。そのまま一同は、効果が現われるのを待つ。一時間がすぎて九ツ半、午後一時になった。

「効き目がない」

「調合の手順、分量に間違いはないのだろうか」

「何か不足しておったのではないか」

「これが、まことの麻沸湯なのか」

病人を見守っている医者たちが、不信の言葉を交わしていた。

玉井遠春は、必死になって拝んでいる。

姫四郎は、黙念と時間がすぎるのを待った。

「目が回る。めまいじゃ」

姫君が、つぶやくように言った。

「始めることに致しやす」

姫四郎は病人の寝間着の前を開いて、胸全体を露出させた。余人が見ることを許されぬ姫君の胸が、いま十人の男たちの視線を集めている。しかし、姫君は何も感じないように、もの憂く頭を動かしているだけだった。

間もなく、その頭も動かなくなった。

姫四郎は、何本もある細身、薄刃の短刀のうちから一本を選んだ。藩医たちが、左の乳房だけを残して姫君の胸を、晒木綿でおおった。姫四郎は焼酎と酢で、姫君の左の乳房を洗った。

姫四郎は乳房を握り、固くなっている部分を摘まむと、その側面を短刀の切先で断ち割った。鮮血がたちまち、晒に真っ赤なシミを拡げた。

数人の医者が、顔をそむけた。漢方医はこうした外科手術を知らないし、病人がギャッと叫んで飛び起きるのではないかと、心配だったのだろう。

しかし、姫君はまるで死人のように、腕一本動かさずにいる。それは初めて全身麻酔というものを知った医者にとって、まさに驚異であり、妖術を使っているとしか思えないようなことでもあった。

姫四郎は左手に二本の短刀を持ち、それを差し込んで切開口を広げると、右手に一段と細身の短刀を握った。出血の量が多いので、手術は急がなければならなかった。

右手の短刀で、親指ほどの大きさの腫瘍(しゅよう)部分を抉(えぐ)り取った。一部を残してもいけないし、余計な肉を切り取ることも許されない。丹念に慎重に、腫瘍部分を抉り取っていく。赤黒く凝縮し、黄色い部分もまじえた肉片が取り出された。

そのあと姫四郎は、右手の短刀を置き、十センチの長さの毛抜きのようなものを握った。木製の毛抜きそっくりだが、それがピンセットの役目を果たすのであった。姫四郎はその毛抜きみたいなもので、切開口の底に残っている腫瘍の滓を、念入りにかき出した。

除去手術は終わった。

切開口の中を、薄めた焼酎と油で洗った。癒瘡油(ゆそうゆ)を詰め込んでから、更に傷口を温焼酎で洗って密着させる。すぐに、蠟麻糸で縫合(ほうごう)に移る。縫合が終わるとそのうえに、酢と焼酎に浸した軟綿を置いた。

軟綿の上に膏薬(こうやく)を広げて、油紙と晒を巻きつける。更にそのうえから、冷水で湿した布をかぶせる。

期せずして、全員が溜め息をついた。誰もが、汗びっしょりになっている。特に姫四郎は、水を浴びたように汗にまみれていた。急に蟬(せみ)の声が、耳につき始めた。だが、姫四郎には、休んでいる暇がなかった。

姫四郎は煎茶を用意させて、それに適量の塩を加えた。ほかに当帰、山芎、芍薬(しゃくやく)などによる参調栄湯を作った。この参調栄湯も、華岡流外科に基いたものであった。

もう一種類、姫四郎独自の漢方薬を調合した。丁字(ちょうじ)、人参、ナツメの実、スイカズラの茎葉をまぜたものだった。この調合によって反対刺激剤、食欲不振、嘔吐、下痢、鎮痛、消炎、瘡毒(そうどく)、腫瘍、緩和作用のある強壮、利尿などの効果と治癒を招くことになるのだった。

やがて、塩を加えた煎茶を飲ませると、病人の意識は正常に戻った。そこで参調栄湯と姫四郎流の薬湯を与える。病人は手術後の痛みを訴えては、眠りに落ちるというのを繰り返すようになった。

日が暮れた。

冷水による湿布を続けながら、医者たちは交替で眠った。長い一夜であった。

夜明け前から、眠る者はいなくなった。病人は、ぐっすり熟睡を続けている。その病人を一同は、じっと見守っていた。

夜が明けた。

姫四郎は、病人の熱を調べた。赤い顔をしていた病人も、いまは正常な肌の色に戻っている。熱は下がった。切開のあとを見てみたが異状はなかった。成功である。大丈夫だと、姫四郎も思った。

正午になった。一昼夜が、すぎたことになる。病人が、目をあけた。痛みは訴えないし、気分も悪くなさそうである。藩医が病人の顔を、扇子で隠した。そうされることを厭わないのは、気持ちが落着いている証拠であった。

すべては終わった。姫四郎と玉井遠春は退出すると、最初に通された座敷へ戻り、それぞれ自分の衣類に着換えた。重役が姿を現わして、二十五両の包みを二つ、五十両の礼金を差し出した。

姫四郎は、礼金を断わった。では路銀にと渡された十両だけを、姫四郎は受け取った。重役は多くを語らず、姫四郎もまた余計なことを口にしなかった。ただ姫四郎は別れ際に、ニヤリと重役に笑いかけた。

姫四郎と玉井遠春は、藩主の浜屋敷を出た。潮風を嗅ぎ、波の音を聞いた。八幡神社の境内では蟬がやかましいくらいに鳴き続けていて、子どもたちがトンボ取りに走り回っていた。

「先生、上州高崎にいなすった頃、沼田の生まれの奉公人と深い仲になったってことに、心当たりはござんすかい」

歩きながら姫四郎が、笑った顔で言った。

「おしんのことですかな」

雲水の姿に戻ったせいもあってか、遠春は照れ臭そうに坊主頭に手をやった。

「そのおしんさんとのあいだに、娘さんができたんじゃあねえんですかねえ」

「乙姫どのは、その娘のことで何かご存じなんですか」

「お竜と名乗って、いまこの小田原におりやすよ」

「お竜……！　お竜とは、このわしが名付けたんじゃ」

「やっぱりねえ」

「わしが修行の旅に出て間もなく、おしんが死んだという噂を耳にした。それで、わしは沼田へ向かった。娘のお竜のことが、気になったからじゃ。だが、わしが沼田の地を踏んだとき、お竜は身売りしたとかで行方知れずになっていた」

「お竜さんは先生に見捨てられたものと思い込み、未だにそのことを恨んでいるようでござんすよ」

「あれから十年か……」

「先生を父親と承知のうえで、殺されるかもしれねえ浜屋敷へ売ったのは、お竜さんなんでござんすからね」

「それは、まことのことか」

「いかがなもんでしょう。これから、お竜さんのところへご案内致しやしょうか。お竜さんは、あっしのことも売ってくれたお人なんですがね。何とか先生とお竜さんを、対面させてえと妙な気を起こしやしてねえ」

「それで乙姫どのは、わしの命を助けようと身を捨てて掛け合って下さったのか。いや、何ともお礼の申しようがない」

「とんでもねえ。何もかも、あっしの道楽なんでさあ」

夏空をまぶしそうに振り仰いで、姫四郎は白い歯をのぞかせた。

筋違橋へ出て、姫四郎は八幡の京兵衛の住まいを訪れた。だが、表戸が締めきってあって、叩いても応答がなかった。姫四郎は遠春を伴って裏へ回り、木戸から中庭に足を踏み入れた。

妙に静かである。それに、線香の匂いがした。姫四郎と遠春は、右手の座敷へ目を走らせた。京兵衛の身内が十人ばかり、並んですわっている。その前に、お竜の寝姿があった。

お竜の枕もとで、悄然とうなだれているのは八幡の京兵衛である。お竜は胸のうえで手を組み合わせ、まったく動かずにいる。顔に白布はかけてないが、どうやら生きているお竜ではないらしい。

「いってえ、どうなすったんで……」

姫四郎が、声をかけた。

とたんに京兵衛が向き直り、子分たちも一斉に姫四郎のほうを見た。

「やい、姫四郎！　こんなことになったお竜を、どうしてくれるつもりだい！」

京兵衛が、長脇差を引き寄せた。

「あっしがまるで、姐さんをあの世へ送ったみてえなおっしゃりようでござんすね」

「その通りよ！」

「冗談じゃあござんせんよ、親分さん」

「馬鹿野郎！　酌女だったお竜は長年の深酒が祟って、一滴たりとも酒を口にしたら命は助からねえと、医者から言われている身体だったんだ！　だから、この二年のあいだお竜は、一滴の酒も口にしなかった。そのお竜に酒をすすめ、盃のやりとりをして、飲めるだけ飲ましやがったのは、どこのどいつなんだよ！」

「姐さんは、その酒が因で……」

「そうよ！　お竜はな、昨日の昼すぎから一昼夜、苦しみに苦しみ抜いて、ついさっき息を引き取ったんだ！　吐くものがなくなってしまいには、タライいっぱいもの血ヘドを吐き散らして死んだんだぞ！」

京兵衛は怒りと憎悪に、老醜を感じさせるような顔になっていた。

昨日の昼すぎから、ついさっきまで苦悶を続けた挙句に、お竜は死んだということである。その同じ一昼夜、浜屋敷ではひとりの女の病気を治すために、大勢の男たちが命がけで必死の努力を続けていたのだった。

しかも、その女の命を救う一つの手段として、お竜は実の父親と姫四郎を死なせる気で、浜屋敷に売ったのである。お竜が無理して大酒を飲んだのも、そうした自分の気持ちを誤魔化すためだったのだ。

お竜はさるお方の身代わりに、死んだわけではない。またそれを、皮肉な運命とも見るべきではなかった。人間の生死とは、そういうものなのである。いつもそうだと、姫四郎が思っている通りであった。

「何もかも、無駄になったようで……」

姫四郎は、背後の遠春を振り返って言った。同時に姫四郎の左手は、長脇差の柄を握っていた。京兵衛が長脇差を抜いて、中庭へ飛びおりたのを気配で察したからである。逆手で鞘走らせた長脇差を、姫四郎は向き直りざまに下から斜めうえへと走らせた。

キーン！

金属音が空気を震わせた。京兵衛は、はじき返された長脇差を、そのまま上段から振りおろした。それに子分がひとり加勢して、横合いから突っ込んで来た。

姫四郎は目で見定めることもなく、逆手の長脇差を後ろへ繰り出していた。

長脇差はズーンと、子分の胸板を貫いた。子分は串刺しにされたまま、絶叫した。姫四郎は、長脇差を抜き取った。子分は転倒して、地面に鮮血をまき散らした。

「九分通り生きては戻らねえと見込んだうえで、遠春先生やあっしを浜屋敷へ送り込んだおめえさんたちでござんしょう。いまさら恨み言とは、未練がすぎやすぜ」

姫四郎はそう言ったあと、執拗に迫ってくる京兵衛の首へ長脇差を叩きつけた。

ザクッと首の三分の二を断ち割られた京兵衛は、声もなくのけぞって、ガクッと首が傾いた方向へよろけながら倒れた。

姫四郎は長脇差を鞘に戻すと濡れ縁に近づいて、お竜の枕もとへ手を伸ばした。放心したように動かずにいる子分たちには目もくれずに、姫四郎がお竜の枕もとに置いたのは、大磯の海で拾った五色の小石であった。

三十分後に、姫四郎と遠春は小田原の西の宿はずれ、東海道と甲州みちの分岐点にいた。甲州みちを選ぶ玉井遠春が、これからいずこへと暗い顔で訊（き）いた。

「生きて明日なき流れ旅でさあ」

ニヤリとして乙井の姫四郎は、箱根への上りの道を、早い足どりで去っていった。

因（ちなみ）に、ボストンの医師ワレンが初めてエーテル麻酔に成功したときに行った手術も、頸部（けいぶ）の腫瘍であった。

女郎が唄う三島宿

一

人間とは、薄情なものである。好奇心が薄らぐと、とたんに無関心になる。死ぬか生きるかというときには、好奇の目で見守っている。だが、死ぬとわかると、どうでもいいという顔つきで立ち去ってしまう。

そのときも、そうだった。

女が路上に倒れ込んでガタガタと震え始めたのを見て、たちまち二十人からの旅人(たびにん)が駆け寄ったのである。場所は東海道の吉原(よしわら)と蒲原(かんばら)の中間、富士川の東の本市場というところであった。

東海道は、旅人の往来が激しい。その東海道筋でもこのあたりは、最も旅人たちがゆっくりと歩きたがる街道であった。北には富士山、南には駿河(するが)の海と、美しい景色を心ゆくまで楽しめるのだ。

本市場では、ひごずいきと白酒を、名物として売っている。夏であろうと、晴れてさえいれば気分のいい旅ができる。延々と続く松並木が、街道に日陰を作っている。海からの風が、涼しかった。

そうしたところで、いきなり女が倒れたのだった。あっという間に、二十や三十の旅人が人垣を築いたとしても、不思議ではなかった。しかし、集まってくる連中は、根っからの野次馬ということになる。好奇心のほかには、何もないのである。

「何かあったのかい」

「女がぶっ倒れて、苦しんでいるんだ」

「どうしたんだろう」

「わからねえ」

「行き倒れさ」

「何でえ、つまらねえ」

「助かるんですか。それとも、あの世行きでしょうかねえ」

「さあねえ」

「いけないみたいですよ」

「そうですか」

こうしたやりとりがあって、集まって来ては次々に散っていくのが、旅人というものだった。関わり合いを、持ちたがらない。それでいて、好奇心だけは捨てきれないのである。

どうすることもできない。

近くに、医者がいるわけではなし。

誰かが、何とかしてやるだろう。

このように考えるのが、旅人の薄情さであった。野次馬にはなるが、関係者にはなりたがらない。当時の旅人たちは、明日はわが身かと、考える余裕さえなかったのである。目先のことしか、念頭に置けないのだ。

路上に倒れているのは、二十六、七の女であった。

旅支度をしているので、この土地の女ではない。それに、堅気(かたぎ)の女には見えなかった。苦しみながらも、泣きそうな顔はしない。声を押し殺し、誰かに助けを求めようともしないのだ。

気が強い証拠だし、感じとしても女なりの貫禄を具(そな)えているようである。鉄火肌の女であった。女は震えながら、子どもの手を握りしめていた。三つぐらいの女の子で、やはり旅仕度だった。

その幼児が、女の連れなのだろう。幼児は気性がきついのか、それとも途方に暮れているのか、キョトンとした顔で野次馬たちを見上げている。

女の蒼白な顔が、脂汗で光っていた。震えも全身に広がって、ひどくなる一方であった。見る者によっては、死相さえ認められる女の顔だった。

「子どもは、どうなるんだ」

「誰も何とか、できないもんかねえ」

「もう、死にかけている」

「いけませんな」

「気の毒に……」

「子どもが、哀れだねえ」

旅人たちは、もう冷淡になっていた。ひょいとのぞき込んだだけで、さっさと立ち去る者が多くなった。二十人も集まってはおらず、野次馬根性を最後まで捨てきれない連中が十人ほど残った。

その薄くなった人垣をかき分けて、渡世人がひとり前へ出て来た。二十七、八に見える渡世人である。日焼けがしみついたように、色の浅黒い顔をしている。道中仕度の渡世人であった。

かなり痛んだ三度笠を目深にかぶり、丸めた道中合羽を振分け荷物に結びつけて、それを無造作に肩に担いでいた。

渡世人は切れ長な目で、路上の女を見やった。遠くを眺めるような眼差(まなざ)しである。珍しいくらいに、睫毛(まつげ)が長かった。鼻が鋭角的に高く、唇は薄めであった。面長(おもなが)で、顎がしゃくれ気味だった。

宿場女郎や好色な後家(ごけ)に、騒がれそうな二枚目である。渡世人は、生干しのイカを嚙(か)んでいた。

その渡世人を押しのけるようにして、ひとりの老人が女のところへ走り寄った。白髪(しらが)の老人は、薬箱らしい包みを手にしていた。どうやら、この近くに住む医者のようである。往診の途中なのに違いない。

「高熱じゃな」

女の首筋に触れながら、白髪の老人はつぶやいた。その背後へ、渡世人がゆっくりと足を運んだ。

「風邪か、それとも流行病(はやりやま)いか」

老人は、首をかしげた。

「そいつは、見立て違いってもんでござんしょう」

地面に片膝を突いて、イカを嚙みながら渡世人が言った。

「何だと……」

むっとした顔で老人は、隣りの渡世人をにらみつけた。当然である。渡世人風情(ふぜい)に医術がわかるはずはないし、見立て違いだと指摘されるのは医者にとって耐えがたい侮辱だったのだ。

「風邪なんてもんじゃあござんせんよ」

渡世人は、笑った目で老人を見た。

「どうして、そんなことが言えるのじゃ」

老人は胡散(うさん)臭そうに、渡世人の全身を眺め回した。

「どうしてって、風邪じゃあねえものは風邪じゃあねえからでござんすよ」

渡世人は、ニッと笑った。

「何を愚かな。お前さんなんぞに、何がわかる」

「こいつは、産後の熱ってやつでござんすよ」

「産後の熱……？」

「へい」

「いいかげんなことを吐(ぬ)かすんじゃない。わしは吉原に住む医者で、いま蒲原まで病人を見に行っての帰りなのじゃ。この道すでに三十年、長谷川神道(しんどう)といえば吉原では知らぬ者はおらん」

「そいつはどうも、おみそれ致しやした。ではござんすが先生、これが産後の熱だってことに間違いはありやせんぜ」

「くどいな」

「産後の戦き、とも言われておりやすがね。賀川流の書物にも、はっきりと記されておりやすよ」

「賀川流……？」

「へい」

「賀川流の書物とは……？」

「賀川門下の片倉鶴陵先生の『産科発蒙』って書物でさあ」

「お前さんは……」

長谷川神道という老医は、驚きの目を見はった。流れ者の渡世人が、専門家そこのけの知識を披露したからである。賀川流、賀川門下の片倉鶴陵、『産科発蒙』などと言い出すからには、もはや本物であった。

「名もねえ旅の者でござんすよ」

笑った目で、渡世人はイカを噛んでいた。

「しかし、呼び名ぐらいは、あるはずじゃが……」

「乙姫と申しやす」

「生国は、いずこじゃな」

「野州でござんす」

「野州河内郡乙井村に、名医内藤了甫先生が住んでおいでだったな。三男の姫四郎どのは世を拗ねて、無宿の渡世人となっての流れ旅。医者仲間の噂話に、そのようなことを聞きましたのじゃ」

「恐れ入りやす。あっしがその乙井の姫四郎、人呼んで乙姫というワルでござんす」

「聞くところによると乙姫どのは、数珠を巻いた右手では人を生かし、必ず左手で抜いた長脇差で人を斬るとか……」

「そんな大層なことじゃあござんせん。ほんの退屈凌ぎの道楽ってやつでさあ」

「では一つ、退屈凌ぎにお見立てをお願いしたい」

「へい」

「この病人に、助かる見込みがあるか否か……」

「手遅れってことになりやしょう」

「確かじゃな」

長谷川神道が、そう念を押した。

「どうにも、手当てのしようがございませんよ」

笑いのない顔で、姫四郎は首を振った。

「そこにいなさるのは、乙井の姫四郎さんですか」

震える声で言いながら、女が何かを探るように手を動かした。

「へい」

姫四郎は改めて、女の顔をのぞき込んだ。女は努めて、目を開くようにした。

目をあけた女の顔を見て、姫四郎は大きくうなずいていた。女は甲州南部宿の貸元、光子沢の六兵衛の女房お筆だったのである。

「三年も前だったか、甲州南部宿の六兵衛のところに、草鞋をぬいでおくれでしたねえ。それとも、お忘れですかい」

お筆が、乾いた唇を動かした。

「姐さん、一宿一飯の恩義を忘れたかとは、情けねえお言葉でござんすよ。その節は、お世話になりやした」

姫四郎は、頭を下げた。

「乙姫さんのお見立て通り、わたしはお産をすませて間もない身体……」

「そんな身体で旅に出るとは、無茶がすぎるってもんでござんしょう」

「それには、それなりの事情があってのことですよ」

「それで、赤子はどうなりやしたんでござんす」

「死んで、生まれましてね」

「死産ってやつですかい。それじゃあ一つ、それなりの事情ってのを、お聞かせ願いやしょう」

「是非とも、聞いてやっておくんなさい」

「病人の姐さんを地面に寝かせておいて、話を聞かせろとは惨い仕打ちだと、百も承知のうえでござんす」

「いいんです、そんなこと……」

「薄情なことを申し上げやすが、姐さんの身体はもうどうにもならねえんでござんすよ。手遅れなんで……！」

「わかっていますよ」

「天下の名医が百人かかっても助かる見込みがねえときは、諦めるってことが肝心でござんす。残り少ねえ命が消えねえうちに、姐さんの話を聞き取らなけりゃあならねえんで……」

「わたしもそう思うから、早いところ話をすませてしまいたいんです」

「姐さん、始めておくんなはい」

「その前に、乙姫さんを男と見込んで、頼みたいことがありましてね」

「へい」

「この子のことなんですよ」

「親分さんと姐さんのあいだに、こんなに大きな子がいなさるとは、存じ上げげやせんでした」

「違います。この子は二年前に、妹のお仲から預かったんですよ」

「姐さんの妹さんで……？」

「そうなんです。今年三つになる子で、名はお花……」

「このお花坊をあっしに、どこかへ届けろということなんですかい」

「その通りなんです。妹のお仲のところへ、届けてやって欲しいんですよ」

「それで、そのお仲さんはどこにいなさるんです」

「三島の常磐楼って遊女屋におります」

「常磐楼でござんすね」

「是非とも、お願いします」

「お引き受け致しやしょう。病人が息を引き取るときの遺言とありゃあ、医者だって聞き捨てにはしねえもんでござんすよ」

「よかった」

「それで、いってえ何があったのかを、話してやっておくんなはい」

「実は、わたしのお産がすんで間もなく、殴り込みがあったんですよ」

疲れきったというように、お筆は目を閉じた。もう、震えもとまっていた。

二

東海道と甲府を結んでいる身延みちに、南部という宿場がある。身延山の南三里、約十二キロあたりだった。この南部に、光子沢の六兵衛が一家を張っていた。身内の数が十人前後、という小さな一家であった。

光子沢の六兵衛は貸元ではあるが、正業にもついていた。富士川の船便に人足を供給するというのが六兵衛の正業で、決して無宿でも無職でもなかったのである。それだけに、常識家でおとなしい親分だった。

普通、貸元というのは、正妻を持たなかった。姐さんと呼ばれていても、それは情婦とか妾とかいうことになる。しかし、六兵衛は正業にもついている男なので、お筆とは正式な夫婦となっていた。

この光子沢の六兵衛と犬猿の仲だったのが、身延より北の一帯を縄張りとしている八日市の正蔵である。長いあいだ険悪な状態が続いていたが、つい三、四日前、子分同士が争いを引き起こした。

その喧嘩で八日市の正蔵の子分がひとり、重傷を負った。それを口実に八日市の正蔵は、光子沢の六兵衛一家を殲滅することを企んだらしい。

八日市の正蔵には、三島の勘助という後ろ盾がいる。三島の勘助は東海道の三島、沼津、原、吉原あたりを支配していて、八日市の正蔵の兄貴分になっていた。

この三島の勘助のすすめもあって、八日市の正蔵は六兵衛一家みな殺しの実力行使に出たのである。

一昨日の夜、八日市の正蔵は三十人からの子分を動員して、南部にある六兵衛の家を急襲した。不意討ちによる殴り込みであり、六兵衛では防ぎようもなかった。六兵衛以下身内の全員が、あっという間に殺された。

お筆は丁度、出産をすませたばかりのときだった。出産とはいえ死産であって、お筆は六兵衛とともに落胆していたところへ、殴り込みがあったわけである。

六兵衛に逃げろと言われて、お筆は夢中で床を抜け出していた。お筆はお花を連れて、知り合いの家へ走った。しかし、南部に長居はできそうにないし、知り合いに迷惑をかけてはならなかった。知り合いの家で旅支度だけを整えさせてもらい、お筆とお花は夜明け前に南部宿を脱出した。昨日のうちに万沢、松野と六里の道を歩き、今朝早く東海道の岩淵に出た。

行くところは、三島の遊女屋『常磐楼』のほかになかった。そこには妹のお仲がいる。お仲はお筆の妹というだけではなく、お花の実の母でもあるのだ。せめてお花だけでも、お仲の手に戻したい。

三島は、三島の勘助の支配下にあって、非常に危険なところである。もし勘助一家の者に見つかれば、お筆は殺されるだろう。お筆は、六兵衛一家襲撃事件のたったひとりの生き証人なのである。

当然、八日市の正蔵のところから勘助宛に、お筆が逃げたという知らせがいっているはずだった。お筆を見つけ次第、殺せという指示がいき渡っているだろう。

それを承知で、あえて三島へ向かうことにしたのであった。お筆としてはお花を妹に返したあと、伊豆方面へ逃げるつもりだったのである。

だが、出産直後の身体で十里、約四十キロも歩くことは所詮、無理だったのだ。

東海道へ出て、東へ一里ほど歩いたところで体力、気力、生命力の限界点に達したのである。お筆は、そこで倒れたのであった。

「話はよく、わかりやしたよ」

姫四郎は、お筆の脈をとりながら言った。

「これより東は、三島の勘助の縄張り内。難儀なこととは思いますが、よろしくお頼み申します」

お筆の顔色はすでに土気色で、声もささやくように弱々しくなっていた。

「姐さんに手当てをして差し上げられなかったのは、あっしにとって大きな借りってことになりやす。その借りを返すつもりで、お花坊のことはお引き受け致しやす」

「ほんとうに、すみません」

「あっしにしてみりゃあ、借りも貸しもほんの道楽ってことになりまさあ。何の気兼ねもなく、冥途へ旅立っておくんなさい」

「地獄で仏とは、このことだねえ」

「ところで姐さん、余計なこととみてえではござんすが、もう一つだけ尋ねてえんですがね」

「何です」

「お花坊をどうして、姐さんのところで預かることになったんでござんしょう」

「それは……」

お筆の声は、そこまでであった。あとは唇が動いただけで、それもすぐにとまった。

姫四郎は、脈をとるのをやめた。長谷川神道と顔を見合わせて、姫四郎はゆっくりと首を振った。姫四郎と長谷川神道は、お筆に向かって両手を合わせた。野次馬はもう、ひとりとして残っていなかった。

姫四郎と長谷川神道は、立ち上がった。吉原まで、神道は道連れになるつもりらしい。吉原の宿役人にお筆の死を届け出ることも、神道が引き受けてくれた。

お筆の話を、神道も聞いていたのである。神道としては、他人事と思えなくなったのだろう。それに好人物の老医は、姫四郎に尊敬の念を抱いたようであった。

姫四郎はお花の手を引き、長谷川神道と肩を並べて、東海道を東へ向かった。

左手に富士山が、迫って来ている。真夏の白昼でも、富士の姿が涼を呼ぶ。松並木が街道に、縞模様を描いていた。

「三島の勘助一家など、恐るるにたらぬ烏合の衆じゃ」

歩きながら、長谷川神道が言った。

「頭数だけってことでござんすね」

姫四郎は、お花を抱き上げた。お花の足が、遅すぎるからであった。

「数を頼みに、にらみを利かせておるだけでしてな。手強いとすれば、用心棒ただひとり……！」

神道はしきりと、汗をふき取っていた。老医としては、あまり歩き馴れていないのだろう。

「その用心棒ってのは、腕が立つことで知られているんですかい」

姫四郎は、ニヤリとした。

「恐ろしいほど、腕が立つという評判でしてな」

「浪人でござんしょう」

「さよう。三島の勘助の用心棒になってから、もう三年ぐらいはたつじゃろう。年の頃は三十前後、なかなか気品のある浪人で、剣の腕前は達人とかいう話じゃ」

「その浪人の名は、何てえんでござんしょう」

「姓名は一切、明かさぬそうじゃ。まわりの者は先生と呼んでいるし、当人は名なしの権兵衛で通しておるそうじゃ。わかっているのは、江戸から流れて来たということだけだと聞いておる」

「変わっておりやすね」

「変わっているといえば、三島の常磐楼のお仲も一風変わっている遊女ですぞ」

「あれまあ、先生は三島女郎衆とお馴染みなんで……」

「残念ながら、話に聞くだけじゃ。医者のところへは、いろいろな人物がいろいろな噂話を持ち込んでくるものでな」

「お仲って女郎は、売れっ子なんでござんすかい」

「常磐楼では、いちばんの売れっ子だそうじゃ」

「若いんですね」

「いや、二十一だと聞いておる」

「だったらもう、盛りをすぎた年増の女郎ってことになりやすぜ」

「ところが、器量がよくて、素人っぽい。それに、なかなかの美声なのだそうじゃ。子守唄のお仲とか、子守唄女郎とか呼ばれて、客のあいだで人気を集めているんだとか聞きましたぞ」

「客に、子守唄を聞かせるんですかい」

「客のほうでそれを望めば、子守唄を聞かせるらしい」

「客に子守唄を聞かせるとは、なるほど変わった女郎でござんすね」

「だが、その子守唄がうまいし、このうえない美声なので、客のほうが淫心も酒の酔いも忘れて聞き惚れるという。そうした中には、涙ぐむ客もいるそうじゃ」

長谷川神道は、照れ臭そうに白髪に手をやった。

「お仲って女郎に会うのが、何となく楽しみになって参り(めえ)やしたよ」

姫四郎は、悪戯(いたずら)っぽい目で笑った。

「それから先刻、乙姫どのはあのお筆という女に、どうして妹の子を預かることになったのかと、尋ねておいででしたな」

「へい」

「だが、その答えは聞けなかった」

「へい」

「代わりに、わしが答えて進ぜよう。当然これも、噂に聞いたことではあるが……」

「お願い致しやす」

「お仲は十七まで、三島明神の門前の茶屋で働いておった娘でな。ところが、そのお仲が不意に孕(はら)み女になった。つまり、誰も気づかぬうちに男と深い仲になり、身ごもったというわけじゃ」

「相手の男が誰なのか、わからなかったんでござんすかい」

「一時に数人の男と交わったのか、あるいは正体不明の男に手籠（てご）めにされたのか、それとも当のお仲が相手を明かしたくなかったのか、とにかく父親がわからぬままに生み落としたのがこのお花坊ということになりますのじゃ」

「父（てて）なし子だというんで、お仲はお花坊を姉のところに預けたってんでござんすね」

「父なし子を生んだお仲のほうも、まともな暮らしは望めなくなった。それで、お仲は常磐楼の女郎になったというわけじゃ。腹がふくれてから身二つになるまでのかかりを、常磐楼から借りたという事情もあってな」

「そうだったんですかい」

「それでお仲の子守唄も、真に迫って聞く者の胸を打つのかもしれぬ」

喋（しゃべ）り疲れたというように、長谷川神道は溜め息をついた。

もう、吉原宿が目の前にあった。

吉原宿で姫四郎は、長谷川神道と別れた。これから先は、姫四郎とお花の二人旅になる。しかも、敵地に乗り込んだのも同じであった。いざというときの用心に、姫四郎はお花を抱きっぱなしで歩いた。

吉原から三里と六丁で、原につく。富士山を見飽きるほど見、原の宿場へはいった。原の茶屋で姫四郎は豆餅を腹におさめて、お花にはダンゴを食べさせた。お花はまるで、人見知りをしない子どもだった。

お筆が実の母親と変わりないはずなのに、その死をお花は少しも悲しんでいない。幼なすぎて、死がわからないということはないだろう。異様な気配で、母親同然のお筆の死を知らなければならない。

しかし、お花は泣きもしないし、見知らぬ姫四郎を拒むこともなかった。姫四郎に抱かれて、何事もないようにあたりを眺めている。口はきかないが、姫四郎と目が合うと、お花は可愛い顔でニコッと笑う。

原から沼津までが一里半、その間の三カ所で、渡世人の群れを見かけた。連中は明らかに、街道筋を見張っているのである。三島の勘助の身内なのだろう。その勘助の子分たちが目を走らせる対象は、女と決まっているようだった。

お筆が、目当てなのだ。それで、子どもを連れた女を見つけると、連中は一様に緊張する。長身の渡世人が幼児を抱いて歩いてくる姿には、目もくれなかった。旅の渡世人に幼児という奇妙な取り合わせなのに、気にもかけないのである。

「頭のめぐりが鈍い連中だな」

姫四郎は、お花に語りかけた。

もちろん、意味が通ずるはずはない。だが、お花は笑った。

「だけどよ、こいつはいささか参ったぜ。お花坊……」

姫四郎は、夕焼け空を振り返った。

勘助一家はすでに、お筆がお花を連れて逃げたという情報を得ているのである。それで街道筋にも、見張りを置いているのだ。同時に連中は、三島の『常磐楼』にも監視の目を光らせているだろう。

そうなると、お花を連れて『常磐楼』を訪れるわけにはいかなかった。どうやら『常磐楼』へ行って、お花をお仲の手に渡せばそれですむという見込みは、甘すぎたようである。姫四郎がひとりで乗り込み、客として『常磐楼』に上がるほかはない。

こうなったら、多少の出費はやむを得ない。江尻の賭場でイカサマをやり、まんまとせしめた十両がまだ懐中にそっくり残っている。久しぶりに本場の女郎を抱いてみようと姫四郎はその気になっていた。

沼津から一里半で三島――。

その三島につく前に、日はとっぷりと暮れていた。夜の賑わいを見せ始めている三島宿の旅籠屋にはいり、たっぷりと銭をつかませた女中にお花のことを頼んで、姫四郎は道中仕度のまま『常磐楼』へ向かった。

いきなり行って、いちばんの売れっ子の女郎を買えるはずがないとは、承知のうえであった。

三

三島は古くから伊豆の国府があったところで、地名も伊豆国府と称していた。それが南伊豆の白浜から三島明神が移されたことで、地名も三島と変わった。三島神社は三島明神、あるいは三島大社と呼ばれ、その門前町から宿場へと発展したのが三島なのである。

天保十四年の調査では、次のような三島宿の規模となっている。

人口　四〇四八
家数　一〇二五
旅籠　七四

本陣　二

脇本陣　三

『常磐楼』は名目だけの旅籠で、中身は完全な遊女屋であった。遊女にしても飯盛女とは違って、本物の女郎を揃えている。水がきれいなので遊女も美しい、というのが売りものの三島女郎衆であった。

姫四郎は、その『常磐楼』の客となった。もちろん、お仲を名指しすることになる。五百文ですむところを一両も出したのだから、要求が通らないはずはなかった。間もなくお仲が姿を現わした。

なるほど、いい女である。それに、素人っぽい。厚化粧をしなくても、十分に色っぽいので、見た目にあっさりとしている。そのために、派手好みな商家の女房という程度にしか、目に映じないのであった。

素人じみていて器量よしとなると、感じもおとなしくてやさしい女に受け取れる。このお仲が哀感をこめて子守唄を聞かせれば、涙ぐむ客がいたとしても不思議ではなかった。

「まあ、いい男……」

恥じ入るような目つきで言って、お仲は姫四郎の横にすわった。

「初（はな）から、嬉しがらせてくれるじゃあござんせんか」

姫四郎はニヤリとして、お仲の太腿（ふともも）に手をかけた。

「でも、ほんとうにいい男だって、思ったんだもの」

膳部を引き寄せると、お仲は銚子を手にした。

「実は、子守唄を聞かせてもれえてえんでござんすよ」

姫四郎は、盃を口に運んだ。

「そりゃあ、お望みとあれば聞かせもするけどさ」

「けど、何なんでござんすかい」

「その、ござんすって他人行儀な口のきき方は、やめておくれでないかえ」

「他人行儀のつもりなんて、これっぽっちもござんせんがね」

「お前さんとわたしは客と女郎、男と女、これから濡れようって仲なんじゃないか。それなのに、ござんすとかござんせんとか、お前さんってきっと女泣かせの薄情者なんだろうねえ」

お仲は姫四郎にしなだれかかると、器用に帯を解き始めた。お仲は帯を解き、着物を肩から滑らせながら、子守唄を唄った。澄んでいて、美しい声であった。自然に哀調を帯びて、声が遠く近くに聞こえるようだった。

この子のかわいさ限りない
山では木の数、萱（かや）の数
天へのぼって星の数
沼津へくだれば千本松
千本松原、小松原
松葉の数よりまだかわい
ねんねや、ねんねや、おねんねや

沼津という地名や、千本松原という名所が織り込まれていて、いかにもこの土地の子守唄らしい。歌っているお仲の眼差（まなざ）しは暗く、寂しげな横顔であった。わが子と一緒に暮らせない母親の気持ちが、子守唄にこめられているのだろうか。

だが、唄い終わったときのお仲は、すでにひとりの女郎に戻っていた。真っ赤な長襦袢（ながじゅばん）一枚だけの姿になり、その衿（えり）をはだけ、裾（すそ）を乱し、白い太腿をのぞかせている。好色そのものの目つきで見つめながら、お仲は姫四郎に酒をすすめるのであった。

「お仲さん……」

姫四郎は、お仲の肩に腕を回した。

「それが、他人行儀だってのさ。どうして、お仲と呼んでくれないんだよ」

お仲は両手で、姫四郎の顔をはさみつけた。

「真面目な話なんでござんすよ」

声をひそめて、姫四郎は言った。

「女郎を相手に内緒話なんて、お前さんどうかしているよ」

お仲は、少女みたいな声で笑った。

「おめえさんの身辺に、三島の勘助親分の身内衆の目が光っているんじゃあねえかと、こうして内緒話をするわけなんでござんすがね」

姫四郎は、お仲の目を見つめた。

「勘助親分の……」

お仲は、姫四郎の頬に触れていた両手を引っ込めた。お仲の顔から、笑いが消えていた。

「あっしはおめえさんに届けものがあって、三島に立ち寄ったんでござんすよ」

「そうだったのかい。どうも、当たり前な客じゃないって気がしたんだけど、やっぱりワケアリだったんだね」

「客には、違いありやせんがね」

「それで、その届けものってのは、どこにあるんだい」

「松河屋（まつかわや）って旅籠に、待たせてありやすよ」

「待たせてあるって……」

「お花坊なんでござんすよ」

「え……？」

「おめえさんの実の娘を、届けに来たってわけでしてね」

「何だって！」

お仲は姫四郎を押しやってから、後ろへのけぞった。愕然（がくぜん）となった顔から一瞬、血の気が引いたようだった。

「でけえ声を、出さねえでおくんなはい」

姫四郎はお仲の両肩を、押さえつけようとした。

「冗談じゃないよ！」

お仲は、姫四郎の手を振り払った。

「冗談を言った覚えはござんせんよ」

姫四郎はチラッと、白い歯をのぞかせた。皮肉な笑いだった。

「そんなもの、受け取れるもんかい」

お仲は、血相を変えていた。

「そんなもの……？」

姫四郎は、眉をひそめた。

「そうさ、そんなものだよ」

「そんなものって、お花坊はおめえさんが生んだ子なんじゃあねえんですかい」

「ああ、わたしが生んだ子だよ。でもね、わたしの子じゃないんだ。生まれて間もなく、くれちまった子なのさ。もう、親子じゃなくなっているんだよ。それをいまになって届けに来たからって、わたしが受け取れるもんかね」

「受け取ってもらわなくっちゃあ、困るんでござんすがね」

「いやだよ、お断わりさ」

「頼まれたあっしの立つ瀬が、ねえってもんでござんしょう」

「そんなこと、知るもんかい。余計なことを引き受けたお前さんにだって、罪はあるんだよ」

「余計なことを引き受けたとは、ご挨拶でござんすね」

「お前さんだって、その場できっぱりと断わればよかったんだ」

「ずいぶんとまた、言いてえことを言ってくれるじゃあござんせんか」

「お前さんに届けものを頼んだのは、お筆って女なんだろ」

「おめえさんの姉さんってことになりやすね」

「だから、どうだってんだい」

「南部の六兵衛一家は、不意討ちの殴り込みをかけられて、みな殺しにされやした。お産が終わったばかりの身体で、姐さんはお花坊を連れ、命を捨てるのも覚悟のうえで三島へ向かったんでござんすよ」

「どうしてまた、三島へなんか足を向けたんだろうねえ」

「お花坊を、おめえさんのところへ届けてえ一心からでござんしょう」

「まったく、ドジな女だよ」

「そのドジな姐さんは吉原の西の本市場で倒れて、震えながら息を引き取りやしたよ」

「姉さんが、死んだ……」

お仲はぼんやりとした目つきで、宙の一点を凝視していた。悲しそうな顔もしなかった。一つの事実を、そこで確認したという面持ちであり、喜怒哀楽の感情を表わさないのだ。そうしたところが、お花に似ていた。

お仲は両手を後ろに突き、半ば膝を立てるようにして、両足を投げ出している。真っ赤な長襦袢の前が割れて、むき出しになった太腿を合わせることで、辛うじて恥ずかしい部分を隠しているという姿態だった。

その背景は、枕を二つ並べた夜具と朱塗りの角行燈である。自堕落というより、悲しいほどに華やかな絵になっている。色っぽいというより、凄惨な感じがする女の姿であった。

小丼に酒を注ぐと、お仲はそれを一気に飲み干した。そのあとお仲は、濡れた唇で笑った。笑いながらお仲は転がって、夜具のうえに横になった。長襦袢が一方に片寄って、お仲は全裸も同じ姿になっていた。

お仲は、子守唄を唄い始めた。

この子のかわいさ限りない
海で漁火の数、波の数
天へのぼって星の数
沼津へくだれば千本松

千本松原、小松原
小砂の数よりまだかわい
ねんねや、ねんねや、おねんねや

姫四郎は小丼に酒を注ぐと、それをお仲の顔のうえに突き出した。お仲は上体を起こして、小丼に口をつけた。お仲は赤子が乳を吸うように、無心に酒を飲み続けた。小丼の酒を飲み尽くすと、枕のうえに頭を落として、お仲は大きく息を吐いた。

「お仲さん、お花坊をどうしても受け取らねえって、言いなさるんですかい」

姫四郎は笑った目で、お仲の顔を見おろした。

「そうだよ」

潤んだ目で、お仲は姫四郎を見上げた。

「だったら、お花坊をどうすりゃあいいんで……」

「どこかへ、連れ去っちまっておくれな」

「それも、このあっしが引き受けるんでござんしょうかね」

「そういうことに、なるんじゃないのかねえ」

「おめえさん、それで気がすむってんですかい」

「気がすむも、すまないもないだろ。子どもをかかえて、女郎ができるもんかね。とにかく、わたしの目に触れないように、三島から連れ出してもらいたいね」

「おめえさん、足を洗ったらどうなんでござんす」

「何だって……」

「おめえさんは、年季奉公の女郎じゃあねえ。常磐楼への借りも、とっくに返せたはずだ。小金も少々なら貯まっただろうし、お花坊を連れてこの土地を出たらようござんしょう」

「そんなうまい具合には、いかないものなんだよ」

「どうやら、この三島に貢いでいる男がいて、その男から離れたくねえってことらしゅうござんすね」

「そう思いたいなら、そう思えばいいだろ」

「おめえさん、お花坊が不憫とは思わねえんですかい」

「不憫もドビンも、あるもんかい。姉が死んだ日だろうと、客に抱かれて陽気に騒がなくちゃならないのが、女郎ってもんなんだ。人並みの情なんてものは、とっくのむかしにドブに捨てちまったよ」

「なるほどねえ」

「さあ、いつまでつまらない問答を続けてるんだね。お前さんだって、客には違いないって言ったじゃないか。早いところ、こうやって楽しもうよ」

お仲は両腕を姫四郎の首に巻きつけると、ぶら下がるようにして自分の胸のうえに引き寄せた。

姫四郎はお仲のうえに重なって、その裸身を抱く恰好になった。お仲は両脚を絡ませて、姫四郎の腰を引きつけた。

「ようござんしょう。一つ派手に、楽しむことにしますかい」

姫四郎は、ニヤリとした。

次の瞬間、姫四郎の左手がお仲の頰へ飛んでいた。往復する激しい平手打ちで、ピシッという乾いた音が五、六回も鳴った。

「もうちょいと、楽しむことに致しやしょうか」

ニッと笑って姫四郎は、再びお仲の頰に往復の平手打ちを喰らわせた。

お仲は声も立てないし、逆らうふうもなかった。

姫四郎は立ち上がって部屋の隅へ行き、そこで身仕度を整えた。その間、お仲は動かずにいた。無言であった。目を閉じて、赤くなった顔をそむけている。白い裸形も、そのままだった。

「ごめんなすって……」

姫四郎は、部屋を出た。

暗い廊下を歩きながら、姫四郎は背中でお仲の唄声を聞いた。

この子のかわいさ限りない
山では木の数、萱の数
天へのぼって星の数
沼津へくだれば千本松
……………

どうやらお仲は、泣きながら唄っているようであった。

四

『常磐楼』を出て、姫四郎は松河屋という旅籠(はたご)へ向かった。

時刻は五ツ半、午後九時をすぎている。もはや、夜の賑わいは表面から消えていた。一般の人々は、すでに眠りに落ちている。一夜の歓楽を求める旅人と、その相手をする女たちも、屋内の落着くべきところに落着いているはずである。

屋外はすっかり暗くなって、人通りも疎らであった。お花もとっくに、眠ってしまっただろう。いまさら急いでも仕方がないと、姫四郎は宿内の街道をゆっくり歩いた。その姫四郎の正面から、小走りにくる人影があった。

見たことがある老人だと思ったとき、相手もハッとなって立ちどまった。白髪の老人は、長谷川神道であった。またしても出会ったという驚きよりも、妙なところに姿を現わしたものだと疑う気持ちのほうが強かった。

「これはこれは、乙姫どの。無事に、三島におつきでしたか」

長谷川神道はひどく慌てていて、静かに立っていることもできないのか、右に左に足を踏み出していた。

「へい」

姫四郎は、汗まみれの神道の顔を見やった。

「お仲に会って、お花坊を手渡したというわけじゃな」

ひとりでそう決め込んで、神道は自分の言葉に自分でうなずいた。

「そいつはともかく、先生まで三島においでとは、いってえどうしたわけなんでござんしょうね」

姫四郎は言った。

「吉原宿で乙姫どのを見送ったあと、宿役人にお筆という女が病死したことを届けて住まいに戻ったとたん、三島から迎えの駕籠が参ったのじゃ」

神道は忙しく、口を動かしていた。

その神道の説明によると、三島から何とか病人を助けてもらいたいと迎えの駕籠が到着したのだという。三島の古着屋の女房が、朝から難産で苦しんでいるというのである。取り上げ婆さん、つまり産婆たちはとても手に負えないと、ひとり残らず尻込みしてしまう。

三島の医者に頼んでみたが、産科は不得手だ、病気だ、留守だということで、やはりひとりも応じてくれない。沼津には医者の数も多くいるし、名医も少なくなかった。それでは沼津へと、使いの者を走らせたが、結果は同じであった。

産科は不得手だ、留守だ、病気だ、三島までは出向けないと、どの医者にも断わられたのである。仕方なく六里も先の吉原まで、医者の往診を頼みに行くことになった。吉原には、どこへでも出向いてくれる長谷川神道という医者がいると、誰かに聞かされてのことであった。

神道は説得されて、やむなく迎えの駕籠に乗った。原、沼津と駕籠を乗り継いで、いまから二時間ほど前に、神道は三島についたのである。だが、難産に苦しむ古着屋の女房を見た神道は、途方に暮れたのだった。

正直な話、どうしていいのかわからなかったのだ。もともと神道も、産科には不馴れであった。産婆のほうが、専門家である。その産婆が手を引いたくらいなのだから、神道に何とかできるはずはなかった。

それでも一通り、やるべきことはやってみた。しかし、産婦の苦痛は激しくなる一方で、このままでは命が危険であった。それで、病気だという三島の医者のひとりに、神道みずからが改めて頼んでみようと、古着屋を飛び出して来たのであった。

「しかし、こうなったら乙姫どのにお頼みしたほうが、早道というものじゃ」

神道はいまになって気がついたのか、大きな音が響くほど強く手を叩いた。

「先生、待っておくんなはい。あっしにしたって、どうにかできるもんと限っちゃあおりやせんよ」

姫四郎は、首を振った。

「そんなことを言わずに、この老人の頼みを聞いて下され」

神道は姫四郎の腕をつかんで、そのまま強引に歩き出した。

「先生、こいつは無茶ってもんでござんすよ」

「いや、乙姫どのであれば、必ず何とかできる」

「あっしはただ書物を読んでいるだけで、産科の医術を施したのは、これまでにたったの二回だけなんで……」

「それで十分じゃ」

「それに、いまのあっしには、そうした気が起こらねえんでござんすよ」

「退屈しのぎの道楽で、やってくれとは頼んでおりませんぞ。その数珠を巻いた右手に、頼み込んでおるのじゃ」

「先生、勘弁してやっておくんなはい」

「そうはいかぬ」

「まったく、弱りやしたね」

「ここじゃ」

神道が、左側の小さな商家を指さした。その古着屋は、まだ表戸をおろしてもいなかった。

姫四郎はおやっと思い、神道に逆らうのをやめていた。隣家の腰高油障子に、円で囲んだ『勘』の字が浮き上がっていたからである。その家は紛れもなく、三島の勘助の住まいであった。

「さあ、早くせんと……」

神道が姫四郎を、古着屋の店内へ引っ張り込んだ。

奥の一室に、行燈がいくつも運び込んであった。その部屋のすぐ前を小川が流れている。富士山の伏流水が湧出して、三島の宿内を流れる多くの小川になっているが、そのうちの一本なのだろう。

雨戸は開放されているし、部屋の中は昼間のように明るくしてある。それでいて、一匹の蚊もいない。恐らく、霧が出ているのに違いなかった。

その部屋には、五十がらみの男と、産婆らしい老女がいた。五十がらみの男は古着屋の主人であり、産婦の亭主ということになる。だが、産婦は二十五、六の中年増で、亭主とは倍も年が違うようである。

亭主は、泣き出しそうな顔でいた。産婆までが、緊張しきっている。二人はうちわで、産婦に風を送っていた。夜具のうえで女房は、水を浴びたように汗にまみれている。見るからに苦しそうだが、うなり声は弱々しかった。

無理もなかった。今朝から難産で、苦しみ続けているのである。疲れ果てるのも、憔悴しきったとしても、それは当然なことだった。気力でもってはいるものの、いまや瀕死の状態にあった。

このままでは母体が危険だと、姫四郎は判断していた。姫四郎は焼酎で手を洗ってから、産婦の腹を触診し、その股間を調べた。二十五、六にして初産と見た。当時としては、高年齢出産に該当する。

「いかがじゃな」

神道が訊いた。

「産位が、いけやせんね」

姫四郎の表情が、厳しくなっていた。

「産位……？」

「産位には賀川流によると、正産、逆産、横産、足産、坐産の五通りがございやす」

「うむ」

「この場合は、横産ってことになりやすが……」

「横産か」

「産門から、赤子の手が出ておりやすよ」

「手が……！」

「間もなく、腕がそっくり出ることになりやしょう」

「どうすればよいのじゃ」

「二通りしかござんせん」

「その一は……？」

「産婦の腹を切って、赤子を取り出すんでござんす」

「その二は……？」

「赤子を断ち切って、産門から引っ張り出しやす」

「そのどちらを、選ぶべきなのじゃ」

「産婦の腹を切れば、母親と赤子の両方の命を助けることができるかもしれやせん。ですが、この医術は難しゅうござんす。母親か赤子かの一方を、あるいは母親と赤子を死なせるってこともありやしょう」

「では、第二の医術によると、どういうことになるのじゃな」

「断ち切られた赤子が生きているはずはござんせんが、母親のほうは命をとりとめることができやす」

「さて、どうしたらよいものか」

神道が、古着屋の亭主に目を移した。

「赤子を断ち切って、引き出せ」

と、声が頭上から、降って来た。もちろん、古着屋の亭主が答えたわけではない。姫四郎と神道は、背後を振り返った。古着屋の亭主も産婆も、声の主へ視線を走らせた。

廊下に面した障子が、一枚だけあけてあった。そこにうっそりと、人影がたたずんでいた。着流しの浪人者で、腰に大小の刀を落としている。伸びた月代(さかやき)の下に、青白い顔があった。

気品のある美男子だが、背筋が寒くなるような冷たさを感じさせる。三十前後の浪人者であった。女なら見つめられて頰を染めよう二枚目でいて、その顔には表情というものがまったくなかった。

「先生……」

古着屋の亭主が、戸惑いながら膝を進めた。

「聞こえたか」

浪人が言った。

姫四郎と神道には、この浪人が何者か察しがついていた。隣りの三島の勘助の住まいにいる用心棒なのに違いない。神道が話に聞いて知っていた勘助の用心棒と、あらゆる点で一致しているのである。

「余計な差出口というものじゃ」

神道が、浪人をにらみつけた。

「余計な差出口だと……？」

浪人の目が、キラリと光った。

「さよう。他人さまの子をどうするか、お前さんなどの知ったことではないだろう」

「黙れ」

「いや、黙りませんぞ。関わりのないことに口出しするのは、やめてもらおう」

「関わりのないことか」

「当たり前じゃ」

「では、その女の腹の中の赤子は、拙者の子だと申したら、いかが致す」

「何じゃと！」

「そこにおる亭主は、ほんのたまにしか女房を可愛がってやれぬうえに、もはや子種がないとのことだ」

「誰が、そのようなことを……」

「その女房から、聞かされたことだ。その証拠に、これまでただの一度も、女房は身ごもっておらぬ。年甲斐もなく、若い女房をもらったりするからだ」

「では、この腹の中の赤子が、お前さんの子だと、どうして言えるのじゃ」

「それも、その女房から聞かされた」

「身に覚えのあることか」

「まあな」

「不義を働いたと、みずから認めるのじゃな」

「さて、不義と言えるかどうか。男でなくなりかけている亭主のために独り寝の寂しさを強い(し)られ、ただ一度だけほかの男の肌を求めたとしても、それは不義というより魔がさしたものと見てやるべきではないかな」

「ならば尋ねるが、お前さんがその赤子の父親なら、どうして赤子を断ち切って引き出せなどと、酷(むご)いことが言えるのだ。何とか赤子を無事に生み落とすことはできまいかと願うのが、父親の情けというものじゃ」

「そのように卑(いや)しい情けは、持ち合わせておらぬ」

「卑しい情けじゃと……？」

「お前たちに話して聞かせても、所詮は解せぬことよ」

「では、この女房どのを助けたいために、赤子を諦めたというわけでもないのじゃな」

「違うな。拙者はただ、拙者の子をこの世に生かしておきたくないだけなのだ。だから、もしこの女が無事に赤子を生み落としたときには、拙者が手にかけて殺すつもりでいた。いまも、お前たちがその気にならぬようであれば、拙者が赤子を断ち切って引き出すことにするぞ」

浪人は無表情だが、その目にはっきりとした意志が認められた。浪人は、本気なのである。

五

古着屋の亭主は、沈黙を守っていた。年齢的にいっても、もう若い女房を満足させてやれなかったこと、子種がないということ、そのいずれも浪人に指摘された通りだったのに違いない。

恐らく古着屋の亭主は、女房が浪人と不義を働いた結果、妊娠したものと気づいていたのだろう。しかし、相手が勘助一家の用心棒で、腕の立つ浪人とあっては、文句のつけようもなかった。

文句をつけたりするよりも、女房が生んだ赤子をわが子として育てようと、古着屋の亭主は決心したのではないか。未だに実の子に恵まれていない五十男が、考えそうなことであった。

ところが浪人は、無事に赤子が生まれたら、自分の手にかけて殺すつもりでいたというのである。この浪人は、その辺の親分衆に雇われている食い詰め浪人とは、いささか毛色が違っているようだった。

用心棒になるような浪人にはない気品というものを具えているし、言葉遣いもかなり違っていた。まだ身分のある武士言葉が残っていて、渡世人と変わらない用心棒みたいには崩れていないのである。

「ご浪人さん……」

姫四郎は向き直ると、浪人を見上げてニヤリとした。

「赤子の始末は、とてもご浪人さんの手に負えるもんじゃあございません。医術の心得のあるあっしたちに、任せておくんなはい」

姫四郎は言った。

「よかろう」

浪人は、姫四郎の顔に視線を突き刺した。只者ではないと、見て取ったのだろうか。姫四郎を見る浪人の目には、異様な鋭さがあった。

「その代わりにと言っちゃあ、何でござんすがね。わが子を生かしておきたくはねえってことの理由（わけ）を、是非ともお聞かせ願いてえんでござんす」

姫四郎の口もとには、笑いが漂っていた。

「聞いてどうする」

相変わらず、浪人は無表情であった。

「ご身分のあるお武家さんの心のうちってものを、のぞいておきてえんでござんすよ」

「そのほう、変わった男だな」

「恐れ入りやす」

「変わっているところが、気に入った。ほんの少しだけなら、聞かせてやってもよい」

「ご姓名までは、お伺（うかが）い致しやせん。名なしの権兵衛さまで、結構でござんす。

ですが、ご浪人さんは江戸から参られたそうで、あるいはお旗本のお家柄ではと考えてみたんですが、いかがなもんでござんしょう」

「勝手に、そう考えるがいい」

「へい」

「拙者の祖父は、乱心して人を斬った。そのために五千石取りのわが家が、二千石の禄高に減じられた。次に拙者の兄が口論の末に、逆上して同輩の者を手にかけた。兄は切腹、禄高は五百石に減じられた。わが家の血筋は呪われている、血筋を絶やせと常々口にされていた父が、酒に酔って人を斬った。わが家は、お取り潰しとなった。その日、拙者は些細なことに腹を立てて、町人ふたりを手にかけた。拙者は、江戸を捨てた」

「なるほど……」

「ただ、それだけのことだ。拙者が死ねば、わが家の血筋は絶える。拙者の血を受け継ぐ者を、この世に残しておいてはならぬ。この忌まわしい血筋を絶やすことこそ、最後に残された拙者の使命なのだ」

「確かに、そこまで思いつめるってことは、百姓町人にはできやせん」

「何よりも血筋というものを尊ぶ武士であれば、恥ずべき血筋はみずから絶やさねばならぬ」

「そうでござんしょうね」

「従って、わが子と知る以上は、それを手にかけなければならぬのだ」

「よく、わかりやした。ついでにもう一つ、お願いがございやす」

「何だ」

「勘助親分に、伝えて頂きてえんでござんす」

「何と伝える」

「南部の六兵衛親分のおかみさんから、残らず話をあっしが聞いておりやす。もし、そいつが気に入らねえってんなら、明朝六ツに千本松原でお目にかかりやしょう。このように、お伝えを願いてえんでござんす」

そう言って、姫四郎はニッと笑った。

「そのほうの名は……？」

浪人が訊いた。

「名なしの権兵衛で……」

と、姫四郎は頭を下げた。

「承知した」

浪人の姿は、すっと障子の向こうに消えた。足音は聞こえなかったが、浪人が遠ざかる気配を姫四郎は感じ取っていた。

姫四郎は気をとり直すと、胎児を引き出す医術にとりかかった。姫四郎にとっては、初めての経験である。賀川流産科の書物から得た知識だけが、いまは頼りであった。

賀川流産科の祖、賀川玄悦は若い頃、隣家の産婦が苦しんでいるのを見た。胎児の手だけが出ていて、どうすることもできない。産婦に危機は迫り、このままでは絶命するということになった。

何とかできないかと必死になって考えていた賀川玄悦が、ふと思いついたのは、提灯の柄として使われている鉄鉤であった。

玄悦は迷わずその鉄鉤で胎児を引き出し、産婦の一命を救ったという。玄悦はそのときの経験から、産科は薬品の効能よりも、手術の技こそ重要だと気がついたのである。その玄悦の基本的姿勢が、賀川流産科を生み、日本の産科学の起点となったのであった。

姫四郎の手術は成功し、母体を傷つけることなく胎児を引き出した。

古着屋の女房が蘇生したとき、風鈴が涼しげな音で鳴った。もう夜中であった。

翌朝六ツ――。

姫四郎は、千本松原にいた。

三島から西へ一里半で沼津、さらに東海道は駿河の海に沿って北西へ伸びている。その海沿いに沼津宿をはずれて、間もなくのところに千本松原はある。白砂青松の千本松原は、絵のように美しい。

眼前に濃紺の海が広がり、白帆が遠くに見える。振り返れば、夏の富士を眺めることができる。白い砂浜と松林の緑が、はるか彼方まで続いている。東海道を往来する旅人の姿が、松林の向こうにちらほらと見えていた。

姫四郎は振分け荷物だけを、白砂のうえに投げ出した。三度笠をかぶり、手甲脚絆に草鞋ばきという道中支度はそのままだった。姫四郎は、浜辺伝いに近づいてくる人影を数えていた。

一つ、二つ、三つ……。

全部で、十一人である。もちろん、その中には勘助と浪人の姿もあった。相手はひとりと見てか、喧嘩仕度もしていなかった。尻っぱしょりをしているだけで、あとは長脇差に頼る気でいるらしい。

相手は勘助と浪人だけで、あとの者はどうでもよかった。まずは、浪人を斃すことであった。間違いなく、腕は立つ。まともに斬り合ったのでは、勝ち目はなかった。奇襲戦法しかないのである。

姫四郎は昨夜、浪人に名なしの権兵衛と名乗っておいた。何も浪人の向こうを張って、からかってみたわけではない。乙姫であることを、知られたくなかったのだ。乙姫とわかれば、浪人にまで予備知識を与えることになる。

それを、避けたのである。

いまのところ浪人は、姫四郎について何も知らずにいる。いまから、予備知識を得ることは不可能だろう。従って、浪人は姫四郎が左手でしか長脇差を使わないということにも、気づいてはいないのである。それで初めて、奇襲戦法が成り立つのであった。

子分たちが、一斉に走り出した。走りながら、長脇差を抜いた。問答無用で、姫四郎を斬るつもりでいるのだ。姫四郎は長脇差に、手をかけようともしなかった。まだ、見せてはならないのである。

姫四郎は砂をつかんでは、男たちの顔に投げつけた。目潰しを食わせておいて、顔を殴りつけ、蹴倒し、足払いをかけて投げ飛ばした。そうしながら、浪人との距離を縮めていく。

浪人が、抜刀した。

片手上段に、構えている。やはり、姫四郎のことを、甘く見ているようだった。浪人と対峙したら、恐らく負けるだろう。こちらの手のうちを見せずにおいて、いきなり襲いかかることだった。

距離が一メートルほどに縮まったとき、姫四郎は身体を半回転させながら、長脇差の柄を左手で握っていた。浪人は当然、姫四郎の右手の動きに注意している。刀剣は右手で抜くものと、決めてかかっているからであった。

次の瞬間、姫四郎は片手で長脇差を抜き放っていた。まさに、奇襲である。浪人は面喰らいながらも、刀を振りおろしていた。それを長脇差の峰で受けとめておいて、姫四郎は右へ跳んだ。

ガッ！

キーン！

二種の音が、重なって聞こえた。浪人の刀をはじき返すと同時に、姫四郎が左の逆手に握った長脇差は、右前方に繰り出されていた。長脇差は浪人の胃袋のあたりから斜めに突き刺さり、肋骨のあいだを抜けて、背中の左端まで貫き通していた。

浪人は大量の血を吐き、刀をとり落とし、大きくのけぞった。姫四郎は、長脇差を抜き取った。浪人は身体の表と裏から血を流し、白い砂を赤く染めながら転倒した。砂が八方に散った。

姫四郎は棒立ちになっている勘助の正面へ、一直線に突進した。左逆手の長脇差が、水平に半円を描いた。勘助の首の側面から、真っ赤な霧が噴き出した。それから首が傾き、その重みに勘助の身体が横転した。

茫然(ぼうぜん)となって立ちすくんでいる子分たちの中へ、姫四郎は飛び込んでいった。ひとりが片腕を切断され、もうひとりが胴を割られていた。三人目は下から、顎、口、鼻を断ち割られた。

残った六人が、三方へ逃げ散った。姫四郎は、追いかけなかった。みるみるうちに遠ざかる連中を見送りながら姫四郎は長脇差を鞘(さや)に納め、振分け荷物を拾い上げた。姫四郎は砂浜を、東へ向かって歩き出した。

しばらくいったところで姫四郎は、松林の中から出て来た三つの人影とぶつかった。長谷川神道と、顔を伏せているお仲と、それにお花であった。

「何もかも片付きやしたがね、お仲さん。まさかおめえさん、あの浪人に未練があるなんて悲しいことを言い出すんじゃあねえでしょうね」

姫四郎は、お仲に笑いかけた。

「とんでもない。手籠(てご)めにされて身ごもって、この子を生んで……。そのあとは女郎の稼ぎを貢(みつ)がされて、お花を見つけ次第に殺すと脅(おど)されっぱなしだったんですからね。未練なんて、あろうはずがないでしょう」

お仲は思いきったように、姫四郎をまともに見上げた。昨夜とは別人のように、殊勝(しゅしょう)な顔つきのお仲だった。

「そう聞いて、ホッと致しやした」

姫四郎は、ニヤリとした。

「明日にでもお花を連れて、遠州へ向かうつもりです。遠州森町に、六兵衛親分の兄弟が住んでいるとか聞いてますんでね」

「おめえさんの子守唄が聞けなかったと、寂しがる常磐楼の客が大勢いることでござんしょうよ」

「よして下さいな。昨日までのことは、きれいさっぱり忘れたいんですよ」

「いつかまた、めぐり合うこともありやしょう。そのときまで、ずいぶんとお達者で……」

「乙姫さん、何から何まですみません」

「お花坊を生かすためには、お花坊の実の父親を冥途へ送らなけりゃあならなかったなんて、生きるとか死ぬとかってえのは、そんなもんなんでござんすよ。あっしにとっちゃあ何事も、ほんの道楽でござんしてね」

「これからの行くアテは……？」

お仲は、媚びるような目つきになっていた。

「生きて明日なき……」

ニッと笑って、姫四郎は歩き出した。その姫四郎を、お仲の美しい声が追って来た。

沼津へくだれば千本松
千本松原、小松原
小砂の数よりまだかわい
ねんねや、ねんねや、おねんねや

子守唄を背中で聞いて、潮の香を嗅ぎ、白砂を踏み、生干しのイカを噛みながら、乙井の姫四郎は振り返らずに遠ざかっていった。

因(ちなみ)に、産門より手、腕を出す横産で母体が危険なとき、胎児を切断して取り出す手術を賀川玄悦は、『回生術』と称したという。

肌が溺（おぼ）れた島田宿

一

女は鳥居をくぐったとたんに、ギクリとなって足をとめた。

誰もいないだろうと決めてかかっていたのに、闇の中に人影が浮かび上がったからである。五ツ、午後八時をすぎていて、町はすでに眠りのときを迎えていた。そんな時刻に、神社の境内に来ているなど、ロクな人間のやることではない。危険な相手と、見ていいだろう。そう判断したらしく、女は反射的に身構えていた。一瞬のうちに身構えることができる女のほうも、只者ではなかった。

大井明神という。

大井明神は、この土地の産土神（うぶすながみ）、つまり氏神である。

例祭は、九月十五日。

石段、鳥居、石畳、献燈（けんとう）、神殿と、なかなか立派な大井大明神であった。神殿の裏へ回ると、杉や松の木におおわれた小高い裏山がある。その裏山から目前の川を、眺めることができる。

駿河と遠江（とおとうみ）の国境となる川で、『あの世とこの世の境を見るほど』の大河であった。東海道一の急流で、しかも大きな川だった。箱根よりも難所とされることがある暴れん坊、大井川であった。その大井川の水の音も聞こえずに、いま大井大明神の境内は静まり返っている。

女は背後へ、右手を回している。背中の帯のあいだに、短刀でも差し込んであるのに違いなかった。女は二十五、六の年増女だが、なかなかの美人であった。気の強そうな、いい女である。鳥追いの身装りをしている。鳥追いの笠をかぶり、三味線をかかえての道中姿だった。

鳥追いの姿で流れ歩いている女は、物乞いと売春によって食べているものと決まっていた。しかし、その女は物乞いにも、売春婦にも見えなかった。小ぎれいなものを身につけているし、美貌が荒んでいないのだ。

「これはこれは、投げ賽のお蝶さんじゃあねえんですかい」

相手の男が、白い歯をのぞかせて言った。

「お前さんは……？」

投げ賽のお蝶と呼ばれた女は、用心深く相手の男に目を凝らした。

「名乗ったところで、思い出しちゃあもれえねえでしょう。この二、三年のうちにあちこちの賭場で、何度かおめえさんの鮮やかなお手並みを拝見させて頂きやしたよ」

　男も道中仕度に、身を固めていた。古ぼけて割れ目の生じた三度笠をかぶり、一方に丸めた道中合羽を結びつけた振分け荷物を、右の肩に引っかけていた。流れ者の渡世人であった。

「いかにも、わたしはお蝶だよ。そうとわかったら、お前さんのほうだって名乗るのが、作法ってもんだろ」

　女が言った。

「まあいいから、このツラを見てやっておくんなはい」

　渡世人が二歩、三歩と近づいて来た。

「妙なこと、するんじゃないよ」

　女が右手を、前に突き出した。その手に、短刀が握られていた。

「さすがは投げ賽のお蝶さん、たいそう気の強いことで……」

　渡世人は、クスッと笑った。

　二十七、八だろう。色は浅黒いようだが、甘いマスクの二枚目であった。渡世人は生干しのイカを、噛(か)み続けていた。

「お前さんは、乙姫(おとひめ)さん……」

渡世人の顔と右手首の数珠を見比べて、投げ賽のお蝶が目を大きく見はった。

「覚えていてくれなすったとは、嬉しいじゃあござんせんか」

波世人は、ニッと笑った。

「お前さんのような色男を、女が忘れるもんかね。野州は河内郡乙井村の生まれで、名が姫四郎さん……」

「野州無宿の乙姫で、結構なんでござんすがね」

「それで乙姫さんは何だって、こんなところにいなさるんだい」

「相変わらずアテのねえ旅暮らし、気ままに野宿ができるところをとここに立ち寄ったところなんでござんすよ」

「乙姫さんも、野宿する気で……？」

「じゃあ、お蝶さんも野宿をしようと、ここへ来なすったんですかい」

「女の身で野宿とは、自慢できることじゃないけどね」

「どこへ、向かう途中なんで……」

「掛川まで、行くところなのさ。掛川のお貸元の賭場で、賽を投げてくれないかって招かれてね。それが何となく手間どっちまって、この島田についたときにはもう日が暮れていたんだよ」

「日暮れちまったら、大井川は越せやせんからね」

「それが火がはいっちまってからじゃあ、島田のお貸元のところに草鞋(わらじ)をぬぐことは許されないだろ」

「島田の貸元は、忠兵衛(ちゅうべえ)親分でござんすね」

「島田の忠兵衛親分と、わたしを呼びなすった掛川のお貸元は犬猿の仲。そうなると、なおさら忠兵衛親分のところには、草鞋がぬぎにくくなるじゃないか。そうかと言って島田の旅籠(はたご)に泊まって、そのことがあとになって忠兵衛親分の耳にはいってごらんな。投げ賽お蝶は、仁義も知らないのかってことになるだろう。だったらもう、野宿するほかはないと思ってさ」

「一つ、二人で手を取り合って、野宿とシャレやしょう」

「いいねえ。乙姫さんと一緒とは、楽しい野宿になりそうだよ」

お蝶は短刀を、背中の帯のあいだに納めた。

「ところが、あっしは嫌いなほうじゃあねえんで、どういうことになるかわかったもんじゃあござんせんよ」

姫四郎は、歩き出しながらニヤリとした。

「色好みなのは、お互いさまさ」

お蝶は甘えるような媚(こ)びるような目で、姫四郎の横顔を見やった。

神殿や宝物殿、神楽殿(かぐらでん)などには、はいり込むことができなかった。縁の下でも野宿はできるが、床下が高いので明るくなったとたんに人目についてしまう。姫四郎とお蝶は、小高い裏山に、のぼることにした。

そこには、もう一つ祠(ほこら)がある。その祠の床下なら、人に見つかることもない。姫四郎とお蝶は、祠の床下にもぐり込んだ。頭がつかえるほど床下は低くないし、横になると大井川の川面(かわも)が見える。

真夏だから、火は必要ない。蚊もいなかった。道中合羽を広げると、そのうえに姫四郎は腹這(はらば)いになった。すすめられてお蝶も、やや恥じらいながら、道中合羽のうえに身体を横たえた。

投げ賽お蝶――。

二十五歳で美女で、投げ賽にかけては天才的な技術を身につけている。サイコロを投げて、思い通りの目を出すことができるのであった。それはあくまで技術であって、イカサマとは違うのである。

一天地六。

南が三、北が四。

東が五、西が二。

これがサイコロというもので、天地は常に一と六、三と四、五と二の三通りしかなく、数を合わせれば七になる。熟練すれば自由に投げわけられるし、丁半の目も思いのままになる。

ただ、それには天分というものと、長年の訓練がなければならない。そして万人にひとり、完璧な技術者が誕生する。投げ賽お蝶が、その万人にひとりの天才的技術者だったのだ。

目の前に、夜の大井川がある。

遠くは、見えない。

急流のために、水がいつも濁っている。南風が吹けば増水し、西風が吹くと水が少なくなる。大雨が降ると流れが変わり、東岸の島田寄りを流れたり、西岸の金谷（かなや）の岸辺を洗ったりする。

四キロの川幅いっぱいに、幾筋も水が走ることもある。そのために舟が使えず、橋も渡せない。輦台（れんだい）に乗るか、人足（にんそく）の肩車で渡るしかない。島田と金谷の両岸に、人足が七百人もいた。

「ああ……」

不意に頭上で、女の声が聞こえた。

姫四郎とお蝶は、顔を見合わせた。何だろうと思ったのである。すぐ頭のうえで、ドスンと音がした。床板をこするような音が、それに重なった。どうやら祠の中に、人がいるらしい。

「ああ、新三郎さん……」

今度は女の声が、はっきりと男の名前を呼んだ。甘くて感きわまったような、女の声であった。男と女が祠の中にいて、抱き合ったまま倒れ込んだのに違いない。

「頭がどうにかなってしまいそう。このまま、死んでしまいたい」

女の声は震えていた。呼吸が乱れるほど、息遣いが激しくなっているのだ。

「死んで花実(はなみ)が咲くものか」

男の声が、そう応じた。男の声は低くて、こもってしまうので、はっきりとは聞き取れない。だが、そのようなことを、言ったようである。

「いや、そんなところを触らないで……」

「いやかい」

「堪忍して……」

「どうしてだい」

「だって、恥ずかしい」

「それだけかい」

「そんなことされたら、どうにかなってしまいそうで、怖い……」

「ほんとうに、触らないほうがいいんだね」

「そんな……」

「はっきり言っておくれ」

「意地悪……」

「こうしたほうが、いいんだろう」

「ああ、新三郎さん！」

「おれのものだ」

「新三郎さん、捨てないで」

「どうして、捨てたりするんだ」

「こうなってから捨てられたりしたら、わたしもう生きてはいけない」

「お市……」

「わたしはもう、小松抱心（ほうしん）の娘じゃありません。新三郎さんのことだけ思って生きているお市、というただの娘です」

「お市、これもおれのものだ」

男の声はそう言ったあと、急に沈黙したようだった。

「ああ……」

絶え入りそうな女の声だけが、次第に忙しく高くなっていく。恐らく娘は男に、乳房を吸われているのだろう。

思ってもいなかった事態となった。二メートルと離れていない床板一枚を境にして、そのうえでは若い男女がひたむきに濡れ場を演じているのである。男女が真剣なだけに、迫力があって生々しい。

しかも、聞いているほうもまた男と女なのだ。二重の刺激に耐えきれなくなったのか、お蝶が身を寄せて来て姫四郎の肩に顔を押しつけた。姫四郎はニヤリとして、お蝶の手を握った。

お蝶もギュッと、握り返す。その手がたちまち汗ばんで、お蝶は身を縮めるようにした。姫四郎は、お蝶を抱き寄せた。お蝶の息遣いも、荒くなっていた。姫四郎の握った手を、お蝶は衿を広げてその奥へ引っ張り込んだ。

「妙なご縁でござんすね」

熱くなっているお蝶の乳房を弄びながら、姫四郎はそうささやいた。

お蝶はうっとりとした目で姫四郎を見上げると、唇を押しつけて来た。口を合わせて舌を吸いながら、姫四郎はお蝶の着物の裾に手を伸ばした。お蝶は腰をよじって、みずから着物の裾を乱した。

頭上では、娘が呻き声を洩らしている。それが悲鳴のような叫び声に変わり、娘は興奮の余り泣き出していた。完全な女悦の声でないだけに、いかにもせつないという感じである。

「新三郎さん、いいんです。思いきり可愛がって下さいな！」

「お市……」

「ああ、新三郎さん！ 心の臓がとまるほど、可愛がって……」

「お市、一つになったんだよ」

「新三郎さん、嬉しい！」

頭上の声が大きくなり、言葉もますます熱っぽくなっていた。

「声は、殺しておくんなさいよ。うえの二人を、びっくりさせねえように……」

姫四郎は身体を重ねると、お蝶の中に一気に埋まった。お蝶は必死になってのけぞりながら、口の中へ手拭いを押し込んでいた。

二

翌朝明け六ツに、乙井の姫四郎と投げ賽お蝶は、島田の川越え役所へ出向いた。この川越え役所で賃金を払い、割符を受け取ることになる。割符によって、人足の世話になれるのであった。

水量が一定規準をすぎると川留めとなって、大井川を越すことができなくなる。島田と金谷の合計九十九軒の旅籠屋は満員となり、旅人は遠くの藤枝や岡部、日坂や掛川の旅籠までいっぱいにしてしまう。

川留めが何日も続くと、費用を使い果たしてしまう。そうなったらもう、物乞いをしながら故郷へ帰るほかはなかった。大井川の川留めは人生を狂わすほど恐ろしく、多くの悲劇を生んで来た。だが、今日は普通の水の量で、人足代も四十八文であった。水の量が人足の乳の下までくると七十文、乳のうえになると八十文、腋の下までの水の深さになれば九十文か百文に値上がりする。

「乙姫さんは、掛川まで一緒で、あとはあばよってことになるんだねえ」

お蝶がふと、姫四郎の腕をつかむようにした。何気なくやっていることだが、そこには甘えが感じられる。そこは、女であった。肌を合わせた男への、無意識の情というものがあるのだ。

「へい」

爽やかな顔で、姫四郎は笑っていた。

「あっさりとは、別れたくないねえ」

「そうは、いかねえでござんしょう。情けはまだ浅いうちに、捨てたほうが楽なもんでさあ」

「でもねえ、まったく不思議なものだよ。あの大井明神へ行くまでは、乙姫さんのことなんて思い浮かべてもみなかった。そのお前さんと、他人じゃなくなってしまうなんて、まるで夢みたいさ」

「他人じゃなくなったなんて、大袈裟に考えねえほうがようござんすよ。お蝶さんが言いなすった通り、夢みてえなものでござんしてね」

「ところが、女にはまるっきりの夢ってことにはならないんだよ。身体にはっきり、残っているんだもの」

「昨夜のことは、あの場限りの夢でござんすよ」

「男ってのは、そういうものなんだねえ。それとも乙姫さんが、薄情すぎる男なんだろうか」

「色即是空ってやつでさあ」

「昨夜は嫌いなほうじゃないって言っておきながら、ほんとうに憎らしいよ」

「だから、この島田にもう一日いるんだったら、あっしもお付き合いをさせて頂きやすと、言ってるじゃあありやせんか」

「島田の忠兵衛親分の賭場で、好きなだけ賭けようって魂胆なんだろ」

「お蝶さんとあっしが組んで、頂くだけ頂くんでござんすよ。百両や二百両は、ちょろいもんでござんしょう」

「わたしは明日までに、掛川につかなけりゃあならないんだよ」

「明朝、掛川へ向かったって、間に合うんですがねえ」

「それに島田の賭場でサイコロを使っちゃったら、掛川のお貸元への義理が悪いじゃないか」

お蝶は迷っているし、悩んでいるようでもあった。

「そういうことだったら、いまの話はなかったことに致しやしょう」

悪戯っぽい目つきで、姫四郎は笑った。

お蝶のほうは、真剣である。何とかしてもう一度、姫四郎と二人きりのときを過ごしたいと願っているのだ。男勝りの投げ賽お蝶も、色事となるとやはり女なのである。姫四郎に魅せられたのか、お蝶は乙女のように純粋になっている。

川越え役所の前にできた行列は、長くなる一方であった。しかし、姫四郎たちの順番は進んでいて、もう十人ほどで割符が買えそうである。それが焦燥感をかき立てるのか、お蝶はすっかり考え込んでしまっていた。

「身を投げたのか」

「そうらしいな」

「どのあたりだ」

「すぐそこだぜ。大井明神の下のほうで、ほれ水が急に深くなっているところがあるじゃあねえかい」

「うん」

「あのあたりだ」

すぐそばまで歩いて来た二人の川越え人足が、そうしたやりとりを交わしていた。二人の人足は、フンドシだけの姿で、胸高に腕を組んでいた。

「娘だそうだな」

「年は十八、名はお市。島田の小松抱心って医者先生の娘だとよ」

「いい女か」

「まあな」

「何だってまた、うら若い身で大井川へ身を投げて、死のうなんて気を起こしたんだろうな」

「昨夜、夜更けて住まいへ戻ったのを、父親に見つかったんだそうだ」

「娘が夜更けに、家に帰ったとは、穏やかじゃあねえな」

「男と野合して来たってことを、たちまち父親に見抜かれたのよ」

「娘が夜更けに戻ってくりゃあ、男と野合したとしか考えられねえからな。それにしても医者先生の娘が、男と肌を合わせることにわれを忘れるとは、まったく始末に負えねえご時勢だぜ」

「近頃の若い娘は尻軽で、色好みだって話だからな。好いた好かれたてんで、すぐに肌を許してしまうらしい」

「それで医者先生の娘は、相手の男が誰なのか白状したのかい」

「いや、どうしても口を割らなかったらしい。それで父親の怒りようは、火に油よ。勘当するから出て行けってんで、お市って娘を外へ突き放したのよ。娘は思い余ってたったいま、大井川へドブンてわけなんだ」

「それで、娘は死んだのかい」

「さあ、どうなったかな」

二人の人足は河原を、渡し場のほうへ下っていった。

姫四郎とお蝶は、顔を見合わせた。お市という娘、父親の名前が小松抱心、昨夜遅くなって帰宅した――。昨夜、大井明神の裏山の祠(ほこら)の中で、男との睦(むつ)み合いに情熱の限りを尽くしていた娘に違いない。

夜更けになって帰宅したところを、父親に見つかった。夜になっても家の外にいる娘を、父親が許さないのは当然だった。ましてや男と肉体関係を持ったと知って、激怒しない親はいなかったのである。結婚を親が認めていないのに、男女が結ばれてしまうことを野合と言った。これはいわば、自由恋愛ということになる。自由恋愛は禁じられていたし、結婚前の肉体関係となるともはや論外だったのである。

「ちょいと、気になりやすね」

いきなり行列からはずれて、姫四郎が白い歯をのぞかせた。それは川越え役所で、割符を買う意志はないということを、物語っていた。つまり、いますぐには大井川を越える気になれないというわけである。

「お蝶さん、ここでごめんを蒙らせて頂きやすよ」

姫四郎は、腰をこごめた。

「ちょいと待っておくれな、乙姫さん」

お蝶は慌てて、行列の中から飛び出していた。お蝶もまた、順番を待つ権利を放棄したのである。

姫四郎は足早に、歩き出していた。そのあとを、お蝶が追った。大井川の岸辺に上がると、川上へ堤防が続いている。前方の堤防のうえに、人だかりが見られた。姫四郎は小走りに、それを目ざした。

「乙姫さん、昨夜の娘が身を投げたってことが、そんなに気になるのかい」

駆け出しながら、お蝶が声をかけた。

「なあに、道楽を始めたくなったってだけのことでさあ」

姫四郎は答えた。

「道楽だって……？」

「奇妙な話を小耳にはさむと、そいつが気になって我慢できなくなるんでござんすよ」

「お市って娘が身を投げたってことが、そんなに奇妙な話なのかねえ」

「へい」

「男との仲がバレて、親に勘当された。そのために娘は、世をはかなんで身を投げた。よくある話じゃないか」

「ですがね、お蝶さん。死ぬ気になったんなら、その前に一目だけでも男に会いてえと思うはずなんですがね」

「相手の男は確か、新三郎……」

「へい。お市って娘が、その新三郎に相談する。そうなりゃあ、新三郎がお市を死なせたりはしやせんよ」

「そうか」

「娘はどうせ、勘当された身でござんしょう。だったら惚れ合った者同士、手に手をとって島田って土地を捨てることもできたはずでござんすよ」

「そうだね」

「それを娘だけが、どうして大井川に身を投げることになったのか。その辺のところが、ちょいと気になりやすね」

「なるほど……」

お蝶は走り続けながら、改めて姫四郎の横顔に目を向けた。情をかけてしまっただけではなく、何とまあ頭のいい男なのだろうと、姫四郎を尊敬するお蝶の目つきだった。

二人が駆けつけた堤防のうえには、六、七人の男たちが集まっていた。街道筋とは違って、すぐに野次馬が集まるという場所ではなかったのだ。集まっている連中も、これから渡し場に出勤しようという川越え人足ばかりであった。

人垣の中に、ズブ濡れになった男と女の姿があった。女のほうは十八の娘に見えるし、お市に違いなかった。土気色の顔をしていて、お市は死んだようにぐったりとなっている。

「お市さん、しっかりするんだ」

そう呼びかけながら、お市の身体を揺すぶっているのは、二十五、六の男であった。堅気の若者には見えないが、役者にしたいような美男子であった。その男もまた、頭からズブ濡れになっているのは、川へ飛び込んだためなのだろう。

「あの若い衆が、娘さんを助け上げたんですか」

お蝶が、人足のひとりに小声で訊いた。

「そうなんだよ。溺れかけている娘を見つけて、あの新三郎さんが迷うことなく川へ飛び込んで、岸に引っ張り上げたんだ」

人足が自分のことのように、得意そうな顔になって答えた。

「新三郎さん……？」

お蝶は思わず、眉根（まゆね）を寄せていた。

「島田の貸元、忠兵衛親分のたったひとりのせがれでね。役者の新三郎って呼ばれているのさ」

人足が、笑った顔で言った。

「あの二人、いい仲みたいですねえ」

「まあね。何しろ、隣り合わせに住んでいる若い男と女で、男のほうは役者と異名（いみょう）をつけられるほどの色男、娘だって十人並み以上の器量よしなんだから……」

「隣り合わせに、住んでいるんですか」

「ああ、忠兵衛親分の住まいの右隣りが、小松抱心先生の住まいになっている。親同士は仲が悪いようだが、若いせがれと娘が好き合ったとしても不思議じゃあねえや」

「親同士は、仲が悪かったんですね」

「医者先生と貸元じゃあ所詮（しょせん）、水と油ってもんだろうよ」

「その小松抱心先生ってのは、駆けつけて来ていないようですね」

「いま先生を呼びにいっているけどよ。まあ、先生はこねえだろうな」

「娘が身を投げたというのに……？」

「昨夜、先生はお嬢さんを勘当したっていうからね。それに先生は、頑固で意地っ張りで有名なお人だ。勘当した娘が死のうと生きようと知ったことではないって、先生はテコでも動かねえさ」

「そんなもんですかね」

　お蝶は、姫四郎をチラッと見やった。

　姫四郎は、人垣を割ってはいり、新三郎を押しのけるようにした。姫四郎は、お市の脈をとった。まだ、死んではいない。立てた膝のうえにお市を俯伏せにすると、姫四郎は上下にその背中をさすった。

　間もなくお市は二度三度と、地面に水を吐き出した。

　それから姫四郎は、お市を地面に仰向けに寝かせた。今度は円を描くように、胸を圧迫しては摩擦を繰り返す。心の臓のうえを、強くさする。お市の顔色が、土気色から青白く変わっていた。

　旅の渡世人が、奇妙なことをやっている。しかも、お市はそれによって、蘇生しつつあるのだった。誰もが唖然となって、目を見はっていた。

お市の乳房がこぼれ出て、それに姫四郎の手が触れるといったことにも、男たちの関心は向けられていなかった。

三

この一種の人工呼吸という技法も、かなり古くからあったようである。著作として残っているものに、『発啼法』というのがある。これは産科の賀川門下の奥劣斎という医者が開発した医術で、産児の人工呼吸の技法であった。

姫四郎の人工呼吸も成功して、お市はうなり声とともに息を吹き返した。しかし、まだ意識は朦朧としているし、目の焦点も定まっていなかった。顔色は生気を取り戻しているが、精神的ショックから回復するのに時間がかかるだろう。

「お市……！」

新三郎が、お市を激しく抱きしめた。

「新三郎さん……」

目を閉じて、お市がつぶやくように言った。

「よかったなあ」

新三郎は、お市に頬ずりをした。

「新三郎さん……」

お市は、ガタガタと震えるようになっていた。

「あとは、温めることでござんすね」

姫四郎は、立ち上がった。

「ありがとうござんした。お礼の申し上げようも、ござんせん」

姫四郎を見上げて、新三郎が言った。

「なあに、おめえさんが迷うこともなく川に飛び込んで、助け上げたから死なずにすんだんでさあ」

姫四郎は、ニッと笑った。

「とんでもねえ。おめえさんのお陰でござんすよ」

新三郎は、頭を下げた。

「さあ、早いところ娘さんを、温めてやりなせえ」

「どうやって温めたらよろしいんでござんしょう」

「遠くまで運んだんじゃあ、身体が冷える一方でござんすからね」

「へい」

「この近くのどこか、風が当たらねえ場所へ運びなせえ」

「へい」

「温めるには、人肌がいちばんいいんでござんすよ」

「人肌……？」

「おめえさんも娘さんも生まれたままの姿になって、しっかり抱き合っていたらいいでしょう。娘さんの震えが、すっかりやむまで、そうしていなせえ」

「へい」

「大井明神の裏山の祠なんぞが、ここから近くてよろしいんじゃあねえんですかい」

　そう言って、姫四郎はニヤリとした。

「へい」

　新三郎は、お市を抱き上げた。そのまま新三郎は、堤防の斜面を下っていった。右前方に、大井明神の裏山が見えている。人足たちもホッとしたらしく、笑顔になって渡し場のほうへ散っていった。

　姫四郎とお蝶だけが、あとに残って新三郎を見送った。お市を抱いた新三郎は、すでに大井明神の裏の石段の下まで行きついていた。その石段をのぼれば、神殿の横へ出る。裏山の祠は、もう目の前だった。

「いいのかい、生まれたままの姿になって、しっかり抱き合っていろだなんてさ」

上気（じょうき）した顔で、お蝶が皮肉っぽく言った。

「濡れたものを脱ぎ捨てて、人肌で温めるのがいちばんなんでござんすよ。そうするには、二人とも素っ裸になって、抱き合っているほかはねえでしょう」

生干しのイカを取り出して、姫四郎はそれを噛（か）み始めた。

「でもさ、若い二人がそんなことをすりゃあ、そのあとどうなることやら」

「構わねえでしょうよ。赤の他人同士ならとにかく、好き合った男と女。それも昨夜たっぷりと聞かされたような、二人の仲なんでござんすからね」

「片方が病人でもかい」

「むしろ、効きめがありやしょうね。睦み合えば血の通いがよくなって、身体がいっそう温まるってもんでさあ」

「そうかねえ」

「逆らいたがるところを見ると、お蝶さんはあの二人を羨（うらや）んでいるんじゃあねえんですかい」

姫四郎は、お蝶をからかうように、片目をつぶった。

「ああ、正直な話、ヤケてくるね。あたしはまだ、昨夜のあの裏山でのことが、忘れられないんだよ」

照れ臭そうに、お蝶は笑った。

「深情けにならねえうちに、お蝶さんは大井川を越えたほうが、いいんじゃあねえんですかい」

「この薄情者……」

「死ぬも生きるも大して変わらねえように、男女の仲ってものも束の間の夢でござんすからね」

「夢でもいいからもう一度、生まれたままの姿になってお前さんに可愛がってもらいたいってのが、わたしの本音なんだよ」

「折角ではござんすが、あっしは一両日、この島田に足をとめるつもりなんで……」

「それはまた、どうしてなんだい」

「道楽でさあ。あの二人がどうなるかを、見定めておきてえんでござんすよ」

「負けたよ、乙姫さん。わたしは今日一日だけでも、お前さんから離れずにいたいのさ。大井川を越えるのは、明朝ってことにしよう」

そう言って、お蝶は姫四郎の二の腕をグイとつねった。

「そいつは、悪い考えじゃあござんせんよ」

姫四郎は、お蝶の肩を抱くようにして、歩き出した。

「だけどさ、懐(なつ)かしいねえ」

お蝶が未練たっぷりの目つきで、大井明神の裏山の杉林を振り返った。

姫四郎は、小松抱心という医者に会ってみる気でいたのである。島田宿には、高名な医者が二人いた。

小松抱心

前川玄州斎(げんしゅうさい)

小松抱心は漢方医、前川玄州斎は蘭方医として名を知られていた。小松抱心はかつて、姫四郎の父親の内藤了甫(りょうほ)の内弟子だったことがある。小松抱心は漢方医の子として生まれ、純粋な漢方医を目ざしていたのだ。

ところが内藤了甫は華岡青洲(はなおかせいしゅう)の影響を受けて、蘭方と古医法の長所を併わせて用いて、医学の研究を進めるようになった。それが古医法を基礎として漢方医たらんとする小松抱心には、気に入らなかったのである。

小松抱心はみずから、内藤了甫の門下を去った。その小松抱心の頑固一徹、意地っ張りという保守性は、未だに変わっていないらしい。蘭方の前川玄州斎が同じ島田宿で名を広めるにつれて、小松抱心のその傾向は強まっているのに違いない。

しかし、一時は内藤了甫の弟子だったこともある小松抱心が、師の息子の姫四郎を拒むはずはなかった。新三郎とお市を一緒にしてやれまいかと、姫四郎は口をきいてみるつもりだったのである。

煮売屋で食べるものを食べてから、姫四郎とお蝶は小松抱心の住まいへ向かった。なるほど小松抱心の住まいの左隣りの家は門口が広くて、腰高油障子には『忠』の字があった。島田の忠兵衛の家である。

小松抱心はすでに妻を亡くし、ひとり娘のお市と二人暮らしだったのだ。そのお市も勘当ということで追い出し、身投げをしたと知らせがあっても、それを無視した抱心であった。

内弟子も置いていないので、飯炊き婆さんが通ってくるだけである。小松抱心は、五十をすぎている。頑固な男の老後は孤独だというが、抱心はどうやらそれを代表しているようだった。

それだけに抱心は、姫四郎の訪問を歓迎した。抱心は姫四郎とお蝶を、奥の座敷へ通して、飯炊き婆さんに酒の用意をさせた。午前中からの酒にたちまち酔って、小松抱心はひとりで喋り続けた。

「それにしても、関八州随一の名医内藤了甫先生の三男が、旅の渡世人とは妙な取り合わせですな」

非難する口ぶりではなく、抱心はむしろ好奇心を覚えているようだった。

「恐れ入りやす」

姫四郎は、頭に手をやった。

「いや、姫四郎どののお噂は、以前から耳にしておりましてな。病人や怪我人に医術を施す渡世人がいて、名医も及ばない腕の持ち主だという噂でござる」

「名医も及ばねえなんて、とんでもござんせん」

「人を生かすも殺すも道楽にすぎないと、世を拗ねきっている渡世人とか聞きました」

「何とも、お恥ずかしい話で……」

「いや、わたしはただ惜しいと思うだけで、渡世人になったからと姫四郎どのを軽んずるつもりはない」

「そいつは先生の、ご本心でござんしょうか」

「むろん、本心ですぞ。人にはそれぞれ、生涯を決める運命というものがある。医者だろうと渡世人だろうと、それが決められた生き方なら、やむを得ないのではないかな」

小松抱心は、盃を傾けながら上機嫌であった。

抱心の気持ちがそういうことなら、新三郎とお市の仲にしても、問題はないのではないか。渡世人と医者では所詮、水と油ということにもならないのである。果たして抱心は、そこまで話のわかる父親なのか。

「ところで先生、お市さんのことなんでござんすがね」

と、姫四郎はいよいよ、話の本題に触れた。

「お市……？　姫四郎どのは、お市を知っておいでなのか」

とたんに抱心の表情が、硬ばったようだった。

「へい。今朝ほど身を投げたお市さんの息を吹き返させたのは、このあっしだったんで……」

姫四郎は、不機嫌な顔に一変した抱心を、じっと見守っていた。

「だから、どうだというのかな。勘当すればもう、親でもなければ娘でもない。命を救ってもらったからと、お市のために礼を言うつもりはない」

抱心の目つきが、ひどく険(けわ)しくなっていた。憎悪と怒りさえ、感じられる。

「礼なんてあっしのほうも聞きたくはありやせん。ただ、お市さんが死にかけているという知らせを受けても、先生はここを動かなかったようで……。そいつも先生のご本心かどうかを、伺(うかが)いてえだけなんでござんすよ」

「いかにも、本心だ。勘当すれば赤の他人、たとえお市の死骸だろうと引き取る気にはなれぬ」

「先生は、お市さんと深い仲の男がどこのどいつか、ご存じなんですかい」

「察しは、ついておる」

「その男が先生には、どうしても気に入らねえってわけなんで……？」

「断じて、許せぬ相手だ。そんな男と野合(やごう)したお市もまた、わが娘として情けなく、許しがたい。そんな娘なら、死んでくれたほうがマシだ」

小松抱心は、そう言いきった。

そのとき次の間に、飯炊き婆さんが飛び込んで来た。飯炊き婆さんは、腰が抜けたようにペタンとすわった。その顔から、血の気が引いていた。

「旦那さま、またしてもとんでもない知らせがございました。たったいま、お嬢さまの死骸が大井川の河原に打ち揚げられたそうでございますよ」

飯炊き婆さんが、上半身を泳がせながら言った。

「また、身を投げたのか」

小松抱心は顔をしかめていた。

「それが今度は、殺されたらしいとかでございます」

「殺された……?」

「首に腰ヒモが巻きつけてあるそうで締め殺されたのに間違いないとかで……」

「今朝はみずから死のうとして、川へ身を投げたお市だ。たとえ殺されようと、死ねば本望ということになる」

「でも旦那さま、このままにしておいては……」

「構わん。勘当した娘の死骸など、引き取ることもない」

小松抱心は、吐き捨てるように言った。頑固一徹というよりも、男の執念が感じられた。

それにしても、身投げして助けられたばかりのお市が、今度は殺されたうえで大井川に投げ込まれていたとは、どういうわけなのだろうか。

姫四郎とお蝶は、目を見交わしていた。

四

その夜、姫四郎とお蝶は島田宿のはずれにある真光寺という小寺を訪れた。甚兵衛岸というところにあって、大井川の川岸に近かった。川越え役所も、すぐそばにある。その真光寺に、忠兵衛の賭場があった。

半ば公認の賭場で、川越え人足たちの唯一の娯楽として、見て見ぬ振りをされているのだった。客の大半が川越え人足で、あとは土地の旦那衆である。旅の渡世人は、姫四郎だけであった。

そうなると、投げ賽お蝶の顔を知る者はいない。

好都合である。

しばらくして、賭場が中だるみを迎えたときに、お蝶が壺振りを買って出ればいいのだった。そのあとは、お蝶の目つきに従って丁半を判断し、姫四郎は勝ち続けるということになるのである。

今夜は、島田の忠兵衛も賭場に姿を見せていた。新三郎は、沈み込んでいた。胴元の役目も果たせずに、新三郎はぼんやりと、本堂の壁際にすわっている。好きな女を殺されたことが、未だに信じられないのだろう。

「おめえさんが、噂のお人ですかい。乙井の姫四郎さんだったな」

島田の忠兵衛は、姫四郎が賭場に立ち寄ったことで、ひどく満足しているようだった。身内が十数人という忠兵衛では、大親分にはほど遠いということになる。大井川が川留めになればともかく、いつもは人が集まる盛り場もない。大親分でもなければ、景気のいい賭場をかかえているわけでもない。そうした親分の賭場に、名の通った旅の渡世人が寄ってくれたとなると、悪い気持ちはしなかった。島田の忠兵衛も、すっかり気をよくしていたのである。

「新三郎さんのしょげようは、見ていて気の毒になりやすね」

姫四郎は番茶をすすりながら、島田の忠兵衛と話し込んでいた。

「あれでも男かって、まったく情けなくなる」

忠兵衛は、渋い顔をしていた。

「無理もありやせんよ。惚れた女を、殺されちまったんでござんすからね」

「それが口惜しかったら、殺した男を捜し出してナマスに刻んでやれって言ったんだが、ああして女みてえにポーッとなって考え込んでいやがる」

「それだけお市さんに、惚れていたんでござんしょう」

「野郎が隣りの娘に惚れているってことは、おれにも察しはついていた。だが、お市ってのは、堅気の娘だろう。ガラにもなく医者の娘なんかに惚れるんじゃあねえって、おれは何度も怒鳴ってやったんだが……」

「この道ばかりは、親の意見も通らねえって申しやすからね」

「やっぱり、渡世人にせがれはいらねえや。情婦の死に際に頼まれて、仕方なく引き取った野郎だが、甘ったれるだけで使い物にはならねえよ」

「そうでござんすかね」

「役者の新三郎なんて呼ばれて、色男ぶりやがってよ。堅気の娘に惚れていりゃあ、世話はねえ。おれが野郎の年には、もう二人ばかりぶった斬っていたからな。近いうちに野郎を、修行のための旅に出そうと思っているんだ」

「さようでござんすかい」

「野郎といくつも変わらねえのに、おめえさんなんて大した貫禄じゃあねえかい」

「さあねえ」

「まったく、情けねえ話よ」

忠兵衛は苛立たしそうに、キセルで畳を叩いていた。

新三郎が甘ったれになるのは、まあ無理もないことだろう。親分の跡目相続は、世襲制ではない。実力主義の世界だから、親分の実子だろうが力のない男は、跡目相続からはずされる。

しかし、家の子どもであれば、忠兵衛も特別扱いをしたくなる。新三郎のほうも、父親を頼るだろう。小粒ながらも権力者である忠兵衛の息子となると、どうしても甘ったれになりがちなのだ。

その新三郎が、隣家の娘お市と、思い思われの仲になった。ところが、お市の父親が二人の仲を許さなかった。新三郎と深い仲になったことが知れて、お市は父親から勘当され追い出された。

それを苦にして、お市は大井川へ身を投げた。そのお市を何とか、新三郎が助け上げた。新三郎とお市は大井明神の裏山の祠(ほこら)で、裸になって抱き合い、血の流れが鈍っていたお市の身体を温めた。

お市が元気になったあと、新三郎は一旦、住まいへ戻った。今後のことについて、誰かに相談するつもりだったという。しかし、新三郎がいないあいだに、何者かがお市を殺して大井川へ投げ込んだのである。

新三郎が落胆するのは、当たり前であった。

「あれは、どなたさんで……」

姫四郎が、忠兵衛に訊いた。

絽の紋付き羽織に袴をはき、頭を総髪にした四十がらみの男が、賭場に客として現われたのである。身装りが目立ったし、医者ではないかと姫四郎は見て取ったのだ。

「前川玄州斎って医者だ」

忠兵衛が答えた。

「あのお方が、前川玄州斎先生……」

「まだあの年だってえのに、名医としてメキメキ売り出して来たのよ。名医には違いねえが、サイコロ遊びに目がなくてな。三日に一度は賭場へ来てくれるってえわけで、ありがてえお客さまだぜ」

「小松抱心先生とは、うまくいってねえんでござんしょう」

「抱心のほうが玄州斎先生のことを、遺恨でもあるみてえに嫌っているな」

「漢方一途の抱心先生が、蘭方医として売り出し中の玄州斎先生を目の敵にするのは、無理もねえ話でさあ」

「その辺のこととなると、おれたちにはよくわからねえがよ。以前は島田宿の医者はってなれば、抱心が誰よりも聞こえた名医だった。ところが、玄州斎先生の評判がよくなったとたんに、抱心は二番目に落ちた。そいつを抱心は、恨んでいるのに違いねえ」

忠兵衛は笑った。嘲笑(ちょうしょう)である。当然のことながら、忠兵衛は小松抱心に対して、いい感情を抱いていないのだ。

漢方医と蘭方医の対立の反目は、もう珍しいことではなかった。各地で、目には見えない抗争が行われていた。江戸をはじめ大都会では蘭方医のほうが勢力を増していたが、全国的には漢方医が数の点ではるかに多かったのである。

この嘉永年間にも、漢方医の必死のまき返しが行われて、幕府に働きかけ、オランダ医学の禁令を出させることに成功した。蘭方医は仕方なく、民間の研究所を設けてそれに結集した。

この民間研究はやがて価値を認められて、幕府の直轄となるのである。こうして政治運動や真価によって揺れ動く幕府のもとで、漢方と蘭方は幕末から明治へと、一進一退の攻防戦を続けたのであった。

「さあて、あっしも遊ばせて頂きやす」

姫四郎は立ち上がって、盆ゴザの前に場所を移した。姫四郎は前川玄州斎の隣りに、席を占めたのである。玄州斎は丁半に目の色を変えている。紋付き羽織に袴という身装りは、身分のある患者を往診しての帰りだからなのだろう。

お蝶が、壺を振らせてくれと申し出る。

忠兵衛がそれを許した。女の壺振りとなって、賭場は大いに活気づいた。

お蝶の右手の小指が動けば丁、親指が動けば半である。それを見て姫四郎は、丁半いずれかに決めればよかった。狂うはずはない。本来ならお蝶は、壺を必要としなかった。手でサイコロを、投げればいいのである。

それが投げ賽というわけで、関西の流義であった。しかし、投げ賽をやっては、お蝶の正体が知れる恐れがある。それで壺を使ったのだ。壺を使っても、お蝶には丁半のいずれが出るかわかっている。

おもしろいほど、姫四郎は勝ち続けた。あまり勝負が大きくないので、まとめて駒札が集まるということはない。時間をかけて、儲けるのであった。一文なしになった連中が、次々に引き揚げていく。

三時間ほどして、姫四郎は勝負を打ち切った。

不審に思ったのか、中盆が何度もサイコロを調べている。だが、それはこの賭場のサイコロであって、お蝶には何の不正もなかった。壺振りが二人がかりで、お蝶の手と指先を監視していた。

お蝶は何も、おかしなことをしていない。イカサマ、いわゆる手目博奕をやっているのではないから、当然である。ただ、投げ賽お蝶だと正体が知れたら、驚いたり口惜しがったりするだけであった。

「堅気衆を相手にこれ以上、駒札を集めるわけには参りやせん。一足お先に、上がらせて頂きやす」

姫四郎はそう挨拶して、すわったまま後ろへ退いた。

「旅人さんのようには、いかないものですな」

前川玄州斎が、振り返って笑った。

「サイコロ勝負に、素人衆が勝てる道理はござんせんよ」

姫四郎も、ニヤリとした。

「わしもそろそろ、住まいへ戻らんことには……。今夜は、供の者もおらぬことだし、夜中の道は物騒じゃ」

残り少ない駒札を数えながら、前川玄州斎が言った。

「お供を、連れておいでじゃあねえんですかい」

「わしには、内弟子がひとりしかおらぬのでな」

「その内弟子さんは……」

「今朝早く、江戸へ向かって出立した。江戸で一年間、修行を積むためじゃ」

「さようでござんすか」

「その新三郎がいなくては、供の者もおらぬというわけでな」

「新三郎さん……？」

「内弟子の名じゃよ」

前川玄州斎はそこで、残りの駒札をすべて張った。

姫四郎は胴元のところへ駒札を運んだ。換金してもらうと、六十四両になった。駒札では八十両ほど勝ったことになるが、そのうちから二割りの十六両を差し引かれたのであった。

テラ銭は一定していないが、この賭場では二割りと決まっているらしい。姫四郎は若い衆さんたちにご祝儀をと四両を残し、あとの六十両を懐中に押し込んだ。胴元が、姫四郎をにらみつけていた。

忠兵衛も、姫四郎とお蝶の挨拶を無視した。お蝶の壺振りを許したのは忠兵衛だし、またイカサマでないことも確認されている。だから、文句はつけられない。それでいて、この二人にしてやられたと、忠兵衛も胴元も腹を立てているのだ。

本堂を出たところで、新三郎とすれ違った。

「新三郎さん……」

姫四郎が、声をかけた。

「へい」

新三郎は虚脱した顔に、作り笑いを浮かべた。

「お市さんを締め殺して大井川へ投げ込んだのは、おめえさんでござんしょう」

姫四郎は、ニヤリとした。

「えっ……！」

新三郎は、愕然となった。

姫四郎はそのまま、お蝶を促して本堂を出た。

真光寺をあとにして、姫四郎とお蝶は夜更けの道を急いだ。時刻は九ツ、夜中の十二時をすぎている。闇が厚くて、あたりは無人の世界であった。二人は、大井明神へ向かった。

歩きながら姫四郎は、お蝶に四十両を手渡した。姫四郎の取り分は、二十両であった。姫四郎は、悪戯に成功した子どものように、ニヤニヤした。

「乙姫さんたらいま、新三郎に妙なことをお言いだったわね。お前さん、本気であんなことを言ったのかい。新三郎がお市を、殺すはずはないだろ」

お蝶は質問しながら、四十両の金を胴巻に包み込んだ。

「お蝶さん、あっという間に朝になってしまいやすよ。今夜は床下じゃあなくて、あの祠の中に二人きり、思いきり声も出せるってもんでさあ。そっちと、つまらねえ絵解きと、どっちを先に致しやしょうかね」

澄ました顔で言って、姫四郎は足を早めた。

「馬鹿、意地悪……」

お蝶は姫四郎の背中にしがみつくと、小娘のように甘えて男の肩に顔を押しつけた。

五

祠の板壁には、隙間や穴が多かった。その隙間や穴から、光が射し込んでいる。まだ太陽は昇っていないが、夜が明けたのである。

あちこちからの光線を浴びて、お蝶の寝顔が浮かび上がっている。満足しきった女の安らかな寝顔であり、口もとに笑いが漂っているようだった。甘い夢でも、見ているのに違いない。

さすがに生まれたままの姿になって、睦み合うことはできなかった。しかし、お蝶は姫四郎の丹念な愛撫と激しい行為に、心ゆくまで身をまかせたのであった。女悦の声も、遠慮なく洩らすことができた。

明け方には息も絶え絶えになって、深い眠りに落ちたお蝶だった。姫四郎としては、お蝶の情けを断ち切るためにも、サービスに努めるほかはなかったのだ。心身ともに満足すれば、お蝶のような女は、あっさり別れる気にもなるのである。

姫四郎は目を開いて、長脇差を引き寄せていた。野良犬がしきりと吠えているのに姫四郎は起こされたのである。その犬の声も、いまはやんでいる。何人かの男が、大井明神の境内へはいってきたのだ。

「あれ……！」

姫四郎の動きに目を覚まして、お蝶が慌てて飛び起きた。

「どうやら、おいでなすったようで……」

姫四郎はお蝶に、ニッと笑いかけた。

「乙姫さん、極楽気分だったよ」

お蝶は恥ずかしがって、姫四郎の胸のうえに顔を伏せた。こうした場合にも、お蝶にはそれだけの余裕がある。鉄火場の女は、度胸満点であった。

「そいつは、よかったでござんすね」

「このお蝶姐さんをあんなに夢中にさせるなんて、ほんとに憎いお人だよ」

「ですが、お蝶さん、これで、お別れでござんすよ」

「どうしてだい。掛川まで一緒に歩いてくれたって、いいじゃないか」

「忠兵衛一家が、すぐそこまで来ているんでさあ。あっしはここで、殺生を働くことになりやすからね。お蝶さんは先に、大井川を越えておくんなさい」

「わたしだって、刃物は使えるんだよ」

「そいつは、いけやせん。ここで騒ぎを引き起こしたってことは、間もなく掛川のお貸元の耳にも届きやす。お蝶さんがその騒ぎに加わっていたとなると、掛川のお貸元への義理が立たなくなるんじゃあねえんですかい」

「そうか。そうだったねえ」

「一つここであっさりと、おさらばを致しやしょう」

「せめて渡し場まで、来ておくれでないかい」

「ようござんすとも」

「その前に、絵解きを聞かせてもらいたいね。折角、助けておきながらそのお市を、新三郎が殺したってのはどういうわけなんだろう」

「新三郎違いだったんでござんすよ。この祠で睦み合っていたのは、確かに新三郎とお市でござんした。ところが、その新三郎は忠兵衛のせがれの新三郎じゃあなくて、前川玄州斎の内弟子の新三郎だったんで……」

「わたしたちは、新三郎って名を聞いただけで、顔や姿を見たわけじゃあなかったからね」

お蝶は、立ち上がった。

「お市と思い思われの仲だったのは、玄州斎の内弟子の新三郎でござんした」

姫四郎も草鞋をはき、長脇差を腰に押し込んだ。身仕度を整えながら、姫四郎は絵解きを続けた。

お市は皮肉なことに、父親が憎悪する前川玄州斎の内弟子である新三郎と、惚れ合ってしまったのだ。父親の小松抱心が、それを許すはずがない。しかし、お市と新三郎はすでに、身体で契りを結んでいた。

新三郎は一年間、江戸へ修行にやられることになった。その前夜、別れを惜しむ二人は当然、この祠で激しく睦み合った。そのとき、お市がわたしはもう小松抱心の娘ではないと強調したのも、許される仲ではないという悲しみからだったのだろう。

新三郎はそれから間もなく七ツ、午前四時の早立ちで島田宿をあとにした。一方、お市は家に忍び込んだところを、父親に見つかった。抱心には相手の男が、玄州斎の内弟子だと察しがついていた。

お市がその男と野合したということで、抱心の怒りは爆発した。抱心はお市を責めるだけ責めたあと、勘当を申し渡して追い出したのである。追い出されたお市には、どうしていいかわからなかった。

肝心の新三郎は、江戸へ向かっていて島田にはいない。相談に乗ってくれる人もおらず、行くアテもない。新三郎と会えるのは一年先だという絶望感もあって、お市は死ぬ気になり、大井川へ身を投げた。

そこを通りかかって、お市が身を投げたことに気づいたのが、忠兵衛の息子の新三郎である。この新三郎も、お市に惚れきっていた。それで新三郎は川へ飛び込み、お市を救い上げたのだった。

姫四郎の手当てと指示を受けて、新三郎はお市をこの祠へ運び込んだ。二人とも全裸になって抱き合い、体温を高めようとした。だが、惚れている女と裸で抱き合っていて、新三郎が妙な気を起こさずにいられるはずはなかった。

それに、意識がはっきりしていないお市は、しきりに新三郎さんと好きな男の名前を呼び続けている。それを自分のことだと受け取った新三郎は、気をよくして情熱的にお市に挑んだのである。

男が侵入を果したのだから、お市の意識もはっきりする。お市は、びっくりした。全裸で抱き合い、自分を犯しているのが、隣家の新三郎だったのだ。お市は泣き叫び、逃れようとした。

自分にはほかに好きな人がいる、お前は女を犯したということになる、こんなことになるくらいなら死んだほうがいい、なぜ死なせずに助けたりしたのだと、半狂乱になったお市の言葉を聞いて、新三郎は逆上した。

可愛さ余って憎さが百倍である。怒りと口封じのつもりもあって、お望み通り死なせてやろうと新三郎は腰ヒモでお市を締め殺した。そのあと新三郎は、裏山の崖のうえから、お市の死体を大井川へ投げ込んだのである。

「参りやしょう」

姫四郎は、祠から飛び出した。そのあとに、お蝶が続いた。二人は裏山を下って、大井川の堤防寄りの石段を駆けおりた。その石段の下にいた三人の男が、一斉に長脇差を抜いた。

「いたぞう！」

男のひとりが、大声を張り上げた。石段のうえに、五人の男が姿を現わした。

その中には、忠兵衛と新三郎の顔があった。

姫四郎はお蝶の手を引いて、三人の男の中央を突破した。まずはお蝶に、大井川を越えさせることが先決であった。二人は草むらの中を駆け抜けると、土手の斜面にとりついた。

八人の男が、追ってくる。その先頭が、土手の斜面をのぼりきったところで、二人に追いついた。

姫四郎の左手が、長脇差の柄（つか）を握った。次の瞬間、振り向きざまに姫四郎は長脇差を、逆手（さかて）で抜き放った。左の逆手に握られた長脇差は、先頭の男の胸に吸い込まれた。

「ぎゃっ！」

その男は土手の斜面を、激しい勢いで転げ落ちていった。

姫四郎とお蝶は、土手のうえを走った。

「お前さんが、新三郎のお市殺しを見抜いたからって、わたしたちの命を狙って来たのかねえ」

走りながら、お蝶が言った。

「そうでござんしょうよ。ですが、それだけじゃあありやせん。賭場で頂かれた六十両も、取り返そうって魂胆でござんす」

姫四郎が、ニヤリとしながら答えた。

また、ひとりが追いついた。

姫四郎は急に立ちどまって、長脇差を後ろへ突き出した。男は走る勢いで、長脇差にぶつかって来た。長脇差は、男の腹から背中へ突き抜けた。みずから、串刺しになったようなものだった。

姫四郎は長脇差を引き抜くと、再び走り出した。

渡し場が見えた。川越え役所へと、二人は突っ走った。川越え用の割符を買う行列が、すでにできていた。しかし、その行列が乱れて、旅人たちが八方へ散った。

抜き身を手にした渡世人が、突っ走ってくるのである。更に、そのあとを白刃をかざした六人が、追ってくるのだった。渡世人同士の斬り合いだと、誰もが逃げ散るのは当然のことだった。

行列がなくなったので、お蝶はいちばん先に割符を買えた。この際だからと、お蝶は二百八十文の割符を買った。四人の人足が担ぐ輦台であった。そのあと、姫四郎とお蝶は渡し場へ走った。

そこには大勢の人足たちがいて、割符を持ってくる客を待っている。その人足たちも、長脇差の抜き身を見て、浮き足立っていた。逃げ腰になっているのである。

「急いで、お頼み申しやす」

姫四郎が輦台を囲んでいる四人組の人足に、声をかけた。

お蝶が割符を渡して、輦台の上にすわった。四人の人足が、輦台を担ぎ上げた。

大井川の浅瀬にはいると、たちまち輦台は遠ざかる。水位が人足たちの腰、腹、胸と高くなっていく。

「乙姫さん！　始末をつけたあとは、どっちへ足を向けるんだい！」

川の中から、お蝶が声を飛ばして来た。

「流れ旅でさあ！」

姫四郎はそう叫び返してから、チラッと白い歯をのぞかせた。

六人の男たちが、半円形に姫四郎を包囲していた。姫四郎は、向き直った。

「さあて、相手になりやすぜ」

姫四郎は河原を、北へ向かって走り出した。人のいないところへ、連中を誘導するためであった。やがて河原が狭くなって、土手に接することになる。北と西を、大井川の水が流れている。

姫四郎は、長脇差をほうり上げた。逆手から正常な握り方に、変えるのであった。左手が落ちて来た長脇差を握ると同時に姫四郎は右へ振り回していた。うなりを生じて、長脇差が走った。

「わおう！」

忠兵衛が、絶叫した。まさか最初にと油断していた忠兵衛は、まともに首の側面を断ち割られていた。忠兵衛は土手の斜面へ、大の字に倒れ込んだ。

思わず後退した男たちの中へ、姫四郎は飛び込んでいった。左右に振るった長脇差が、二人の男の脇腹と太腿(ふともも)を、ザックリえぐっていた。二人の男は、長脇差を投げ出して、尻餅をついた。

突っ込んで来た男の長脇差を、姫四郎ははじき飛ばした。長脇差は宙を飛び、川の中へ落ちて沈んだ。棒立ちになっていたその男も、姫四郎の一撃を顔に浴びて、川の中へ転げ込んだ。

もうひとりの男も左腕を切断されて、自分から川の中へ飛び込んだ。水煙が派手に上がったのは、そこが浅瀬だったからである。男は立ち上がると、水が深いほうへ走っていった。だが、たちまち急流に足をすくわれて、男は矢のように流されていった。

「さあ、どうしやしょうね。あっしにこれ以上の道楽を続けさせるか、それともお市殺しの一件で自訴するか……」

姫四郎は、ひとり残って震えている新三郎に言った。

「どっちみち、生きちゃあいられねえんだい！」

真っ青な顔で、新三郎が怒鳴った。

「そうですかい」

姫四郎は誘いをかけるように、新三郎に背を向けた。誘いに乗った新三郎が、背後から斬りつけて来た。それを避けた姫四郎の左の腋の下から、長脇差が繰り出されていた。姫四郎の長脇差は、新三郎の胸の側面から斜めに、心の臓へと突き抜けていた。

新三郎は、声も立てなかった。即死である。姫四郎に突き放された新三郎の死骸は、川の浅瀬に転がった。姫四郎は抜き取った長脇差を、鞘に納めながら新三郎の死骸に語りかけた。

「あの世とこの世に、違ったところがござんすかい」

姫四郎は、河原を歩き出した。大井川を越える人々の中に、輦台に乗ったお蝶の姿はすでに見当たらなかった。

この日、小松抱心が喉を突いて、自害を遂げた。遺書はなかったという。

因に、漢方医と西洋医の抗争に終止符が打たれたのは、明治二十八年のことである。明治政府はドイツ医学を採用し、明治二十八年の国会で漢方医の存続を禁止したのだ。ここで漢方は、長い歴史の幕を閉じたのであった。

縁（えにし）が切れた掛川宿

一

東海道は大井川を東から西へ越えると金谷(かなや)、日坂(にっさか)、掛川の順で宿場が続く。

掛川は、太田摂津守(せっつのかみ)五万三千石の城下町であった。それに掛川は、交通の要地でもある。北へ抜けると森町を経て、豊川または御油(ごゆ)に至る秋葉山道だった。東南五里ほどのところにある相良(さがら)への道も、この掛川から出ている。

掛川には、鳴滝の又三という貸元が一家を構えていた。掛川の東の成瀬村にある又三の生家が、非常に繁盛(はんじょう)している賭場(とば)となっていた。又三の祖父の代までは成瀬村の名主(なぬし)だったので、その生家もなかなか立派なものであった。

土塀に囲まれた農家で、白壁の土蔵も大きかった。屋敷と言える外観である。しかし、そこには又三の弟夫婦が住んでいて、いまでは落ちぶれた一農家にすぎなかったのだ。鳴滝の又三の家は、掛川にあった。

又三は成瀬村の生家の大きな土蔵を、自分の賭場のひとつとして活用していたのだった。土蔵の二階が賭場になっていて、そこに集まる客に不自由することはなかった。客引きをしなくても、満員になるのである。

今夜も、大変な盛況であった。

夕方から始められた盆は、明け方まで続くことになっている。

壺振りが、またよかった。気持ちのいいサイコロさばきと、壺の振り方を見せてくれる。真剣な目つきと疲れを知らぬ壺振りの態度に、客のほうが引きずられて熱くなるのであった。

「太助と申します。よろしく、お願いを致します」

壺振りは最初に、そのように挨拶した。

二十五、六だろうか。

また、その太助という壺振りが、役者にしたいようないい男なのだ。気品があって、男らしく引き締まった顔をしている。ただの色男ではなく、目つきに油断がなくて精悍な感じの美男子なのである。

明け方になって壺振りと中盆が最後の勝負であることを告げた。勝負が終わって、太助がサイコロと壺を納める。客が一斉に、席を立った。駒札を換金する客と、手ぶらで帰る連中とに分かれる。

その渡世人は、スッテンテンになったほうだった。明け方近くなって、強気の勝負に出たのがよくなかった。かなりの数の駒札が手持ちとしてあったのに、あっという間に一枚残らず消えてしまった。

「惜しい遊び方を、なさいやしたね」

胴親を務めていた又三の代貸が、その渡世人に声をかけた。

「とんでもねえ。心ゆくまで、楽しませて頂きやしたよ」

長身の渡世人は、ニヤリと笑った。

「あるいは姫四郎さんの手目博奕(てめばくち)を、拝ませて頂けるんじゃあねえかと、思っておりやしたがね」

代貸はやや皮肉っぽく、そんなことを口にした。

手目博奕とは、イカサマのことである。

「ご冗談を……。あのような壺振りさんの前では、手目博奕なんぞ通用するもんじゃあござんせん」

渡世人は、目で笑っていた。

「太助は当家、自慢の壺振りでござんすから……」

「この前、ここに寄せて頂いたときには、見かけなかったようでござんすが……」

「姫四郎さんにはこの前、お遊びを頂いたのはもう……」

「一年近くも前のことになりやしょう」

「でしたら、初顔ってことでござんしょうよ。太助がここで壺を扱うようになってから、半年ということになりやすからね」

「大した壺振りさんを、見つけたもんでござんすね」

「実は、太助は流れ者でござんしてね。半年前に向こうから、転がり込んで来たんでござんすよ」

「そうですかい」

「日坂の古寺に、住みつきやしてね。毎日あちこちの賭場へ、通っているってわけでござんす」

「あの壺振りさんが気に入ったので、また寄らせて頂きやす」

「気の向いた折には、いつでもおいで下せえ」

「鳴滝の親分さんにも、よろしゅうお伝え願いやす」

「申し伝えやす」

「これで、ご免をこうむりやす」

「道中、お気をつけて下せえ」

「ごめんなすって……」

長身の渡世人は、土蔵の二階から梯子段をおりた。

二十七、八に見える渡世人であった。色の浅黒い顔に、切れ長の目が澄んでいる。遠くを眺めるような眼差しである。

笑顔に、暗さがあった。そのうえ渡世人は、妙なものを右の手首に巻きつけていた。数珠だった。

一連の数珠を、右手首に二重に巻いている。直径二センチほどの大珠が触れ合って、チリチリと鳴っていた。

渡世人は階下の土間で、長脇差と荷物を受け取った。薄汚れた道中合羽を引き回し、三度笠を目深にかぶり、振分け荷物を手にした。

「おぬしが、乙井の姫四郎か」

酒樽に腰をおろしている浪人が、渡世人を見上げて言った。

「へい」

姫四郎は、小腰を屈めた。

「人呼んで、乙姫……」

浪人は、色のない唇を動かした。三十半ばを、すぎているだろう。月代がのびているし、着流しであった。太刀を股間に立てて、それを抱えるように腕組みをしていた。絵に描いたような素浪人の姿だった。

「そんなことまでご存じとは、どうも恐れ入りやした」

姫四郎は、ニヤリとした。

「鳴滝の又三親分の世話になってすでに二年、渡世人の噂に詳しくなるのが道理というものだろう」

浪人は、自嘲的な笑いを浮かべた。鳴滝の又三の用心棒なのである。顔に生気がなく、骨と皮だけに痩せ細っていた。その青白い顔色を見ただけで、病人と察しがつく。浪人の目つきひとつにしても、ひどく投げやりな感じがする。

「乙井の姫四郎にござんす。お見知りおき下せえやし」

姫四郎は、改めて挨拶をした。

「おぬし、医術の心得があるそうだな」

浪人は、眠たそうに目を細めて言った。

「ほんの少々……」

「おぬしの父親は、名医と謳われた内藤了甫だそうではないか」

「へい」

「そのうえ、おぬしは大した拗ね者だと聞いておる」

「恐れ入りやす」

「人を生かすものとして数珠を巻いた右手では、どうあっても長脇差を抜かぬそうだな。そのくせ左手では、容赦なく人の命を絶つという」

「人を生かすも殺すも、道楽みてえなものでござんすよ」

「では、道楽ついでに、見立ててはくれぬか」

「何を、見立てやしょう」

「わしの病いをだ」

「労咳にかかっておりやす」

「見ただけでわかるとは、さすがだな」

「それも、かなりひどくなっているようで……。これまでに何度か、血を吐いたことがおありでござんしょう」

「何度もな」

「それでも医者にかからねえ。養生もなさらねえ。労咳がひどくなるのを、待っておいでだ。どうやら、死に急いでいるようでござんすね」

「そこまで、読んだか」

「労咳は不治の病い、それに生きていておもしろい世の中でもない。そう思っておいでなんでしょうよ」

「そのとおりだ」

「死に急いでいなさるんだったら、あっしも養生をすすめたりは致しやせん。好きなようになすっておくんなはい」

「そうするつもりだ」

「生きるも死ぬも、大して変わりはござんせんからね」

「まさに、そういうことだ。ところで、死に急ぐ者として知っておきたいのだが、わしの命はあとどれくらいかな」

「はっきり申し上げても、よろしいんでござんすね」

「遠慮はいらぬ」

「今度たくさんの血を吐いたときには、あの世からのお迎えが参りやしょう」

「では、間もなくだな」

「いずれにしても、このままにしておけばあと半年のお命で……」

姫四郎は、片目をつぶってニヤリとした。

「あと半年か」

浪人も、笑った。

二人のやりとりは、そこで終わった。浪人は吉岡竜之介と名乗り、姫四郎は別れの挨拶を述べた。土蔵を出た姫四郎は、振り返ることもなかった。吉岡竜之介という浪人もまた、姫四郎を見送ろうとはしなかった。

乙井の姫四郎は、街道へ出た。旅人（たびにん）で賑わう東海道も、まだ完全に目覚めてはいなかった。夜明けとはいうものの、視界は闇の名残り（なご）を留めて水色に染まっていた。早立ちの旅人の姿が、ちらほらと目につくだけであった。

姫四郎は、東へ向かった。

やがて、前方に人影が浮かび上がった。その身装り（みな）から察して、太助という壺振りに違いなかった。太助は日坂の古寺に住みついていて、そこから通って来ていると鳴滝一家の代貸が言っていた。

太助は仕事を終えて夜明けの道を、日坂の住まいへと帰っていくところなのである。掛川の東のはずれから日坂まで一里、四キロの距離であった。男の足で通うのであれば、楽なものだった。

「ご苦労さんで……」

追いついて姫四郎は、太助と肩を並べた。

「乙井の姫四郎さんでござんすね」

太助は笑いながら、道を譲るようにした。愛想笑いである。充血した目には、むしろ警戒の色が見られた。

「おめえさんの壺の扱いが、すっかり気に入りやしてね」

「未熟者でございやす」

「壺振りとしての心構え、真心がこもったやり方には、感心させられやしたよ」

「お恥ずかしゅうござんす」

「失礼ではござんすが、太助さんは流れ流れてこの土地に住みついたとか、伺(うかが)いやしたが」

「へえ、半年前にここへ流れついて、食うに困っていたところを、鳴滝の親分さんに拾って頂きやした」

「それにしちゃあ、壺振り稼業が板についておりやすね」

「とても、本職とまでは参りやせん」

「そりゃあそうでござんしょう。おめえさんはどう見たって、根っからの玄人(くろうと)とは見えやせんからね」

「壺の振り方も、見よう見まねで覚えやしたんで……」

「見よう見まねでも、年季はへえっておりやすね」

「さあ、どんなものでございやしょう」

「太助さんの生国は、どちらなんでござんす」

「忘れちまいやしたよ」

太助はふと、顔をそむけるようにした。

「そうですかい」

姫四郎は、ニッと笑った。

生国を忘れる人間がいるはずはなかった。もちろん、本気で言っていることではない。生国を忘れたとは、過去について触れられたくないという意味なのだ。

それっきり、太助は口をきこうとしなかった。話をしたくないのだろう。姫四郎に道連れになられたことが、太助にとっては迷惑なのである。過去に秘密のある男として、当然のことかもしれなかった。

太助は、根っからの遊び人ではない。百姓、町人とは思えなかった。武家の奉公人ではないだろうかと、姫四郎は見当をつけていた。武士であれば博奕に通じていたり、壺振り技術を身につけていたりするはずはなかった。

しかし、武家の奉公人で中間とか小者とかいう連中には、玄人ハダシの博奕好きが少なくなかった。武家の中間部屋が賭場に使われるのは、公然の秘密となっている。太助がもし武家の中間だったとしたら、一人前の壺振りとして通用するのも不思議ではない。

ただ太助はなぜ中間くずれであることを隠すのだろうかと、姫四郎には気になったのだった。

二

日坂の宿場へはいった。

東海道五十三の宿場のうちで、最も小さいのが坂之下と由比(ゆい)とこの日坂であった。家の数では坂之下が一五三戸、由比が一六〇戸、日坂が一六八戸、人口は坂之下が五六四人、由比が七一三人、日坂が七五〇人となっている。

日坂の家数一六八戸のうち、三十三軒が旅籠屋(はたごや)である。人口が男三五三人に対して女三九七人と、女のほうが多いのもサービス業者が揃っているせいだった。

つまり、宿場らしい宿場なのである。

四丁余りの宿内を抜けると、街道は上りになる。近くに、山が多かった。これから日坂嶺を越えて、金谷へ下るのであった。近くの山から碁石が出ることと、名物のわらび餅で知られている日坂である。

「ちょっと、ひと休みを……」

　そんなことを言って、太助が街道筋の松の根もとに腰をおろした。妙なことをするものだった。もう日坂の宿内を抜けているし、太助の住まいはこのあたりにあるはずだった。住まいのすぐ近くまで来て、ひと休みもないものである。

　太助が、道端にすわる。そうなったら姫四郎も、太助に別れを告げて先へ進まなければならなくなる。それが、太助の狙いなのだ。太助はどこが自分の住まいであるかを、姫四郎に見届けられたくないのだろう。

　あるいは、姫四郎が太助の住まいに寄って一服するなどと、言い出すかもしれない。太助のほうも、お立ち寄り下さいのお世辞ぐらいは言わなければならない。太助はそうなることを、恐れているのであった。

　すると、太助の住まいはすぐ近くにあるということになる。そう思って姫四郎は、あたりに視線を走らせた。左手の山のうえに、古い寺らしい建物の一部が見えている。百メートルほど前方に、その寺へ通ずる石段の上り口があった。

「あっしも、ちょいと一服……」

　姫四郎は腰から長脇差を抜き取ると、太助と背中合わせに松の根もとにすわり込んだ。意地悪をしたくなったのである。

「いい心持ちでござんすね」

肩越しに太助の横顔を見て、姫四郎は笑った。

「へい」

太助は、仏頂面でいた。姫四郎のしつこさが、さすがに腹立たしかったのだろう。

「結構な陽気だ」

まぶしそうな目で、姫四郎は青い空を見上げた。初夏の陽光が明るく、新緑が輝くように色鮮やかであった。

その明るい日射しを浴びて、人影が二つ出現した。山腹の寺へ通ずる石段の上り口に、男と女が姿を現わしたのである。男は、道中仕度の武士であった。野羽織に野袴をつけて、そのうえに羅紗合羽を着ている。大小の刀にも、羅紗の柄袋をかけていた。黒の塗り笠を、かぶっている。

公務出張の旅の途中にある武士であり、もちろん、いずれかの大名の家臣なのだ。四十年配の立派な武士であった。供の者こそ連れてはいないが、藩中において一応の地位と身分を保っている高級武士なのに違いない。

女のほうは、二十二、三歳だろうか。粗末な身装りで、ワラ草履をつっかけている。だが、武家の女であった。年からいって人妻でなければならないが、見た目には娘としての特徴を揃えている。

美人というほどの器量ではないが、上品で楚々としている。俗にいう『いい女』であった。武家の女でなければ、男好きがする容姿と言われるところだろう。女は武士より一歩遅れて、歩いてくる。

その男女に気づいたとたん、太助は慌てて腰を浮かせた。太助は急いで、松の木の後ろへ回った。姫四郎もわけはわからないが、太助と行動をともにしなければならなかった。二人は姿勢を低くして、草の中に全身を沈めた。

男女の話し声が、聞こえてくる。

それが、近づくにつれて大きくなった。

「こうしたところで、沢田さまとめぐり会えるとは、夢にも思っておりませんでした」

「まさに奇遇でござる。神仏の力によって、引き合わされたとしか考えようがござらんな」

「わたくしが石段をおり始めましたところ、沢田さまが下の道をお通りになられました。そのうえ、目と目がぶつかって……」

「目と目が合わなければ、そのまま通り過ごしたことでござろう」

「はい」

「それにしても、ひと目でよくぞ拙者であることにお気づきになられたな」

「それは五年前の沢田さまと、少しもお変わりになられてないからでございましょう」

「拙者のほうは、とてもひと目では縫どのであることを見て取れなかった。声をかけられて初めて、縫どのだと気がついたのでござるからな」

「わたくしのほうは、別人のように変わり果てました」

「確かに……」

「このように、みすぼらしい装りをしております。それに、紅をさすことさえまなりませぬので」

「苦労をされておるようじゃな」

「仇討ともなれば、それが当たり前というものでございましょう」

「それでも一応、暮らしのほうは成り立っておるのでござろうの」

「はい、何とか……」

「もし、飢える日々が続くというようなことであれば、拙者にも多少の持ち合わせがござる。失礼ながら、金子(きんす)を差し上げてもよいのだが……」

「折角ではございますが、ご辞退を申し上げます。仇討には、そのようなお情けにすがることこそ禁物でございます」

「さすがは縫どの、見上げた心掛けにござるのう」

「太助が身を粉にして、働いてくれてもおりますし……」

「太助とは……？」

「仇討の旅に連れて出た中間(ちゅうげん)でございます」

「さようでござったな。ただひとり中間を供に連れ、五年前に亀山の御城下をあとにされたのだった」

「はい」

「五年とは長くもあり、短いようにも思える歳月じゃ」

「わたくしには、長(なご)うございました」

「苦労が続けば、長くも感じられる。拙者の身にもこの五年のあいだに、いろいろなことが起こり申した」

「でも、みなさまにはお変わりなく、お過ごしのことでございましょう」

「おかげをもちましてな」

「亀山の御城下が懐かしく、よく夢に見ることがございます」

「拙者も亀山の御城下は、三年ぶりでござる」

「沢田さまは江戸のお屋敷に詰めておいでですから、そういうことにもなるのでございましょう」

「今回も亀山にてお役目をすまし次第、江戸へ取って返さねばならんのじゃ。亀山におられるのは、二日のあいだがせいぜいでござろう」

「みなさまにも、よしなにお伝え下さいませ」

「承知つかまつった。縫どのも一日とて早く本懐を遂げられて、亀山の御城下に戻られるよう神仏に祈っておりますぞ」

「かたじけのう存じます」

「倉持家は、由緒ある名家でござる。いかなることがあろうとも、このまま倉持家を断絶させるような事態に持ち込んではならぬ。縫どのも改めて、そのように肝に銘じておきなされよ」

「はい」

「ところで、太助なる者はいずこにおるのかな」

「掛川へ毎日、足を運んでおります」

「掛川へ……」

「掛川で、いかなる渡世についておるのでござる」

「はい」

「大工職の手伝いを致していると、太助は申しております」

縫という女は、顔を伏せてそう言った。

沢田なる武士も縫という女も、姫四郎たちの目の前にさしかかっていた。そればかりか武士と女は、松の木の下で足をとめたのであった。姫四郎と太助は草の中で、身動きひとつできなくなっていた。

縫という女は嘘をついていると、姫四郎は思った。縫は太助が博奕打ちの親分の賭場で、壺振りの稼業をやっているということを、承知しているのである。それでいて縫は、大工の手伝いなどと嘘をついたのだ。

滅多に嘘をついたことがないので、良心の痛みが顔に出てしまう。そのことには、沢田という武士も気づいたようであった。沢田という武士は、訝るような目で縫の横顔を見守っていた。

縫もそれっきり、黙り込んでしまった。

二人はしばらく、無言でいた。

「縫どの……」

やがて、武士が口を開いた。

「はい」

縫はまだ、顔を上げることができなかった。

「掛川と聞いて思い出したのだが、実は江戸屋敷内で妙な噂を耳に致した」

沢田という武士は、怪しむ目つきになっていた。

「どのような噂でございましょう」

縫はようやく、武士の顔へ視線を戻した。

「掛川に、吉岡竜之介がおるという噂でござる」

「え……！」

「吉岡竜之介は姓名も偽らずに、掛川宿の遊民どもと起居をともに致しておるとな」

「それは、まことでございますか」

「目でしかと確かめた者の報告ではなく、いつの間にか江戸屋敷内に広まった噂にすぎぬので、拙者もいまのいままで失念しておった」

「でも、火のないところに煙は立たず、と申します」

「拙者も、ふとそう思ってな。太助なる者が掛川へ通うておるならば、確かめようもあろうはず。また太助の耳に、吉岡竜之介の噂が聞こえてもおかしくはない」

「はい」

「掛川と定まった場所ならば、世間もせまい。太助の耳に吉岡竜之介のことが聞こえぬほうが、むしろ不思議と申してもよいのではないかな」

「根も葉もない噂ではない限り、耳にはいるはずでございます」

「吉岡竜之介のことを承知しておりながら、太助が知らぬ顔でおるといったことは、考えられぬだろうか」

「それこそ、あらぬお疑いというものでございます。何ゆえに太助が、そのようなことを致しましょう」

縫はムキになって、否定していた。不安そうな表情に、狼狽の色が加わっている。縫はまたしても、嘘であることを認めるような嘘のつき方をしたのであった。

「太助なる者も所詮は下郎、仇討に嫌気がさすということにもなるのではあるまいか」

沢田という武士も、厳しい顔つきになっていた。縫の狼狽ぶりを、はっきりと認めたためだろう。

「いいえ、あり得ることではございませぬ」

縫は激しく、首を振った。

「では、こう致そう。拙者は、これから、掛川を通行することになる。掛川の松坂屋という旅籠は家中の者が常宿としており、拙者もあるじとは懇意な間柄でござる。ひとつ松坂屋のあるじに頼んで、吉岡竜之介の噂の有無を確かめてみよう」

沢田という武士は、急にその気になって先を急ぐことに心が走ってか、縫に背を向けて歩き出した。

「何とぞ、よろしゅうお願い申し上げます」

縫が追いすがるようにして、武士の後ろ姿に声をかけた。

「では、いずれまたお目にかかることと致そう」

沢田という武士が、振り返って言った。

「いつの日に、お目にかかれますやら……」

「本懐を遂げし暁には、亀山の御城下なり江戸屋敷なりに足を運ばれるはず。その折には、ゆるりとお目にかかれることでござろう。それを楽しみに、いまはお別れを致すことにする」

「お名残り惜しゅうございます」

「縫どのも達者で、一日も早よう本懐を遂げられよ」

「道中お気をつけ下さいませ」

「さらばでござる」

沢田という武士は足を早めて、下りの道がカーブするあたりに姿を消した。

「ご無礼つかまつりました」

縫は相手に届かない言葉を口にして、街道の真中に凝然と立ちつくしていた。

姫四郎は、太助の顔へ目をやった。太助の顔からは、血の気が失せていた。まさに、必死の形相というところだった。その太助が突然、立ち上がった。太助は姫四郎の長脇差を拾い上げると、そのまま街道へ飛び出していった。

三

太助としても、無我夢中でやったことなのだろう。だが、姫四郎もそれには驚かされた。草のうえに長脇差を置きっぱなしにしておいたのも、油断がすぎたことではあった。それにしても、まさか長脇差を持ち逃げされるとは思わなかったのである。

長脇差を携行するようになってから、初めての経験であった。

姫四郎はあっけにとられて、ぼんやりと太助のあとを目で追っていた。

街道へ飛び出した太助は、縫という女の脇を走り抜けた。沢田という武士を追跡する態勢を、太助は示したのであった。縫もびっくりしたようだった。突如として太助が姿を現わし、そのうえ長脇差を手にして沢田という武士のあとを追おうとしたからである。

「太助！」

叫ぶような声で、縫が呼びとめた。

太助は向き直って、真っ青な顔を縫に見せた。

「血相（けっそう）を変えて、どうしたというのです」

縫が駆け寄って、太助の腕をつかんだ。

「行かせて下さい！」

太助が、悲痛な声を張り上げた。

「どこへ行くのです」

縫は太助に、抱きつくような恰好になった。

「いまのお方のお命を、ちょうだい致さねばなりません！」

太助は、狂ったように喚(わめ)き立てた。

通りかかった旅人(たびにん)たちが、縫と太助に好奇の目を集めていた。

「いまのお方を、存じ上げているのですか！」

縫のほうも、泣き出しそうな顔になっていた。

「御近習頭(ごきんじゅうがしら)の沢田源之丞(げんのじょう)さまと、お見受けしました。五年前に亀山の御城下のお屋敷へお悔(くや)みに見えられたとき、一度だけですがお見かけ致しました」

「その沢田さまのお命をちょうだいするとは、太助お前は血迷ったのですか」

「正気です」

「何のために、沢田さまのお命を……」

「生きていられては、沢田さまの口からどのようなことが洩(も)れるか、お縫さまにもおわかりのはずです」

「沢田さまはこれから掛川へ参られて、吉岡竜之介の所在につきお調べになる。そのことを、恐れているのですか」

「吉岡竜之介が鳴滝一家の用心棒でいることは、すぐにも明らかになるでしょう。ついでに、この太助までが鳴滝一家の雇われ者だと、わかってしまいます」

「あるいは、そういうことになるやもしれません」

「そうなったら、ただではすみませんよ。吉岡竜之介と毎日のように顔を合わせながら、主従ともに半年も仇討をすまさずにいる。その気になれば本懐を遂げられるのに、お嬢さまさえ仇討を頬かぶりなさっておいでだと、亀山の御城下にも江戸屋敷にも、言い触らされることになるのでございますよ」

「だから沢田さまの口を封ずるために、お命をちょうだいするというのですか」

「お願いですから、行かせて下さいまし」

「なりませぬ」

「お嬢さま……」

「沢田さまのお命をもらい受けるくらいなら、吉岡竜之介を討って本懐を遂げることです」

「ではございますが……」

「それに沢田さまは、剣の達人です。お前などが十人かかろうと、手に負えるような沢田さまではありません。お前のほうが、斬られることになります」

「こうなったら、いっそのこと死んだほうが……」

「何を言うのです。お前と離れたくないと思えばこそ、本懐も遂げずに父上の霊もお慰めせずに、こうして生き恥をさらす気になれたのではありませんか。お前を死なせてよいものなら、こうして苦しみに耐えることもないのですよ」

「お嬢さま、申し訳ございません」

地面にすわり込んで、太助は両手で顔をおおった。

「悪いのは、わたくしのほうでしょう。それよりも太助、しっかりして下さい」

縫は太助の肩を撫(な)で、背中をさするようにした。

姫四郎はゆっくりと、二人のそばへ近づいていった。大体の事情を呑み込めた姫四郎なりに察しをつけることもできた。縫に太助という主従は、悲劇的な仇討(あだうち)を更に取り返しのつかないような悲劇にしてしまったようである。

敵討(かたきうち)あるいは仇討――。

これほど根深い悲劇の因(もと)となるものは、ほかになかったのだ。仇討のために多くの人々が、悲惨な一生を終えたり、悲劇的な運命への転換を迫られたりした。それは報いられることのない義務であり、人間の苦労の限界を超えさせる慣習でもあった。

この時代の仇討は、すでに優遇されることでもなく、特別待遇を受けるほど価値ある行事でもなくなっていたのである。それでいて、仇討に関するすべてのルールだけは厳しく義務づけられていた。

仇討を、届け出る。

武士として義務づけられていても、仇討は私的なことであって、そのために公務を休まなければならないのである。したがって、主君からはお暇を出されることになる。

現代のサラリーマンなら、休職という処分に該当する。

それで給料の支払いも停止、つまり禄を召し上げられてしまう。仇討の旅をするのも自費であり、特別手当など一文も出ない。留守宅にしても、無収入というわけである。

まず経済的に困窮する。

留守宅のほうは売り食いとか、借金とかで何とかやっていけるだろう。

しかし、仇討の旅を続ける者は、そうもいかなかった。広範囲にわたって放浪の旅を続けるのだから、借金に頼るわけにもいかないのである。路銀がなくなれば、浮浪者のような生活に耐え、日雇いの仕事にありついて飢えをしのぐのであった。

そのうえ、相手は早々に逃亡してしまって、行方不明になっているのだ。敵討をされたくないから偽名を用い、職業も変えて、身分や過去を隠している。

それを、捜し出さなければならないのだから容易なことではない。当然、仇討は何年もかかるし、一、二年で本懐を遂げるといったことは、ほとんど望めなかった。仇討に要した歳月については、気が遠くなるような記録もある。

丸亀藩・京極家の足軽の娘りやは、十六歳のときに仇討をしなければならなくなり、十二年後にその目的を達したという。

新発田藩・溝口家の臣で久米孝太郎という者は、十八歳のときに父の敵を討つために旅に出た。久米孝太郎が本懐を遂げたのは、それから三十年後の安政四年であった。

陸奥の修験者の妻とませは、母の仇討に五十三年間もかかっている。これが仇討の期間の最長記録になっていて、破られることもないレコードなわけである。

しかし、たとえ何十年かかろうと、最終的に本懐を遂げることができさえすれば、まだ救われるのであった。仇討の悲劇性は、その大部分が徒労に終わるということにあるのだった。

仇討の成功率は、百件につき一件の割りだったとされている。すなわち、わずか一パーセントの可能性を求めて、生涯を仇討に賭けるのであった。そのうえ何年となく、あらゆる辛苦に耐えなければならない。

　武家の者は、仇討に成功した場合のみ、帰参を許される。よくぞやったと、そのときになって初めて賞賛され、復職もできるのであった。

　仇討に成功しなければ、郷里にも帰れないし、永久追放の状態のまま他国の土にならなければならない。百人が仇討の旅に出ると、そのうちのひとりだけが、めでたく帰参するということになる。

あとの九十九人は、消息不明となり、二度と戻ってはこないのであった。その消息不明者の中には、救いようのない悲劇の主人公たちもいる。

まず、第一に返り討ちにされてしまった者。

第二に、相手が死亡してしまったということである。

更に、みずからが病気になり、旅先で死亡するということも少なくない。

だが、消息不明になった者のほとんどは、仇討を断念してしまうのであった。

これは、むしろ当然と言えるかもしれないし、無理もないことだったのである。

　何年も捜し歩いたが、相手の消息がまったく知れない場合。

　病気や怪我（けが）のため、あるいは資金がなくて旅はおろか身動きがとれなくなった場合。

世情の変化といったことから、仇討が無意味になった場合。

このようなことから、仇討を断念する。つまり、これまでの自分を捨ててしまうのだ。帰参も諦めるし、武家の人間であることも忘れる。まるで別の人間として、他国でひっそりと生きることになるのであった。

縫と太助の場合も、仇討を断念した主従ということになる。ただ、どうして仇討を断念したのか、その理由がいまひとつはっきりしなかった。吉岡竜之介という敵が、目の前に姓名も変えずに存在しているのである。

太助は半年前から、毎日のように吉岡竜之介と顔を合わせている。それでいて仇討に取りかかろうともしない。それどころか、同藩の沢田源之丞という近習頭に仇討の意志を失っているのではないかと疑われるや、太助は口封じのために沢田源之丞を殺そうと決意した。

どうにも、不可解であった。

しかし、どうやら色っぽい事情が隠されているらしいと、姫四郎は見当をつけていたのだった。

「こいつは、返してもれえやすぜ」

姫四郎は太助の手から、長脇差をもぎ取った。

「申し訳ないこと致しやした」

太助は地面に、顔を押しつけた。涙を隠そうとしているのである。

「ひとつ、事情を聞かせてもらいやしょうか。長脇差を拝借されかかった縁とあっちゃあ、知らん顔もしちゃあいられやせん。そちらさんにしても、はいごめんってわけにはいかねえでしょうよ」

姫四郎は長脇差を腰に押し込みながら言った。

「うっ……」

とたんに縫が苦悶（くもん）の声を洩らして、口を押さえ上体を折った。そのまま縫は街道脇へ走って、草むらの中にしゃがみ込んだ。

激しい嘔吐感（おうとかん）に、襲われたのである。

姫四郎は追っていって、ようすを窺（うかが）いながら縫の背中をさすってやった。縫は吐きそうになるのを、懸命に堪（た）えている。いや吐き気がするだけで、吐くものがないという感じである。

姫四郎は、太助を振り返った。

太助は心配そうに見守っているだけで、縫の介抱に手を貸そうとはしなかった。

つまり太助は、気分が悪くなった縫を見るのは、いまが初めてではないのである。

吐き気の理由も、太助は承知しているのだ。

「身籠っていなさるんですね」

縫の背中をさすりながら、姫四郎はニヤリとした。縫は、妊娠している。そのためのツワリだと、姫四郎にわからないはずはなかった。

縫は、返事をしなかった。肯定の沈黙である。

「さあ、胸のうちにしまってあることを、残らず吐き出しちまいなせえ。そのほうが、腹の中の子のためにも、ようござんすよ」

姫四郎は言った。

吐き気がおさまったらしく、縫は立ち上がった。

「お手数をおかけしまして……」

縫は顔をそむけて、姫四郎に礼を述べた。

「余計なことかもしれませんが、仇討なんぞ忘れてしまいなせえ。吉岡竜之介って浪人が生きていると思えば、心残りでもござんしょうが、先方の命はもう先が短いんですからね」

「え……！」

「吉岡竜之介は、ひどい労咳にかかっておりやしてね。当人も死に急いでおりやすから、養生もしねえし、もう手遅れでさあ、このままほうっておいても、今年限りの命となりやしょう」

「まことでございますか」

「間もなく死ぬとわかっているのを相手に、仇討をするのしねえのと騒ぎ立てることもねえでしょうよ」

「吉岡竜之介が労咳病み(や)だということは太助から聞かされておりましたが、今年いっぱいも持たない命だとは……」

「それでも仇討がしてえってんなら、あっしが吉岡竜之介を引っ張って参りやすよ。吉岡竜之介は討たれることを、喜んで承知するはずでさあ。何しろ、死に急いでいなさるお人でござんすからね」

姫四郎は、ニッと笑った。

「むさいところではございますが、わたくしどもの住まいへお立ち寄り下さいませ」

縫は真剣な面持(おもも)ちで言ってから、丁寧に一礼した。

四

その山寺には、和尚と寺男しか住んでいなかった。俗世界には興味もないという和尚は、人も寄りつかないような貧乏寺に満足しきっていた。変わり者というより、坊主らしい坊主なのである。

たまたまその和尚が亀山城下の寺を知っているというだけのことで、縫と太助が仮の住まいを営むのを許してくれたのであった。二人の間柄も、なぜ国を捨てたのかという事情についても、和尚はいっさい尋ねようとしなかった。

縫と太助の住まいは、山寺の境内の片隅にあった。使われていない納屋に手を入れた住まいで、土間のほかに四畳半ほどの一間があるだけだった。山腹からの眺めのほかには、心の慰めになるものとてなかった。

そこで姫四郎は、縫と太助の告白に耳を傾けたのであった。

「伊勢亀山の元藩士、倉持孫三郎の娘で縫と申す者にございます」

縫は改めて、そう名乗った。

「太助は十五のときから、倉持家に奉公しておりました」

縫はついでに、太助のことも紹介した。

「それにしちゃあ、壺振りの腕に年季がへえっておりやすね」

姫四郎は、縫と太助を交互に見やった。

「藩の各お屋敷の奉公人たちが寄り合って暇つぶしをするとなると、必ず隠れての遊びはサイを転がすことに決まっていたようでございます」

最初から縫は、太助の弁護に回っていた。

「それが何年も続いているうちに、壺振りの技に年季もへえるってわけですかい」

姫四郎は、恐縮しきっている太助を冷やかした。

「ここに住みついてから初めて太助が白状に及んだことですけど、手先が器用だからと太助は壺振りとか申す役目を、ずっと引き受けさせられていたのだそうでございます」

「それが妙なところで役に立ち、いまじゃおまんまのタネになっているというんですからね」

「お恥ずかしい話でございます」

「とんでもございません。太助さんの壺振りの技も態度も、芸のうちでござんすからね。芸を売って飯にありつくんですから、立派な稼業ってことになりやすよ」

「そうした次第で、身持ちの悪い奉公人のように受け取れましょうけど、太助ほどの忠義者はいないということを、五年前の一件によりわたくしは思い知らされたのでございます」

「お父上が、討たれなすったときのことでござんすね」

「はい。父亡きあとの倉持家から御扶持(おふち)がお召し上げになると決まったときから、ひとり消え二人去りして十数人もいた奉公人が残らず暇(いとま)を取ったのでございました」

「ところが、ひとりだけ去らなかったのが、太助さんってわけなんでござんしょう」

「はい」

「人の心は、いざというときにならねえと、わからねえもんでさあ」

「太助はただ、残ったというだけではございませぬ。仇討(あだうち)の旅に出るわたくしの供をすることを二つ返事で承知してくれたのでございます」

「なるほど……」

姫四郎は、目で笑っていた。

「そのときの嬉しさは、未だに忘れることができませぬ」

と、縫のほうは逆に、涙を浮かべていた。

伊勢亀山六万石、城主は石川主殿頭であった。

倉持孫三郎は三百石取りで、勘定吟味役のポストについていた。それが部下のひとりであった吉岡竜之介と、事務処理の手続きのことで激しく口論した。どちらも仕事への熱意があればこそ、自分の意見を主張して譲らなかったのである。

ともに正論ではあったが、感情的になるともはや喧嘩と変わらなかった。

倉持孫三郎は、上役に向かって無礼であろうと、大勢の前で吉岡竜之介を罵倒した。それを恥辱と受け取った吉岡竜之介は、城下の路上で倉持孫三郎を襲い、斬殺したのであった。

吉岡竜之介は、その足で城下を立ち退き、逃亡した。

倉持家には、男子がいなかった。

ひとり娘の縫が、十六のときに婿を迎えた。ところが二年後に、流行病いにかかり縫の実母とともに婿も死んでしまったのである。縫は二年間の結婚生活を経て、十八歳という若さで未亡人となったのだ。

子どもは、できなかった。

倉持孫三郎と未亡人の縫が、二人だけの家族になっていたのであった。ほかはみんな侍、馬の口取り、草履取り、槍持ちといった義務とされている『軍役』七人に、中間や下男下女を加えて十四、五人の奉公人ばかりだった。

縫が未亡人になったその年に、今度は倉持孫三郎が殺害されたのである。倉持家では一年のうちに、三人の死者を出したことになる。夫、母、父を失い、縫ひとりだけが残ったのであった。

運に見放された悲劇の家として、奉公人たちも不安になったのだろう。そのうえ無禄になったのだから、倉持家の奉公人でいては食べていけなかった。暇をくれと申し出があれば、縫もそれを認めるより仕方がない。

ついに、奉公人は太助だけになってしまった。縫にはもうひとつ、仇討の旅に出なければならないという義務が課されていた。まずは仇討を遂げてから、相応の家柄の男子を養子に迎えるなり、あるいは再婚の婿を取るかしなければ、倉持家の再興は許されないのであった。

縫は太助とともに、伊勢の亀山をあとにした。

吉岡竜之介の消息を求めて京、大坂、奈良、金沢、長岡、善光寺、松本、飯田、駿府、小田原、江戸と旅を続けた。すでに金策の道も絶えて、死にたくなるような困苦と欠乏の日々を迎えていた。

　四年の歳月が、空しく流れ去った。

　そして五年目にはいって二人は、東海道を西へ向かった。吉岡竜之介の消息を耳にすることもなく、もう偶然の出会いを期待するほかはなかった。心身ともに疲れ果てた縫が、日坂で病気になった。

　誰もが知らん顔で、救いの手は差しのべられなかった。山寺の和尚に頼み込んで、どうやら屋根のある住まいだけは確保できた。太助はお縫の看病と、掛川での人足（にんそく）稼業に明け暮れた。

　絶望感が強まる一方であり、仇討への情熱も意欲も冷めつつあった。孤独な縫の心を慰めてくれるのは、親切な太助の存在だけとなった。心細さと生きる張り合いのなさが、女の気持ちを頼もしい男に傾斜させたのかもしれない。

　しかも、せまい一室に男女二人だけで、起居しているのである。長いあいだ苦労をともにして来た男と女には、それなりの情（じょう）というものが通い合う。互いに、憎からず思ってもいたのだった。

　お縫は、二十三歳になっていた。娘でもない。二年間の夫婦生活を経験している女であり、二十三ともなれば熟れきった年増ということになる。武家の女であろうと、生理に違いがあるわけではなかった。

太助は二十六歳、若々しい美男子であった。忠実な下僕といえども、太助が男であることに変わりない。

ある夜のこと、ちょっとしたハズミから縫と太助は、男と女になってしまった。

理性を、失ったのである。

それは、許されざる間違いであり、とんでもない行為であり、取り返しのつかない関係であった。不倫とか不義とか密通とか、そんな生易しいものではなかったのだ。

武家の女が、奉公人と肉体関係を持つ。

それこそ道徳以前の問題であり、いかなる理由があろうと認められない醜関係とされるのだった。女はそれを最大の恥辱として、死をもって償わなければならなかった。

三百石取りの武家の女が、下僕に力ずくで犯された場合、まずは自害することしか解決の方法がないのだ。ましてや女のほうもそれを望んでの和姦となれば、武家の婦道における最高の罪のひとつに数えられる。

翌日、二人は泣き叫ぶほど後悔した。だが、後悔しながらも破れかぶれの気持ちがあって、夜になると肉欲の快楽に没入することになるのである。

もう、離れられない。

このまま二人で、暮らしていたい。

二人の恋情は、やがて本物になってしまった。亀山へ帰れば、許される二人の仲ではない。離れたくなければ、絶対に亀山へは帰らないことである。亀山へ帰れないのであれば、仇討はまったく無意味であった。

仇討は、諦（あきら）めよう。

縫は、そう決心した。

しかし、運命とは皮肉なもので、そのように心が決まって数日後に、太助は鳴滝の又三親分に拾われることになったのである。大した壺振りがいるという人足うちの噂が又三親分の耳に聞こえて、太助は鳴滝一家の壺振りとしてお抱えとなったのだ。

おかげで、暮らしは楽になった。

その代わりに、鳴滝一家の用心棒吉岡竜之介とのめぐり合いという危機に、直面することになったのであった。だが、吉岡竜之介のほうは、太助の顔も知らないのだ。太助が黙っていれば、何事もなくすむのである。

目の前に、仇敵がいる。

縫の心は揺れ動き、太助の気持も複雑であった。ところが先月になって縫の胸のうちは再び決まったのだった。それは、妊娠に気づいたからであった。子どもができたら、もう知人の前に立つこともできない。

亀山も仇討も過去も、捨てきるのであった。別の人間に生まれ変わったつもりで、親子三人がこれまでと違う世界に住むことになる。それでいいではないか、いやそうしたいと、縫は迷うことなく決意したのである。

そして今日、不運にも沢田源之丞と縫が、顔を合わせるということになってしまったのだ。縫は逃げるどころか、進んで相手に声をかけたのであった。懐かしさの余り、反射的にやったことだった。

そのうえ、へたな嘘をついて沢田源之丞に疑いを抱かせた。沢田源之丞は本気で、掛川に吉岡竜之介がいるかどうかを調べさせるだろう。土地の者の協力があれば、すぐにわかることだった。

鳴滝一家に、吉岡竜之介という用心棒がいる。

それだけではなく、同じ鳴滝一家に太助という壺振りがいる。

つまり、縫に仇討の意志のないことが、明白になるのであった。沢田源之丞はその事実を亀山と江戸屋敷において、正式な届け出として報告するだろう。その結果は、どういうことになるか。

倉持家の断絶が、決定される。縫の処理については、倉持家の親戚一同に任される。

親戚としては一族の恥辱であり、自分たちの将来にも影響しかねないので、身内から数人の追手を出すことになる。追手の目的は縫に代わって吉岡竜之介を討つこと、それから縫と太助を殺すことである。

「いかが致したら、よろしいのでございましょう」

告白を終えた縫が、姫四郎の前に両手を突いた。ワラにもすがりたい気持ちなのだろう。

「どっちにしろ、救われません」

太助は白くなるほど、唇を嚙みしめていた。

「ここが、思案のしどころってわけでござんすね」

姫四郎は、およそ深刻な顔には縁遠い表情でいた。

「わたしどもに残された道は三通りしかございませぬ」

縫が言った。

「お嬢さま、三通り目の道を選ぶことに致しましょう」

太助が鋭い視線を、縫の顔に突き刺した。

「それがわたくしどもの末路として、いちばん相応しいかもしれませんね」

縫は目を伏せて、深々と溜め息をついた。

「末路とはまた、穏やかじゃあねえおっしゃりようで……」

姫四郎は、腕を組んだ。

残された三通りの道とは、第一に吉岡竜之介を討って亀山へ帰ること、第二に今日のうちにでも縫と太助が日坂から姿を消し、どこかへ逃げてしまうことであった。しかし、第一の道は避けたいし、第二の道は困難である。

縫と太助は、もう離れられない仲だった。縫の腹の中には、子どももいる。だから、第一の道はまず駄目である。第二の道も、追われる道に生活は成り立たないし、逃げるアテさえないから不可能であった。

五

そこで、第三の道しか選びようがない、ということになるのである。

第三の道というのは、死ぬことなのだ。縫と太助が、刺しちがえて死ぬというわけだった。それが最も簡単で、確実な解決方法には違いない。しかし、追いつめられたから死ぬというのでは、あまりにもお粗末ではないか。

第四の道というのがあるけれど、それを選んだらどうか。第四の道は、追われる道にもならないし、縫と太助が別れずにすむという方法である。

姫四郎は、そのように言って聞かせたのであった。

「仕方がねえ。ひとつ吉岡さんに、死んでもらうんでござんすね。つまるところが、仇討をやってのけるが、亀山へは戻らねえってわけでさあ」

姫四郎は、第四の方法について説明した。

吉岡竜之介を討って、本懐を遂げたうえで行方知れずになるのであれば、追手はかからない。亀山へは帰らないから、縫と太助は別れずにすむということになるのである。名案であった。

「亀山へ何ゆえに戻らぬかと、糾明されることでございましょう」

縫が言った。

「仇討に五年もかかったうえに、その気がねえんじゃあねえかと疑われもした。だから本懐を遂げようと、みなさまに合わせる顔がねえ。そんなことをしたため た書状を、亀山へ届けさせりゃあよろしいでしょうよ」

姫四郎は、そんな小細工まで教えなければならなかった。

「なるほど……」

縫はすっかり、感心したようすだった。姫四郎には何でもないことでも、縫にとっては大変な悪知恵なのである。

「それに吉岡さんを討ったら、ここは立ち退いたほうがようござんすよ」

「ここを立ち退いたあと、どこを目ざせばよろしいのでございましょう」

「そのくれえのことは、そっちで考えておくんなはい。ただ東海道筋からは、遠のいたほうが無難でしょうね」

「それはまた、どうしてでございますか」

「鳴滝一家の用心棒を、手にかけるんでござんすよ。そのあと鳴滝一家を、敵に回すことになるじゃあねえですかい。だから、鳴滝の又三親分の顔が利く東海道筋にはいねえほうが、無難だってことになるんでさあ」

「そういうことなのでございますか」

「太助さんほどの壺振りなら、どこへ行こうと雇い手はおりやすからね」

姫四郎は、太助の背中をどやしつけた。

「その鳴滝一家なのでございますが、吉岡竜之介の加勢をすることになるかもしれません」

太助が、弱気な顔になって眉をひそめた。

「そういうことも、確かにあるでしょうよ」

姫四郎は、うなずいた。

「それに吉岡竜之介も、おとなしく討たれようとするとは限りません」

「あるいは、返り討ちにしてやろうって気を起こすかもしれやせんね」

「吉岡竜之介が死にもの狂いになり、それに鳴滝一家が加勢するようであれば、お嬢さまとわたくしの手に負えるはずもございません」

「仇討には、助太刀ってものが付きものじゃあねえですかい」

「では姫四郎さんのご助勢を、頂けるんでございますか」

「おめえさんたちのやることを、どうも黙って見ちゃあいられねえんでね」

姫四郎は、ニヤリとした。

「ありがとうございます」

太助の顔が、一瞬にして明るくなった。

「何から何まで、かたじけのう存じます」

縫の顔にも、ぽっと赤味が射していた。

十年後のこの男女がどうなっているかを想像すると、姫四郎には滑稽(こっけい)に思えてならなかった。どこかの貸元のところで、太助は一流の壺振りとしていい顔になっていることだろう。

そして、縫はその女房なのである。姐(あね)さんなどと呼ばれて、お縫は伝法(でんぽう)な口のひとつもきくようになっているのに違いない。そうした別人のような夫婦に、命があったら会ってみたいものだと姫四郎は思ったのだった。その晩、姫四郎は二人の住まいの土間を借りて眠った。

翌朝七ツ、午前四時に三人は日坂の山寺をあとにした。太助と縫は、五年前から用意してあった仕度に身を固めた。二人とも白装束(しろしょうぞく)であり、大小の刀と懐剣を所定の位置に差した。ほかにタスキと、鉢巻が用意されていた。

日坂から掛川までを、一気に歩き通した。仇討の装束をした男女に旅の渡世人、という奇妙な三人連れとすれ違い、早立ちの旅人(たびにん)たちが驚いて振り返った。掛川の宿内は、まだ静まり返っていた。

だが、宿内の高札場まで近づいたとき、反対の方角からくる奇妙な一行を見かけた。五人の男たちである。先頭に立っているのが鳴滝の又三で、その背後には吉岡竜之介がいた。

吉岡竜之介の後ろと左右を固めているのは、いずれも又三の身内であった。子分といっても、若い者や三下(さんした)ではなかった。姫四郎とも面識がある連中で、鳴滝の三羽烏と言われている三人の代貸である。

小南の長吉。

垣の半三郎。

山花の鬼政(おにまさ)。

と、鳴滝一家を代表する四人と、吉岡竜之介が顔を揃えているのだった。その一行も、姫四郎たちに気づいて立ちどまった。

「こいつは、驚いたぜ」

又三が、信じられないという顔つきで言った。

「いってえ、どちらへお出ましで……」

姫四郎が三度笠の奥で、白い歯をチラッとのぞかせた。

「乙井の姫四郎かい。これから日坂の古寺へ出向いて、おめえの後ろにいる二人の首を胴から切り離してやるところだったのさ」

又三は、嬉しそうに笑った。ひどく陽気な四十男であった。

「このお二人さんも実は、仇討のために掛川宿へ乗り込んで来なすったんでござんすよ」

姫四郎は、片目をつぶる笑い方をした。

「だったら、好都合じゃあねえかい。互いに、手間が省けたってもんだ」

「どうやら、そのようで……」

「ところで、おめえは介添役かい」

「残念ながら、お二人さんの助太刀ってことになりやす」

「だからってまさか、このおれに白刃を向けるわけじゃあるめえな」

「あっしの道楽の材料にされたくなかったら、手出しは無用にしておくんなはい。そうなさらねえと、たとえ親分さんでも容赦は致しやせんよ」

「乙姫がどんなに恐ろしいかは知らねえが、おれも鳴滝の又三だ。おめえみてえな流れ者にでけえ口をたたかれて、さようでござんすかと引き下がるわけにはいかねえよ」

「親分さんたちは、吉岡竜之介の加勢をしなさるおつもりなんですかい」

「そのとおりさ」

「こいつは、武家の作法に叶った仇討なんでござんすよ。討たれるほうに加勢したとなると、無事にはすまなくなるんじゃあねえんですかね」

「間抜けめ！　昨日おれのところへ亀山藩御近習頭の沢田源之丞さまがお見えになって、武家の作法を忘れた不心得者がいるので、そいつを叩っ斬ってくれとお頼みになったんだぜ」

「ほう」

「つまり、亀山藩の恥を、抜き取ってくれってわけよ。前金として、二十五両も頂いているんだ。そこの二人の生首と引き換えに、もう七十五両ほど頂けることになっている。その二人を叩っ斬る名目としては、吉岡先生が返り討ちにするってことになるのよ」

「そうですかい。だったら、仕方がござんせんね」

「やい、乙姫！　おめえは、どうする気だい！」

又三は、長脇差を抜いた。

三人の代貸も、それに倣った。吉岡竜之介だけが、懐手をしたままでいた。

「親分さんは百両と腕のいい壺振りと、それに命をフイにすることになりまさあ」

姫四郎はニヤリとしてから、背後の二人を振り返った。

縫と太助が真っ青な顔で、タスキをかけ鉢巻をしめていた。

次の瞬間に姫四郎の道中合羽が、ふわりと円を描いて舞い上がった。又三の横まで跳躍した姫四郎は、左の逆手で長脇差を抜き放っていた。姫四郎は背中から、又三にぶつかっていった。

「わあっ！」

姫四郎を抱きとめた恰好で、又三が絶叫した。姫四郎が左の腋の下から突き出した長脇差が、又三の胸に埋まって背中へ抜けたのであった。

姫四郎は、身体ごと跳びのいた。長脇差が抜き取られて、又三は仰向けに倒れ込んだ。まず最初に、親分が血祭りにあげられたのである。頼りにならない子分連中なら、恐れをなして逃げ散るところだが、さすがに三人の代貸はその場を動こうとしなかった。

しかし、恐怖感によって神経も動作も鈍くなっているし、機先を制して逆襲に転ずることを忘れていた。守勢に回っては、攻撃型の姫四郎の剣法に勝てるものではなかった。姫四郎は、真中にいる垣の半三郎に攻撃を仕掛けた。

半三郎の長脇差が、空中へはじき飛ばされていた。

続いて、小南の長吉の長脇差が、鍔元から折れていた。

山花の鬼政の長脇差は、それを握った右手とともに地上に落ちていた。

右手首を切断された鬼政が、酔っぱらったような足どりで走り出した。逃げるというより、じっとしていられずに動き回っているのであった。泣き叫ぶような鬼政の悲鳴が、多くの人々を屋外へ誘い出した。

姫四郎は左手の長脇差を、正常に握り直していた。その一直線の片手突きが、小南の長吉の腹部を貫いた。声も立てずに、長吉は両膝を突いた。わざわざ息の根をとめることはないので、姫四郎は半三郎のほうへ向き直っていた。

半三郎は地面の長脇差を拾い上げるために、身体を二つに折っていた。

姫四郎の長脇差が、左腕とともに一回転して落下した。シュッと、空気が鳴った。半三郎の襟足のあたりに食い込んだ長脇差が、そのまま首を半分も断ち割っていた。半三郎は自分の首をかかえるようにして、路上に俯伏せになった。

姫四郎は、吉岡竜之介のほうへ目を走らせた。吉岡竜之介は、道の真中に突っ立っていた。懐手をしたままである。その背後から太助が刀を突き刺し、正面からは縫が懐剣を突き立てていた。もちろん吉岡竜之介は、無抵抗で刺されたのだった。

「死ぬも生きるも、大した変わりはない。おぬしの言葉どおりだ」

そう言って吉岡竜之介は、薄ら笑いを浮かべた。

「死んだほうが、楽なときもござんしょうよ」

長脇差を鞘に納めながら、姫四郎は悪戯っぽく笑いかけた。

姫四郎が縫と太助に別れを告げたのは、掛川の東の宿はずれであった。縫と太助は仇討を遂げたあとの処理をすませてすぐ、掛川や日坂から立ち退いて新天地を求めての旅に出るという。

「これでさっぱりと、古い縁と切れたような心地でございます」

縫が言った。

「あとは無事に、赤子を生むことでござんすね」

姫四郎は、晴れた空を振り仰いだ。

「それが何とも心配でなりませぬ。赤子が頭を下に、子袋の中で大きくなるのではないかと……」

「まだ、頭が固まるほど、大きくなっちゃあおりやせんよ」

「でも、大きくなってから頭を下に向けているのが当たりめえで、その逆のほうがおかしいんでござんすよ」

「赤子は子袋の中で、頭を下に……」

「まさか……」

「じゃあ、ごめんなすって」

歩き出した乙井の姫四郎は、二度と振り返ることがなかった。間もなく、その後ろ姿は新緑の田園の色に溶け込むように消えた。

因(ちなみ)に、胎児が頭を下にしているのを正常位置と確認したのは賀川子玄(かがわしげん)であり、時代は明和年間であった。公表は英国の医師スメリーより遅れているが、賀川子玄の確認こそ世界最初の業績とされている。

波が叫んだ新居宿（あらいしゆく）

一

江戸へ、六十五里一丁。

京へ、六十里十九丁。

江戸より京都のほうが、やや近くなっている東海道は浜松宿である。

井上河内守(かわちのかみ)六万石の御城下だが、宿場としてもまた賑やかな都会の地として知られていた。町人地だけで人口が五千九百人余、人家が一千六百二十余戸もあった。旅籠屋(はたごや)も、百軒近くある。

この浜松に一家を張っている貸元が、雷神仁五郎(らいじんじんごろう)という力士くずれの大男であった。土地での評判もよくないし、旅の渡世人たちも敬遠しがちな親分である。権力に弱いくせに、ひどく横暴な男だからであった。

それでも、身内とされている子分が、二十人からいた。良質の賭場(とば)をいくつも持っているし、商人(あきんど)たちに大口の金を貸す金融業を、裏で営んでいる。それで、かなり裕福な貸元でもあった。

浜松の西のはずれに近いところに、雷神仁五郎の大きな住まいがある。表から見れば、いかにも親分の住まいらしい。間口も土間も広くて、腰高油障子には円で囲んだ『仁』の字が書いてある。

しかし、家の奥にはいると、まるで金持ちの寮のように立派であった。部屋数も多いし広間がいくつも並んでいる。いちばん奥の座敷などは裏庭に面していて、密談には持ってこいの場所である。

その奥座敷でいま、密談が行われていた。床の間を背に着座しているのは、三十半ばの武士であった。その横に雷神仁五郎がすわり、主だった子分五人が武士と向かい合って膝を揃えている。

季節は陰暦の八月半ば、仲秋の名月を見る頃であった。

時刻は六ツ半、午後七時である。

「その渡世人は、乙姫とか名乗ったと聞いておる」

三十半ばの武士が、深刻な顔つきでそう言った。

「乙姫……」

「乙井の姫四郎だ」

「野郎のことかい」

五人の子分たちが顔を見合わせて、小さな声でささやきを交わした。

「同じ渡世人のことなら、よく存じておろう」

武士が、仁五郎へ顔を向けた。

「へい」

五十がらみの大男、仁五郎が目でうなずいた。

「変わった渡世人らしいな」

「へい、野州は河内郡乙井村の生まれで、無宿の姫四郎という野郎でございやす。そいつが、人呼んで乙姫……」

「腕が立つのか」

「医術の腕も人斬りの腕も、大したものだってえ評判でごぜえやす」

「さようか」

「そこがまた、変わっている野郎でござんしてね。右手を使っては、人を斬らねえんでございやす」

「すると、左手で刃物を扱うのか」

「へい。右手で人を生かし、左手で人を殺す。そのどっちも道楽としてやることだなんて、吐かしているらしいんでございやすがね。それはもう、どんなことがあろうと、右手を使っては人を斬らねえそうで」

「なるほど、変わっておるな」

「三崎さまはその姫四郎を、どうしろとおっしゃるんでございやす」

「乙姫を、消してもらいたい」

「消す……？」

「この世からな」

「つまり、姫四郎を斬り殺せってことなんでござんすか」

「さよう。それが、そのほうたちへの拙者の頼みだ」

三崎と呼ばれた武士は、冷然と男たちの顔を見渡した。

「そうあっさりと、おっしゃられても……」

気が進まないという目つきで、雷神仁五郎は胸高に腕を組んだ。

「容易なことではないと、申すのか」

三崎という武士は、仁五郎をにらみつけるようにした。

「何しろ、相手は噂に聞こえた流れ者でございやすからねえ」

仁五郎は、うなるような声で言った。

「雷神仁五郎が、そのように臆病な男とは思わなかった。それに、そのほうは愚か者よ。拙者がこうしてわざわざ新居から足を運び、折り入ってお前たちに頼み込んでおるというのにな」

「三崎さま、脅しはよしにしておくんなさいやし」

「脅しではない。拙者は、本気で申しておるのだ。もしも拙者の頼みを断わるようであれば、今後そのほうの賭場は無事にはすまぬことになるだろう」

「そんな……」

「雷神仁五郎なる者の賭場に立ち寄り、あるいは立ち寄ろうとする輩は、当関所の通行を禁ずと貼り紙すれば、お前の賭場はたちまち寂れることになるぞ」

「三崎さま、そんないじめ方は、ご勘弁願いやすよ」

「ただし、拙者の頼みを引き受けるならば、雷神仁五郎に十手捕縄を下しおかれるようにと、新居のお関所から三河赤坂の代官陣屋に掛け合ってやるつもりだ」

「わかりやした。よくわかりやしたよ、三崎さま。お引き受け致しやしょう」

苦笑しながら、仁五郎は畳に両手を突いた。頼みを断われば、賭場は自滅へと追いやられる。頼みを引き受ければ、念願の十手捕縄という褒美をもらえる。その苦楽の差には、天と地の相違があった。

仁五郎としても乙姫殺しを、引き受けないわけにはいかなかったのである。

なぜ、乙姫を殺さなければならないのか。その辺の事情については、三崎という武士はいっさい打ち明けていなかった。秘密保持のために乙姫を抹殺しようとしているのに、その秘密を明かしてしまっては何にもならないのである。

雷神仁五郎のほうも、聞きたがりはしなかった。どういう理由があろうとなかろうと、目的は乙姫を殺すことなのだ。事情や理由は抜きにして、仕事だけを引き受ける。そういう連中だからこそ、三崎某もわざわざ仁五郎のところへ頼みに来ているのである。

では、三崎という武士はどうして、乙姫殺しを何としてでも遂行させたがっているのだろうか。

三崎という武士は、新居の関所から来ているのだった。新居の関所は東海道で、箱根に次いで厳しい関所として知られていた。つまり、全国でも二番目に厳しい関所、ということになる。

この新居の関所は吉田、現在の豊橋七万石松平家が預かっていた。番預かりは二百五十石と百石の中級武士が二人、その下に同心が十人ずつ属している。ほかに五十石の武士で、中番と称する者が六人いた。

昨日、新居の関所に、奇妙な情報が舞い込んだ。鉄砲らしい荷物を積んだ荷車が三台も浜松に到着した、という情報であった。鉄砲を運ぶという正式な通知は受けていないし、大量の鉄砲を勝手に移動させることはできない。

当然、新居の関所を、避けて通ることになる。浜松から浜名湖の北側を迂回して、豊橋へ抜ける姫街道というのがある。その姫街道を、行くつもりなのに違いない。そうだとしたら、見逃すことは許されない。

関所の主目的は、鉄砲改めと、女改めにある。目の前の浜松まで大量の鉄砲が運ばれて来ていて、それが姫街道へそれようとしている。わかっていて知らん顔でいたら後日、責任問題に発展するかもしれない。

そこで今朝早く新居の関所から浜松へ、中番一名と同心四名が派遣された。だが、調査の結果、とんでもない人騒がせということに終わったのである。問題の荷物は、衝立(ついたて)の材料に使われる黒の漆塗(うるしぬ)りの部品とわかったのだ。

そこまでは、それでよかった。

しかし、何事もなかったという気の緩(ゆる)みから、中番と同心の総勢五人が浜松で、飲み食いをしたのである。食べるのはいいとしても、酒がよくなかった。新居の関所の武士たちが真っ昼間から酒を飲んでいたことが表面化すれば、関所預かりの七万石松平家にも迷惑が及ぶ。

厳しいことで知られていて、一般民衆からけむたがられ、反感も買っている新居の関所である。その関所役人の中堅どころが、お役目の時間内に飲酒したということが知れたら、東海道筋で大評判になるに違いない。

その辺のことは心得ているので、五人は酔いを隠して早々に、新居へ引き返そうとした。ところが、浜松をあとにして間もなく、全員が激しい腹痛と吐き気に襲われた。五人は街道をはずれると、松林の中へ逃げ込んで苦悶した。

それに気がついて、松林の中へはいって来たのが、乙井の姫四郎だったのである。姫四郎は食中毒と判断して、応急の手当てを施した。五人に多量の塩水を飲ませたあと、奇応丸なる救急薬とサラシナショウマの根茎による薬を与えたのであった。

「真っ昼間から酒を喰らって、ハマグリで食当たりを起こしたとは、御関所のお役人もあんまりみっともいいもんじゃあござんせんよ」

その渡世人は乙姫と名乗ってから、そう言い残して立ち去ったという。

五人は何とか新居に帰りついて、このことを、番預かりに報告した。番預かりは五人を叱責する前に、乙姫という渡世人の存在を気にかけた。新居の関所の権威と威光を守るために、乙姫を生かしてはおけないと思ったのである。

相手は無宿の渡世人であり、殺したところで非難されるほどのことでもない。

だが、新居の関所の権威は、天下の動きにも影響を及ぼす。そうした考えから番預かりは、中番の筆頭である三崎作之進に、乙姫抹殺を命じたのであった。

「無宿の渡世人とあらば、通行手形も往来切手も所持しておらぬ。新居の関所を通行できぬことから、浜松より姫街道へはいったに相違ない」

三崎作之進は、雷神仁五郎に言った。

乙姫抹殺の命令を受けた三崎作之進は直ちに浜松へ急行し、雷神仁五郎の住まいを訪れたのである。乙井の姫四郎は今日の正午前に、姫街道へはいったものと思われる。いまからでも、追跡は可能であった。

「容易じゃあねえのは、乙姫を叩っ斬るってことでさあ」

雷神仁五郎は、眉をひそめて渋い顔をしていた。

「乙姫なる者に、何か弱みはないのか」

三崎作之進が訊いた。

「手目博奕はやるし、女には手が早いし、大したワルだって評判でございやすがね」

「手目博奕とは……？」

「イカサマってことでございやすよ」

「それに、女に手が早いのか」

「そのように、聞いておりやす」

「女が、弱みということにはならんのか」

「そうも言えねえことは、ねえんでござんしょうが……」

「それから、乙姫は左手でしか刃物を扱わぬ、ということだったな」

「へい」

「では、乙姫の左手をまず、痛めつけたらどうなのだ」

「左手を使いものにならねえようにするってことですかい」

「罠(わな)を仕掛けるのだ。たとえば女を使って油断させておき、乙姫の左手だけを狙うというわけだ。そのあとで乙姫を斬るのであれば、さほど難しいことではあるまい」

「なるほど……」

仁五郎は初めて、子分たちと顔を見合わせた。ようやく仁五郎は、その気になったようだ。

その時若い者がひとり、裏庭へ駆け込んで来た。それは、仁五郎の賭場の一つに詰めている若い者だった。若い者は、緊張した面持(おもも)ちで仁五郎に会釈(えしやく)を送った。

「親分、乙姫って旅人が、ひとり勝ちを続けて、五十両ほどいかれそうなんで……。黙って見逃して、いいもんでござんしょうか」

若い者が言った。

一同は反射的に、腰を浮かせていた。乙井の姫四郎は、まだ浜松の周辺にいたのである。それも、仁五郎の賭場で荒稼ぎをしていたのだった。

二

翌朝の明け六ツすぎに、乙井の姫四郎は浜松の北三里、約十二キロの姫街道にいた。

浜松近在の大きな百姓家の土蔵を使っている雷神仁五郎の賭場で、五十両ほど儲けた姫四郎は明け方になって、姫街道を北へ向かったのである。気分が爽快でもあり、姫四郎としては珍しく、ゆっくりとした歩き方だった。

甘いマスクが、今朝はいっそう晴れやかである。長脇差を腰にして、割れ目の生じた三度笠を目深にかぶり、という姿も相変わらずであった。

一方に丸めた道中合羽を結びつけた振分け荷物を肩にして、右の手首に巻きつけた数珠を、チャラチャラ鳴らしながら歩いている。

姫街道は、浜名湖の東十二キロのあたりを、北上している。従って、浜名湖は見えない。遠く北には山々が波打っているが、近くは四方とも田畑と草原と林が広がっている。姫街道は、やや西へカーブを描き始めているようだった。

姫街道は、旅人の往来が少なかった。利用するのは土地の人間と、新居の関所を避けて通る旅人だけであった。新居の関所を通行する一般の人々は、むしろ姫街道のほうを敬遠する。

浜名湖を迂回するのと、浜松から豊橋まで東海道の直線コースを行くのと比較したら、距離にかなりの違いが生ずるのである。姫街道のほうが、大変な遠回りになるのだ。それに姫街道には、峠越えがあった。

人影のない姫街道を、姫四郎はのんびりと歩き続けた。ススキの穂が、風に揺れている。萩の花や彼岸花が目につき、山栗の木を振り仰ぐと、もう実がいっぱいに枝を埋めていた。

後ろから来た人影が、姫四郎に追いついた、女である。二十二、三の年増だが、色っぽい美人であった。旅仕度ではないし、このあたりの土地の女には見えなかった。水商売の女と、判断してよさそうだった。

「旅人さん、いい男だねえ」

姫四郎の顔をのぞき込んで、女が媚びるように笑った。姫四郎を追い越すこともなく、女は並んで歩いていた。

「おめえさんこそ、いい器量をしていなさるじゃあござんせんか」

姫四郎は、ニヤリとした。

色は浅黒いが、姫四郎は二枚目である。しかし、初対面の姫四郎に、いい男などと声をかける女はいなかった。通りすがりの女に、そんなことを言われたのは、いまが初めてであった。

「どちらまで、行きなさるんです」

女はもの怖じしない目で、姫四郎の横顔を見守っていた。厚かましいというより、いい度胸をしている。流れ者の渡世人と見れば、女は身を隠すのが普通であった。

「姫街道を、抜けるだけのことでさあ」

姫四郎は、取り出した生干しのイカを嚙んでいた。

「わたしは、入江村ってところまで行くんですよ」

小さな風呂敷包みを、女はかかえていた。

「用たしに、でござんしょう」

姫四郎は目を細めて、明るい秋空を見上げた。

「浜松から、来たんです」

「そうですかい」

「お仲ですよ」

「お仲さんねえ」

「お前さんの名は……？」

「乙姫と申しやす」

「乙姫さん！」

「へい」

「ずいぶんとまた、変わった名なんですねえ」

「ところで、お仲さん」

「はい」

「おめえさんの魂胆ってのを、聞かせてもらいやしょうか」

「魂胆とは……？」

「どうして、あっしに声をかけて来なすったのか、その胸のうちを知りてえんでございますよ」

「冗談じゃない。妙な下心なんて、ありゃしませんよ」

「人気のねえ街道で、進んで流れ者の道連れになりたがるなんて、そんな酔狂な女がいるもんですかね」

「ここに、ちゃんといるじゃありませんか。わたしはね、幼ない頃から渡世人の中で育って来たようなものなんですよ」

「それで流れ者の渡世人なんぞ、恐ろしくも何ともねえってわけでござんすかい」

「それに、こいつは悪人だ善人だって、見分けがつきますからね」

「すると、このあっしは善人ってことになるんでござんすかね」

「わたしは、そう見たんだけど……」

「こいつはどうも、恐れ入りやした。あっしが、善人とはねえ」

姫四郎は、クスッと笑った。だが、前の方に向けている目には、鋭さが加わってきた。変わらないのは、のんびりした歩き方だけであった。

前方に、雑木林がある。

その雑木林の手前で、姫街道は左へ直角に折れている。そのまま姫街道は西へ向かって一里、約四キロで浜名湖の北岸に出るのであった。

雑木林が、迫ってくる。間もなく、姫四郎とお仲という女は、雑木林に突き当たって左へ折れた。同時に、お仲が石にでもつまずいたのか、泳ぐように前のめりになった。

「あっ！」

お仲は声を上げて、姫四郎の左腕にすがった。転倒すまいとして、腕にすがったにしては不自然であった。お仲は姫四郎の左腕をかかえ込んで、それにぶら下がったのである。全体重をかけて、姫四郎の左腕にしがみついたと言ってもいい。

それを待っていたように、雑木林の中から二人の男が飛び出して来た。しかし、姫四郎はとっくに、予期していたのである。雑木林の中に、隠れるようにしている人影に、気づいていたのだった。

お仲は、姫四郎の左腕にぶら下がったままでいる。姫四郎は左の膝で、お仲の尻を押し上げた。お仲の身体が、宙に浮いた。その瞬間に、姫四郎は左腕を振り回していた。

宙に浮いているお仲は、激しい勢いで振り回されることになる。お仲は姫四郎の左腕を、放さずにいられなかった。投げ出される恰好で、お仲の身体は宙を飛んだ。

「ぎゃっ！」

お仲が、絶叫した。

お仲の背中の帯のうえあたりに、長脇差の切先が突き出ていた。長脇差をかまえている男のひとりへ、お仲は正面から激突したのであった。

姫四郎はそのとき、すでに二人の男のあいだを駆け抜けていた。左手で左の腰の長脇差を抜いたのだから、姫四郎の左手には、長脇差が握られている。

だから、もちろん逆手(さかて)であった。

お仲の身体から長脇差を抜き取ろうとしている男の背後へ、姫四郎は回り込んでいた。右手は振分け荷物を持っているだけで、まったく使わない。姫四郎は左逆手の長脇差を、その男の脇腹に深々と突き立てた。

「わっ！」

男はお仲と折り重なって、路上へ倒れ込んだ。

「雷神仁五郎親分さんの、お身内衆でござんすかい」

向き直って姫四郎は、もうひとりの男にニッと笑いかけた。

「だったら、どうなんでえ！」

真っ青な顔で、男が大声を張り上げた。

「五十両を取り戻したくて、あっしの命を欲しがるんでござんすね」

姫四郎は、前へ出た。

「そうじゃねえ！」

男は後退した。

「だったら、何のための闇討ちで……」

「そんなこと、知るもんかい！　ただ、乙姫を生かしておいちゃならねえと、言い付かっただけなのよ！」

「言い付けたのは、雷神の親分さんでござんしょう」

「当たりめえじゃねえかい」

「雷神の親分さんがヤミクモに、あっしの命を欲しがるっていうのは、どうも合点がいかねえんですがね」

「親分にだって、その辺の事情については、何もわかっていねえんだ」

「そいつはまた、妙な話じゃあござんせんか」

「親分もまた、指図を受けてのことなんだからな」

「雷神の親分さんに、下知するお人がいなさるんですかい」

「何でも親分のところへ、新居の関所役人が談合をぶちにやって来たとか、聞いているぜ」

「新居の関所からねえ」

「ところで、このおれをどうするつもりだい！」

男の声だけは威勢がよくても、逃げ腰になって震えている姿は何とも哀れであった。

「その顔色を見ちゃあ、これ以上の道楽をする気にはなれやせん」

ニヤリとして、姫四郎は長脇差を鞘（さや）に納めた。

「た、た、助かった……」

男はその場に、尻餅をついていた。気が緩（ゆる）んだとたんに、腰が抜けたのである。

その男と二つの死体に背を向けて、姫四郎は歩き出していた。歩きながら姫四郎は、何度も首をひねった。雷神仁五郎とその一家が、新居の関所役人の指示を受けて、姫四郎の命を狙っているというのである。

食中毒にかかった五人の関所役人に、応急処置を施してやった。それ以外には、新居の関所との接触がない。しかし、人助けをしてやったために命を狙われるということが、姫四郎にはどうしても理解できなかったのである。

一里ほど、姫四郎は歩いた。北側には、小高い山々が続く。南側の視界が開けて、西と南へ水面が広がった。西と南の岸辺が見えないので、まるで海のように広く感じられる。真っ青な秋の空が、湖面を美しく染めていた。

かつては淡海、遠湖、猪鼻湖などと呼ばれていた浜名湖である。この先三里、十二キロは浜名湖の北岸沿いの姫街道だった。いま姫四郎は、浜名湖の北東の角に立っているのであり、そのあたりに都田川が流れ込んでいた。

ひとり着流しの浪人が、岸辺にたたずんで湖に見入っている。あまり裕福そうには見えない浪人が、秋風に吹かれて湖畔に立つ姿は、まさに孤影である。姫四郎は、その浪人の背後を通りすぎた。

通りすぎたとたんに、姫四郎は何かを感じ取っていた。それは一種の緊迫感であり、人間の動物的な本能を刺激する死の予感でもあった。

それを、殺気という。

姫四郎はこれという判断もなく、道の端へ跳躍して逃げた。同時に空気を裂く音が、姫四郎の左腕をかすめた。短い光が走って、街道脇の崖の斜面に埋まった。手裏剣であった。

姫四郎の左の二の腕を包んでいる手甲が、五センチほど裂けていた。そこから、一本の線となって血が盛り上がっている。そのままにしておいても、自然に血が止まるくらいに浅い傷であった。

だが、姫四郎の動きが一瞬遅れていたら、手裏剣は左の二の腕に突き刺さっていただろう。骨に達するほど深く突き刺さった場合には、左腕は麻痺してしまって使いものにならなくなる。

またしても敵は、姫四郎の左腕を狙ったのである。

「やっ！」

気合とともに、浪人が斬り込んで来た。

左手で長脇差を鞘走らせた姫四郎は、峰を返して浪人の刀を受けとめた。

ガッという音がして、火花が散った。それは浪人の刀が、かなりの刃こぼれをしたという証拠であった。

「おめえさんは、雷神の親分さんに飼われている用心棒の先生ですかい」

逆手の長脇差で、姫四郎は浪人の刀を押し上げた。押し上げられてしまうのは、それだけ浪人が非力だということになる。姫四郎は、浪人の顔を見てチラッと笑った。

おかしくて笑ったのではなく、姫四郎は拍子抜けしながら余裕を示したのである。

三

浪人はただ、非力というだけではなかった。緊張しきっていて、血の気のない顔に脂汗を浮かべていた。恐らくこれまでにただの一度も、人を斬ったという経験がないのだろう。

年もとっている。

五十に見えるのは、生活苦が滲み出ているせいで、本当は四十五、六といったところなのだろう。人を斬った経験もない四十半ばの浪人を、用心棒に雇う親分がいるはずがなかった。

「手裏剣の腕は確かでござんしたが、おめえさんに人斬りはどうやら無理なようで……」

姫四郎は長脇差を引いて、浪人の刀をはずしながら言った。

「手裏剣の腕だけを買われて、雷神仁五郎に雇われたのよ」

浪人は改めて、刀を中段にかまえた。

「剣術のほうは、不得意なんでござんすかい」

「刀を抜いたこともない」

「だったら、斬り合いはやめに致しやしょう。女や子どもと変わらねえ相手に手をかけるほど、あっしも道楽に徹しちゃおりませんからね」

「そうはいかぬ」

「どうしてで……」

「わしの役目は、お前の左腕に手裏剣を打ち込むことだった。だが、わしは失敗した。役目を果たさずに、生きて帰ることは許されんのだ」

「死ぬつもりでござんすかい」

「死のうと生きようと、大して変わらんのでな」

「そいつはその通りだと、あっしも思っておりやすがね」

「お前も、遠慮することはない」

「それにしても、手裏剣の腕だけが並み以上ってのは、どういうわけなんでござんしょう」

「手裏剣にしても、武芸のつもりで修行したわけではないのだ。浪々の身が長びくと、いろいろなことをして生業を立てねばならぬ。わしは軽業（かるわざ）の一座に身を置き、見世物として手裏剣の腕を磨いただけなのだ」

浪人は自嘲的な顔で言った。目つきにも口のきき方にも、虚無感が漂っている。恐らく、生活苦にあえぎながら、浪人としての将来に絶望しているのだろう。この世に未練がないというのも、四十半ばの浪人の本音に違いない。

「もう一度、お尋ね致しやす。死ぬつもりなんでござんすかい」

姫四郎は言った。

「くどい！」

怒声を発して、浪人は突っ込んで来た。突きばかりの攻撃であった。なるほど、剣の腕は未熟である。だからこそ、突きの一手で挑んでくるのだ。突きがいちばん、初心者にとって安定した攻撃方法なのであった。

だが、浪人の突きは、なかなか鋭かった。技術ではなく、気迫なのである。浪人は死ぬ気でいるし、捨て身になってかかって来ている。油断をしていたら、姫四郎も危なくなるほどだった。

左右へ浪人の刀をはじきながら姫四郎は後退し、間もなく都田川の岸まで追いつめられた。やむなく姫四郎は右へ逃げて、振り向きざまに長脇差を後ろへ繰り出していた。左の逆手に握った長脇差が、浪人の背中へ斜めに吸い込まれた。

「おおっ！」

浪人は大きくのけぞってから、前へつんのめって、都田川の水の中に落ち込んだ。浪人は押し流されていき、すぐに浜名湖の水中にその姿を没した。姫四郎は斬り合いが始まった場所へ戻って、土の中に埋まっている手裏剣を抜き取った。

姫四郎は、再び西へ向かった。半里ほど行くと、浜名湖の全体が見渡せるようになった。岸が高くなって、湖面から五、六メートルの崖が続く。街道の北側には、松林が広がっていた。

姫四郎はふと松林の中へ視線を走らせて、思わず苦笑を浮かべていた。松林の中に倒れ込んでいる人らしいものを、認めたからであった。白い手足はどうやら、女のようである。

「女かい」

またか、と姫四郎は笑いたくなったのだった。お仲という女に二人の渡世人、それから浪人者、その次がまたしても女であった。あまりにも知恵のないやり方であり、姫四郎のほうが馬鹿らしくなる。

倒れている女を無視して、姫四郎はそこを通りすぎようとした。しかし、姫四郎はやはり、足をとめずにはいられなかったのである。その女の姿が、芝居にしては大胆すぎたからであった。

女は街道のほうへ足を向けて、松林の中の草のうえに倒れていた。半ば俯伏せである。ところが着物の裾が、完全にまくり上げられているのであった。帯から下を、裸にされているのであった。

まっ白な尻と太腿が、むき出しになっている。半ば俯伏せになって片方の脚を折っているので、突き出すようにした尻の割れめから、恥ずかしい部分の茂みにかけて、そっくり見えてしまっている。

姫四郎に限らず、街道を通る誰の目にも触れるわけであった。どんな女であろうと、芝居でできることではない。また芝居なら、そこまでやる必要はなかった。着物の裾をほんの少し、まくるだけで十分だった。

どうも本物らしいと、姫四郎は思った。姫四郎は松林の中へはいって、動かずにいる女に近づいた。女のまわりを一周して、様子を窺い、観察の目を光らせた。女は気を失っているようである。

十七、八の娘であった。

髷がくずれているし、ほつれが顔にかかっていた。気品のある美人だが、左右の瞼のうえをミミズ腫れが走っている。青い顔であった。どうやらついさっきまで、娘は清らかな乙女だったらしい。

太腿の内側が、鮮血に染まっていた。それが、男を知らない生娘だったことの証拠である。つまり娘は、この場で犯されたばかりなのだ。それも、ひとりだけの相手ではない、数人の男に、凌辱されたのだろう。

着ているものは粗末だが、町人の娘にも百姓にも見えなかった。武士の娘という感じである。貧しい暮らしをしているようだから、浪人の娘ということになるのかもしれない。

姫四郎はさっきの浪人と、この娘を何気なく結びつけた。年の差も、父娘と見ておかしくない。そう思うと姫四郎には、娘をこのままにして立ち去ることができなくなりそうだ。

姫四郎はまず、着物の裾をおろして娘の下半身を包み隠した。それから娘を抱き起こして、その頬を軽く叩いた。とたんに娘は暴れ出して、姫四郎を押しのけると、這いずって逃げた。

「通りすがりの者でござんすよ。おめえさんの身繕いをしただけで……」

姫四郎は、娘に声をかけた。

娘は地面に、泣き伏した。嗚咽するだけで、泣きじゃくりはしなかった。それもやはり、武士の娘としての強さなのだろう。嗚咽するのも悲しいためではなく、口惜しさからなのに違いない。娘はしばらくのあいだ、地面に腹這いになって肩を震わせていた。

娘が泣きやむのを、姫四郎は待っていた。立ち去らずにそうしていたもう一つの理由は、あまり遠くないところから姫四郎に向けられている視線を、感じたということであった。

誰かがいる。その正体を確かめたい。そのためには、娘のそばを離れずにいることである。

十五分ほどで、娘は泣きやんだ。だが、娘は動かずにいた。虚脱状態にあって、自分の置かれている立場を考えながら、更に頭の中の混乱を招いているのかもしれない。しかし、気丈な武士の娘は、間もなく冷静さを取り戻した。

娘は静かに起き上がって、地面に正座した。姫四郎には、背を向けている。男に凌辱されたことや、そのあとのあられもない姿を、姫四郎に見られたという意識が、娘に働いているのだろう。

散らばっている娘のハキモノを拾って、姫四郎はあたりを見回した。人の気配がする。四、五人いるらしい。娘を犯した男たちが、まだ近くに居残っているのだろうか。姫四郎は娘の前へ回った。

娘は、目をつぶっていた。眼前に姫四郎がいることは、わかっているのである。その証拠に、娘は瞼だけをピリピリと動かしている。それでいて目を開かないのは、閉じているほうが楽だからということではないだろうか。

「その目は、どうなすったんです」

姫四郎は、娘の顔を見守った。娘の目のうえを走っているミミズ腫れが、一段と鮮烈になっていた。

「竹のムチのようなもので、いきなりぶたれたのです」

娘が始めて、口をきいた。涙と泥で汚れた顔と、澄みきった娘の声が、奇妙な取り合わせに感じられた。

「それで、目をあけることが、ままならねえんですかい」

「はい」

「目をあけると、痛んでござんすね」

「はい、それに目が霞んでいて、よく見えないのです」

「すぐに、手当てをしたほうがようござんすよ」

「でも、いまここでこのままでは、どうすることもできません」

「目の前に、浜名湖があるじゃあござんせんか。まず、浜名湖の冷てえ水で、目を冷やすことでさあ」

「ご親切に、どうも……」

「さあ、参(めえ)りやしょう」

　姫四郎は娘を立たせると、その足をハキモノのうえに導いてやった。姫四郎は娘の肩を抱き、娘は姫四郎の腰に手を回した。目が見えないだけでは、若い娘に遠慮もしないで、できることではなかった。

　そこには、誰の目にも触れさせたことのない身体の部分を、姫四郎には見られているという気持ちが、働いているのだろう。いまさら気取っても、恥ずかしがっても仕方がないという娘の思惑(おもわく)が、姫四郎に対する気安さになっているのであろう。

「いろいろと、ありがとうございます」

　松林の中から街道へ出たところで、娘が顔を伏せて言った。顔を伏せたのは恥じらいのせいであり、娘は下半身を包み隠してもらったことも含めて、礼をのべているのであった。

「気にすることは、ござんせんよ」

姫四郎は、娘の歩調に合わせて、ゆっくりと歩いた。街道を横切れば、もうそこは浜名湖の岸辺であった。五メートルほど下に、小さな波が寄せている砂浜がある。

「奈美と申します」

娘が、そう名乗った。百姓町人の女の名前とは、いささか響きが違っていた。漢字二文字で奈美と書くならば、明らかに武家の出の女ということになる。

「女文字じゃあねえんでござんしょう」

姫四郎は、念を押してみた。女文字とは、平仮名のことである。

「はい。それで、お前さまの名は……？」

娘が訊いた。

「乙姫と呼んでおくんなさい」

姫四郎は答えた。

「乙姫……！」

奈美という娘は愕然となって、姫四郎の腕の中で伸び上がった。その拍子に目が見えない奈美は、崖っぷちの岩を踏んでいた。小さな岩が、グラッと傾いた。

奈美の身体は安定を失って、崖のうえから飛び出していった。

抱き合う恰好でいた姫四郎も、奈美に引っ張られてよろけた。足もとの土が崩れて、姫四郎の身体が崖っぷちを滑った。宙吊りになった奈美が、姫四郎の右手を握っている。その重みで、姫四郎も崖っぷちから沈んでいく。

姫四郎は左手を、岩の角に引っかけた。その左手が、二人の転落を食いとめている。しかし、いつまでも、宙吊りのままではいられない。伸びきった左腕一本だけで、崖のうえに戻ることは不可能である。

大した高さではないので、飛びおりてしまったほうがいいかもしれない。そのように迷っている姫四郎の頭上に、数人の足音が迫って来ていた。振り仰いだ姫四郎の目に、丸太棒を持ち上げている男の姿が映じた。

しまったと思ったが、すでに丸太は振りおろされていた。岩のうえにある姫四郎の左手を、丸太棒が叩き潰した。骨が砕けるような激痛を感じて、姫四郎の左手は岩の角を放していた。

姫四郎と奈美は、崖の下へ落ち込んだ。二人は落下した勢いで、水の中へと転がっていった。幅のない砂浜は、十分に水を吸っていた。姫四郎にも奈美にも、怪我はなかった。二人は水の中から、立ち上がった。

しかし、感覚を失った姫四郎の左手は、使いものにならなくなっていた。

四

当然、男たちが崖のうえから飛びおりて、襲撃してくるはずだった。姫四郎も覚悟して、それを待った。だが、街道から声も降ってこないし、聞こえたのは走り去る足音だけであった。

多分、旅人（たびにん）の姿が、近づいて来ていたのだろう。目撃されることを恐れて、男たちは逃げ出したに違いない。果たして、崖のうえに菅笠をかぶった男が立った。筒袖の道中合羽に白い手甲脚絆（てっこうきゃはん）をつけた旅人は、何事かというように下をのぞき込んでいた。

いったん姿を消した旅人が、十メートルほど右手の崖をおりて来た。そのあたりの崖には凹凸があって、手がかり足がかりに不自由がなかったのである。

旅人は、怪訝（けげん）そうな顔で近づいて来た。四十前の男であった。商家の旦那といった感じで、温厚な顔つきをしている。わざわざ崖の下までおりてくるくらいだから、親切で世話好きな男なのに違いない。

「どうか、なされましたかな」

旅の男が、ビショ濡れになっている姫四郎と奈美を、交互に見やった。

「なあに、大したことじゃあござんせん」

姫四郎が、白い歯をのぞかせた。

「四、五人の男どもが、街道を走り去っていきましたが、どうやら悪い連中に襲われたようでございますね」

同情する目つきで、旅人は言った。

「まあ、そんなところで……」

と、姫四郎は一瞬、顔をしかめていた。左手が長脇差の柄に触れただけで、ビーンと響くような痛みを感じたのである。

「怪我をされておるようで……」

旅の男は、中途半端に縮めている姫四郎の左腕へ、目を向けた。

「丸太棒で、叩き潰されやしてね」

姫四郎は、自分の左手を見やった。擦過傷から血が滲み出ている程度で、傷そのものは何でもなかった。が、左手全体が赤く腫れ上がっていて、熱を持っているという感じであった。

「どれ、診て進ぜよう」

旅の男が、両手を差し出した。

「何を診るんですかい」

姫四郎は逆に、左手を背後へ引っ込めた。

「骨の具合を、診てみるのですよ」

「失礼でござんすが……」

「ええ、わたしは素人ではありません」

「すると、医術の心得が、おありなんでござんすね」

「いいや、医者でもない。骨を診るには、医者よりもわたしのほうが向いておりましてな。わたしは骨つぎですよ」

「骨つぎ……」

姫四郎は、旅の男の前に左手を差し出す気になっていた。武術から生まれた『骨つぎ』という専門的な医術があることは、もちろん姫四郎もよく知っている。しかし、実際に骨つぎの治療というものを、見たことはなかったのである。

骨つぎが、姫四郎自身に治療を施す。自分が実験台になって、治療を見学することができる。姫四郎はそれに、興味を覚えたのであった。こんな場合にも、名医の息子の血というものが、目覚めるのだろうか。

骨つぎ医は、姫四郎の左手を調べた。指を一本ずつ動かしたり、押すようにしたりする。手の甲にも触れたし、手首を折りまげてもみた。姫四郎は四回ばかり、激痛を堪えて唇を嚙みしめなければならなかった。

「薬指、中指、人さし指の骨が折れておるようだな。それから手の甲の骨も、折れたり砕けたりしておる」

骨つぎ医は、そう診断を下した。

すぐに、治療にとりかかるつもりらしい。骨つぎ医は突き出ている岩に腰をおろすと、小さな風呂敷包みを広げた。中身は、骨つぎのための晒や和紙、それに木片などであった。

姫四郎の質問に答えながら、骨つぎ医は手当てを始めた、和紙に黒膏を塗って、それを三本の指と手の甲に貼った。黒膏はニワトコとオウバクによって、作られているものだという。

晒を適当な幅に裂いて、和紙のうえに巻きつけながら、そのあいだに木片を差し込んでいく。副木である。副木は杉の木を厚紙ぐらいに薄く切ったもので、それを更に適当な大きさに割って使う。

副木を巻き込みながら、晒を重ねていく。肌の熱によって黒膏が乾くと、和紙もカチカチになって、それだけでも十分に骨折部分を固定する。そのうえに副木と晒が加わっているのだから、申し分ないということであった。

「これで、よろしい」

治療を終えると、骨つぎ医は満足そうに言って、さっさと荷物をまとめにかかった。

「ありがとうござんす。それで、お代はいかほどでござんしょう」

姫四郎は、深く腰を折っていた。

「代金を頂くほどのことはしておらないし、わたしはこれでごめんを蒙りますよ」

骨つぎ医は、立ち上がって言った。

「どうも、申し訳ござんせん。恩に着ることに致しやす」

歩き出した骨つぎ医を、姫四郎は見送った。

「当分のあいだは、左手を動かさぬようにな。お大事に……」

振り返ってそう言った骨つぎ医は、岩の階段をのぼって崖のうえの街道に姿を消した。

分厚く晒が巻かれている左手に、姫四郎は目を落とした。当分、使いものにならない左手である。晒を巻いた手では、長脇差を抜くこともできない。結果的に、雷神仁五郎の狙い通りになったのではないか。

雷神仁五郎は、姫四郎の左手を封じようとしている。お仲という女も、手裏剣の巧みな浪人も、姫四郎の左腕にこだわった。そして最終的に姫四郎は、左手を骨折によって封じられたのである。

すると、奈美という娘もまた第三の罠を仕掛けた雷神仁五郎の手先なのだろうか。奈美が乙姫という呼び名を聞いて驚き、崖下へ滑り落ちたことから、姫四郎は左手に重傷を負ったのである。

奈美が仕掛けた罠だと、思いたくもなる。奈美は乙姫という呼び名を、知っていたではないか、それに奈美とともに姫四郎が宙吊りになるのを待っていたように、四、五人の男が襲いかかって来ている。

「おめえさんは乙姫と聞いて、ひどく驚いたようでござんすね」

姫四郎は、しゃがみ込んでいる奈美の背後に近づいた。

「はい」

奈美は湖の水を両手ですくっては、閉じた左右の目を濡らしていた。

「そいつはまた、どうしてなんでござんしょうね」

姫四郎は手拭いを、奈美に渡した。

「雷神仁五郎の子分たちが、乙姫という渡世人の左腕に手裏剣を突き刺すようにと、父に話を持ち込んで来たのを、耳にしていたからです」

奈美は水に浸した手拭いを、顔のうえ半分に押し当てた。

「手裏剣ねえ」

姫四郎は帯に差してあった手裏剣を、右手で抜き取った。

「わたしの父は亀山六万石の石川家に仕えておりましたが、十年ほど前に事情あって禄を離れることとなり以来、浪々の身を続けて参りました。昨今では町方の者と変わらぬ暮らしぶりに、武士とは名ばかりの父となりました。わたしとて、同様でございます。浜松の御城下の住まいとて、路地裏の朽ち果てた棟割り長屋でして……」

「そうした父上と、雷神の親分さんとが、どう結びつくんでござんす」

「わたしの針仕事の手間賃だけでは、食するにも事欠く始末でした。それで魔がさしたと申しましょうか、父はただ一度だけ雷神仁五郎の火場所へ足を運んだのでございます」

「それでその賭場に、借りを作っちまったわけですかい」

「はい、二朱の借りが、できてしまったのです」

「その借りを帳消しにするから、父上の手裏剣の腕を貸してもれえてえと、雷神親分さんから話が持ち込まれたってことなんでござんすね」

「はい。昨夜遅く、雷神仁五郎みずから裏長屋を訪れたのでございます」

奈美はまた、手拭いを水に浸けた。

その奈美の説明によると、雷神仁五郎は頼みを引き受けるなら二朱の借金は棒引き、頼みを拒絶すれば二朱の借金のカタとして娘をもらっていくと、脅しをかけて迫ったのだという。

奈美の父親の田所重兵衛は、やむなく雷神仁五郎の要求に応じたのであった。今日の七ツ、午前四時に田所重兵衛は浜松をあとに、姫街道を北へ向かった。心配になって奈美も、父親に同行していった。

指定された場所、都田川が浜名湖に流れ込むあたりで、田所重兵衛は乙姫を待ちうけることになった。田所重兵衛は奈美に、もう少し先まで行って身を隠していろと命じた。言われた通り、奈美は浜名湖の北岸を西へ向かった。

ところが、やがてぶつかったのが、六人の渡世人だったのである。いずれも雷神仁五郎の子分たちで、代貸のキハダの弥吉というのが指揮をとっていた。連中の目的は、田所重兵衛の手裏剣を左腕に受けた乙姫を待ち伏せして、襲いかかることにあったのだ。

連中は奈美を見つけると、退屈しのぎの話相手になれと、松林の中へ引っ張り込んだ。しばらくして、キハダの弥吉がいきなり奈美を抱きすくめた。奈美は、必死になって抵抗した。

しかし、あとの五人が奈美の手足を押さえつけたし、どうにも防ぎようがなかった。大声を上げる奈美の顔に、弥吉が竹のムチを振るった。奈美は目をあけていられなくなり、逆らう気力も失った。

弥吉が強引に、奈美の乙女のツボミを散らした。そのあと二人の男が、気が遠くなりかけている奈美を犯した。四人目が奈美のうえにのしかかったとき、乙姫が来たと見張りの者が叫んだのである。

六人の男たちは奈美をそのままに、慌てて逃げ散ったのであった。

「キハダの弥吉をこのままにしておくのは、無念の余り自害する気にもなれません。いまはただ、口惜しくて……」

顔に手拭いを宛がって、奈美は身を震わせていた。泣き声を洩らすまいと、必死になって堪えているのである。話の辻褄は合っているし、筋書通りの芝居を演じているとは思えなかった。

奈美はやはり、罠を仕掛けたわけではないのである。崖から宙吊りになったのも、たまたまそうなってしまっただけのことなのだ。そこへ連中が襲いかかったのも、絶好のチャンスが偶然にも訪れたからなのだろう。

「いま頃、その六人はどこで、何をしているんでござんしょうね」

姫四郎は言った。すでに骨つぎ医も去ったことだし、左手を封じられた姫四郎だと連中は承知しているのである。この機会を捉えて当然、男たちは襲ってこなければならない。だが、いまのところは、その気配すらないのだ。

「八ツ半までにキハダの弥吉は、いったん新居へ引き揚げることになっているとか話しておりましたけど……」

気をとり直したように、奈美は目を閉じた顔を姫四郎のほうに向けた。

なるほどと姫四郎は、連中の手のうちを読み取っていた。キハダの弥吉と何人かは、新居の関所へ報告のために引き揚げたのである。残った何人かは、姫街道を西へ向かったのに違いない。

姫街道の西を固めておけば、姫四郎は袋のネズミになる。長脇差を抜けない姫四郎としては、姫街道を西へ向かって強行突破を図ることも不可能である。そして、新居へ向かった弥吉たちは報告をすませてから、雷神仁五郎を案内して引き返してくるつもりなのだろう。そのうえで姫四郎を料理する、という手筈になっているのだ。

「一つ、あっしたちも浜松に戻って、新居まで足を伸ばすことに致しやしょうか」

奈美の目には見えないだろうが、姫四郎はそう言ってニッと笑った。

「新居へ……！」

奈美が大きな声を出した。

「こんなところで、殺されるのを待っていることはねえでしょうよ。それより、おめえさんとあっしの無念を晴らすために、新居へ乗り込んで雷神仁五郎とキハダの弥吉を叩っ斬ってやるんでさあ」

「でも、乙姫さんは人を斬るのに左手しか使わないと、あの連中が話しておりました」

「その通りで……」

「左手の骨が折れたり砕けたりで、いったい乙姫さんはどうして……」

「そいつが、思案のしどころってやつでござんすよ」

姫四郎はニヤリとした。

「ところで父はどうしているでしょうか」

不意に、奈美が言った。

「さあねえ。あっしもそれらしいお人は、見かけやせんでしたよ」

姫四郎はさりげなく、手裏剣を湖の中へ投げ込んだ。一瞬のうちに、手裏剣は水中に消えた。

「では、父はいずこへか姿を消したということに……」

水音を聞いても、もちろん奈美には、何が投げ込まれたのか察しようがなかった。

「そうだとしたら、父上のことは諦めなすったほうがようござんすよ」

「どうしてですか」

「怖じ気づいて逃げたとなりゃあ、そのままじゃあすまなくなりやす。裏切ったってんで、雷神一家の連中が生かしちゃおかねえでしょう」

「すると、父はすでに……」

「言うには及ばず、見張りがついていたでしょうからね」

「そうですか」

「父上の敵も討つつもりで、新居へ乗り込みやしょう」

腰を落として奈美の尻に右手を回し、おぶさることを姫四郎は促した。

「すみません」

目に手拭いを押しつけたままで、奈美は姫四郎の背中に身体を預けた。

「さあ、参りやすよ」

姫四郎は、大男でもおぶったような重みを感じていた。

五

姫街道を東へ向かい、やがて南に下ることになる。浜松まで、来た道を引き返すのであった。奈美を背負っていても、姫四郎の足はまるで走るように早かった。

途中、小川や岩清水、井戸などを見つけるたびに、姫四郎は足をとめた。手拭いを濡らして、奈美の目を冷やすためであった。眼病ではないので、薬も手当ても通用しないのである。冷やすほかはなかった。ムチで打たれたあとの腫れと痛みが柔らげば、目をあけることができるはずだった。

水を求めるとき以外は、休むこともなかった。流れる汗もそのままに、姫四郎は歩き続けた。浜松も素通りして、東海道を西へ向かった。二里三十丁で、舞坂につく。舞坂から海上一里で、目ざす新居宿であった。

かつては陸続きであって、浜名湖と海はつながっていなかった。それが明応八年の大地震のときの津波によって陸地が切断され、浜名湖は海と合流することになったのだ。以来、そこを舟で渡るようになったのである。

今切の渡しという。

夕方の七ツ、午後四時に出るのが最終の舟で、姫四郎と奈美はそれに間に合った。小一時間で、新居の舟着場につく。渡し舟の客が散っていくと、もうあたりには人っ子ひとり見当たらない。

舟が出ないので、東海道の往来が途絶えるわけだった。北に湖、南に海が広がっているだけで、視界には動くものもなかった。新居宿へはいる前に、関所を通ることになる。その関所にしても、すでに門を閉じている。

姫四郎は、海辺の松林の中へはいった。

日が沈み、代わりに大きな月が空に輝いた。松林の中を除けば、あたりは真昼のように明るかった。渡し場が目の前にあって、海面と陸上の砂地が月光を浴びて絵のように美しい。

「ここで待っていて、どうかなるのでしょうか」

不安そうな顔で、奈美が訊いた。

「いまに、連中が姿を現わしやす」

姫四郎は、関所の方角を凝視していた。

「いまにって、いつ頃ですか」

「間もなくでござんしょう」

「そして一同は、湖の北へ向かうんですか」

「へい。舞坂、浜松を回って、湖の北側につくのは夜明け前。そこで、あっしを料理しようって、魂胆なんでござんすよ。夜中に動き回って何をやらかそうと、人目にはつきやせんからね」

「でも、舟がありません」

「関所からのお達しがありゃあ、夜中だろうと舟は出るでしょうよ」

「そういうことなのですか」

「何も、案ずることはござんせん」

「乙姫さん」

「へい」

「もう一つ、肝心なことがあります」

「どういうことでござんしょう」

「思案のしどころだということでしたが、その左手はいったいどうなるんでしょう」

「そのことですかい」

「乙姫さんの右手は、自由にならないんですか」

「あっしは右も左も、同じように利き腕なんでござんすよ」

「でしたら乙姫さんは、右腕を使うつもりなのですね」

「いやあ、そうはいかねえんで……」

「なぜですか」

「右手は人を生かすもので、殺すためには金輪際、使わねえことになっておりやす。だからこうして、右手には数珠を巻きつけているんでござんすよ」

「でも……」

「場合によっちゃあ、乙姫は右手で長脇差を抜くってことだったら、連中もそうそう執念深くあっしの左手を狙ったりはしねえでしょうよ」

「たとえ殺されても、右手は使わないんですか」

「右手を使えば無事にすむ、助かるのだとわかっていても、右手は使わないんですね」

「へい」

「どうしてなのですか」

「そいつが、あっしの信念ってもんですからね。死ぬも生きるも、あの世もこの世も、大して変わりはねえもんでござんすよ。だったら、信念を捨ててまで、生きのびたくはねえでしょう」

「わたしには、よくわかりません」

「わからねえのが当たり前、こいつはあっしの道楽だと、思っていておくんなはい」

「無念を晴らすのに、まさか素手で立ち向かうのでは……」

「それより、おめえさんの目のほうの具合は、どうなりやした」

「お陰で、腫れも痛みも引いたようです。ただ、目をあけるのが、何となく恐ろしくて……」

「思いきって、目をあけちゃあくれやせんかい」

「使いやせん」

「目をあけて、どうするのです」

「ちょいと、手伝ってもれえてえことがあるんでござんすよ」

「では……」

目をしばたたかせてから、奈美は恐る恐る瞼(まぶた)を押し上げた。まだ腫れが残っているので、大きく目を見開くことはできなかった。しかし、奈美の目は明らかに、姫四郎の顔を見ていた。

「どんなもんです」

姫四郎は、ニヤリとした。

「はっきりとは見えませんが、大丈夫のようです」

恥じらうように笑って、奈美は目を伏せた。

「だったら、さっそくお願い致しやしょう」

姫四郎は右手で振分け荷物をあけると、詰め込んである一反(いったん)の木綿晒(もめんさらし)を取り出した。それから姫四郎は、長脇差を抜くように奈美に頼んだ。奈美は武士の娘らしく、冷静に姫四郎の長脇差を抜いた。

姫四郎は左手に巻きつけてある晒を解いて、副木(そえぎ)も除き、黒膏を塗った和紙だけを残した。姫四郎は長脇差の柄(つか)を左腕に添えると、その鍔元(つばもと)に左手を宛がった。

親指と小指は、簡単に柄を捉えた。だが、骨折している三本の指は、右手で折り曲げなければ柄を握ろうとはしなかった。

激痛に息を乱し、脂汗を流しながら、姫四郎は三本の指に柄を握らせた。そのうえに骨つぎ医のくれた晒と、新しい一反の晒とを巻きつけるのであった。それも可能な限り、固く巻かなければならない。

右手だけの姫四郎ひとりではできないことであり、奈美の協力が必要だったわけである。痛みに声を洩らして、必死になって堪えている姫四郎を、奈美はとても見てはいられなかったのだろう。奈美は顔をそむけて、晒をひき絞っていた。

鍔元に左手を宛がわれ、長脇差の柄の長さは二の腕の内側の半ばまであった。その長脇差の柄と姫四郎の左腕を一本にして、それを晒で完全に固定させたのである。分厚く巻いた晒は、姫四郎の左腕の延長となった長脇差を、ビクともさせなかった。

地鳴りのように、波の音が響いた。関所のほうから、人影が渡し場へと走ってくる。先頭にいるのは、船頭のようであった。そのあとに、四つの人影が続いた。

船頭が、舟に乗り込んだ。

姫四郎が松林の中から、一直線に突進した。長時間、渡り合っていたら不利になる。こういう場合は、最初に敵の大将を斃すことを考えるべきであった。姫四郎は、大男を目ざして突っ込んだ。

「乙姫！」

向き直った雷神仁五郎が、愕然となって叫んだ。その仁五郎には、長脇差を抜く暇もなかった。左腕と一体になった姫四郎の長脇差が、仁五郎の腹に埋まって背中へ突き抜けた。

姫四郎は仁五郎の腰を蹴りつけて、長脇差を抜き取った。砂のうえに倒れた仁五郎の顔は、月光の中でまだ信じられないという表情を見せていた。三人の子分は、早くも逃げ腰になっていた。

斬る力は弱いので、突きの一本槍でいくことにした。姫四郎は砂のうえにすわり込んだ男の喉に、長脇差を突き刺した。そうしながら、走り出そうとする男に足払いをかけた。その男は腹這いになったところを、姫四郎の長脇差によって背中から串刺しにされた。

もうひとり逃げる男を、姫四郎は追いかけた。足がすくんで思うように走れない男を、姫四郎は苦もなく追い抜いた。前へ回り込んで、姫四郎は長脇差を突き出した。走って来た男の胸板に、長脇差は吸い込まれた。

姫四郎が長脇差を引き抜いたあとも男は走っていって、打ち寄せる真っ白な波の中へ転がり込んだ。姫四郎は、波を背にして立っていた。もう一つの影が、駆け寄って来たからである。

「この男が、キハダの弥吉です！」

奈美の声が、すぐ近くで叫んだ。その奈美の叫び声に、波の音が重なった。奈美と波が同時に叫んだと、姫四郎は笑いを浮かべていた。身装りこそ渡世人の喧嘩仕度に一変しているが、長脇差を抜いたその男の顔は、姫四郎の左手に治療を施した骨つぎ医と同一人であった。

「初から骨つぎ医に身装りを変えて、あっしの左手が間違いなく使いものにならねえかどうかを、確かめようってのがおめえさんの役目だったんでござんすね」

姫四郎は、ニヤリとした。

「こう見えても六年前までは、三州岡崎で名を知られた本物の骨つぎだったのよ」

キハダの弥吉が、長脇差を振りかぶった。

「それで、キハダなんて異名を、用いていたんでござんしょうよ。キハダとは妙な異名だと考えているうちに、黒膏に使われているオウバクをキハダとも読むってことを思い当たりやしてね。およその見当は、つきやしたよ」

「手当てをしてもらって、恩に着たはずだぜ」

「借りはこいつで、返させて頂きやす」

姫四郎は横へ飛んで、弥吉の一撃を避けた。次の瞬間、姫四郎の長脇差は、弥吉の脇腹から斜めに背中へ突き抜けていた。

姫四郎と奈美は、渡し場へ走った。姫四郎の長脇差をかねた左腕を見て、震え上がった船頭はすぐに舟を出した。渡し舟は、対岸の舞坂へ向かった。新居の関所から遠ざかるには、そうするより仕方がなかったのである。

月光に輝く海上に、舟はただ一艘(いっそう)。その舟の中で、奈美は口もきかずに、ぼんやりと海を眺めていた。姫四郎は晒を解いて、左腕からはずした長脇差を鞘に納めた。左手の痛みが、待っていたように激しくなった。

「わたしはこれから、どうしたらいいのでしょうか」

奈美がつぶやくように言った。

「あっしなんぞは毎日、朝を迎えるたびにそう思いやすよ」

姫四郎は、ニッと笑った。

「乙姫さんは、これからどちらへ……？」

「さあねえ。生きて明日なき流れ旅でさあ」

奈美の涙と姫四郎の白い歯が、月光にキラキラと輝いていた。無人の海上をいくいまこそ、二人にとっては束の間の安息のときということになる。だが、束の間とは所詮、いつまでも続かないことであった。

舞坂の舟着場が、もう見え始めていたのである。

因に、日本の骨つぎの歴史は古く、唐の医学の影響を受けて、奈良時代の初期にすでに骨と関節の損傷を治療する専門家が、存在したということである。

夢が流れた岡崎宿

一

東海道は、袋井の宿——。

むかし、この地方は四方が丘陵地帯で、袋みたいな小盆地であった。そして、その中央部に泉が湧いていた。泉を井として、袋の中の井、すなわち袋井という地名になったという。

人口が九百人たらずの小さな宿場だが、人家の数の四分の一に相当する五十軒が旅籠屋だった。それほど数は多くないが、若くて可愛い宿場女郎が揃っているということでも知られている。

この袋井の貸元が安場の長次郎で、性格温厚な評判のいい親分であった。しかし、身内が七、八人という小世帯で、安場の長次郎は名も顔もあまり売れていない。そのせいか、草鞋をぬぐ旅人というのが珍しかった。

仲秋もすぎた、ある日、安場の長次郎の住まいに立ち寄った旅の渡世人がいた。二十七、八に見える長身の渡世人で、色の浅黒い切れ長な目で笑っていた。二枚目の顔立ちに気品もあって、ワルの感じもするというのが印象的だった。

陽気でいて暗く、冷ややかだが憎めないと、そんな男であった。

くたびれた三度笠をかぶり、手甲脚絆の黒もかなり色変わりしている。まるめた道中合羽を、振分け荷物にくくりつけていた。朱塗りの鞘を鉄環と鉄鐺で固めた長脇差が、いかにも重そうであった。

その渡世人は、一宿一飯の恩義にあずかりたいという挨拶の中で、野州河内郡乙井村の姫四郎だと名乗った。渡世人はすぐに、裏庭に面した部屋へ通された。床も壁も板張りで、板戸がついているという旅人用の部屋であった。

旅装を解いていると、関根の小文太という代貸が顔を出した。三十五、六の精悍な顔つきの男である。親分の安場の長次郎はもう六十に近いので、この代貸が一家を取り仕切っているのだろう。

関根の小文太は確かめるような目を、渡世人の右の手首へ走らせた。渡世人の右手首には、一連の数珠が巻きつけられてあった。

それを目で確かめてから、関根の小文太は愛想よく笑いかけた。小文太はどうやら、本物の乙井の姫四郎なのかどうかを確認したかったらしい。

「親分さんは、お加減が悪いそうで……」

姫四郎が訊いた。

「へい。春先から、ずっと床についたままでおりやす」

関根の小文太は暗い顔になっていた。

「起きることもできねえほど、お悪いんでござんすかい」

「いいえ、その気になりゃあ縁側へ出て日なたぼっこもできるんですが、すっかり気が弱くなりやしてね。たいていは、臥(ふ)せったままでおりやす」

「いってえ、どこがお悪いんで……」

「そいつが、よくわかりやせん。何人かの医者に見せたんですが、ただ酒毒が総身に回っているというだけでござんしてね」

「どういう病(やま)いかも、どうしたらよくなるかも、教えちゃあくれねえってわけなんでござんすね」

「へい」

「酒毒が総身に回るほど、親分さんはそっちのほうが好きなんですかい」

「若いときから去年まで、一日も欠かさずに毎日、浴びるように飲み続けて来たって話でござんすからね。酒毒にやられるのは当たりめえだと、当人も申しておりやした」

「もう、諦(あきら)めておいでなんで……」

「へい。この半月ほど前から、急に容体がおかしくなったってこともありやして
ね」

「だったら、もう医者にもかかっちゃあいなさらねえんですかい」

「いいえ、本村十郎という旅の途中の先生に、診てもらっておりやすがね」

「旅の途中の医者ですかい」

「もっとも、本村先生にしても、とっくにサジを投げてしまっておいでなんでし
ょうが……」

「それで、その先生は病人にどんな薬を飲ませて、どういう養生をさせているん
でござんしょう」

「本村先生は、効く薬もなければ養生の手立てもないとおっしゃって、病人には
ただじっと寝ていろってだけで……」

「薬も与えず、養生もさせずとは、ずいぶん変わった医者もいるもんだ」

姫四郎の目だけが、笑っていた。

「へい」

困ったような顔で、小文太はうなずいた。

「それじゃあまるで、病人が息を引き取るのを待っているようなもんでござんし

ょう」

「まさか……」

「差し支えねえようなら、あっしに脈をとらせておくんなはい」

「そいつは、願ってもねえことだ。姫四郎さんに名医顔負けの医術の心得がおありだってことは、噂に聞いておりやした」

「それほどのことはありやせんが、これも何かの縁ってもんでござんしょう」

「是非とも、お願い致しやす」

関根の小文太が、頭を下げた。

「だったら、ちょいと……」

ニヤリとして、姫四郎は腰を浮かせた。

小文太に案内されて、姫四郎はコの字型の廊下伝いに、安場の長次郎が寝ている部屋へ向かった。その部屋はやはり裏庭に面していて、あかるい六畳間であった。夜具のうえには、長次郎の寝姿が見られた。

そよそよと絶えることなく、風が吹き抜けていく。おだやかな秋の午後であれば、健康な人間だろうと眠くなるような心地よさであった。長次郎も夜具のうえで、身動きもせずに眠っていた。

うたた寝なのか、昏睡しているのか、判断がつかないような寝顔だった。だがその長次郎の寝姿と顔を見たとき、姫四郎はまずいなと思った。つまり余命いくばくもないと、見て取ったのである。

初対面なので、健康だったときの長次郎がどのような身体つきをしていたか、あるいは血色がどんなであったかを、姫四郎は知らなかった。しかし、そうした比較は抜きにしても、長次郎は生気を失っていると言えるのだった。

身体は骨と皮だけになっていて、腹にややふくらみが残っている。憔悴しきった顔には、脂っ気すらなかった。肌が青黒いところと、ドス黒い部分とに分かれている。もはや、昏睡状態にある病人なのだ。

「どんなもんでござんしょう」

関根の小文太が、声をひそめて言った。

「いけやせんね」

脈をとろうともしないで、姫四郎は首を振った。

「やっぱり……」

「寝込んだのが、今年の春とかいうお話でござんしたね」

「へい。それまでにも何度か、ひと月、五十日と寝込んだことがありやした。しかし、寝込んで半年以上にもなるってのは、今回が初めてでござんす」

「それで半月前までは、まあまあの容体だった」

「へい」

「それが半月前から、急に悪くなったってことなんでござんしょう」

「へい」

「本村十郎先生って医者は、いまもこの袋井に逗留なすっておいでなんですかい」

「へい。大福屋という旅籠に、お泊まりでござんす」

「ずっと旅籠に逗留なすっておいでとは、また豪勢な話でござんすね」

「お泊まりの費用その他いっさいは、あっしどもで面倒を見させて頂いておりやす」

「道理でねえ」

「医術の修行のために江戸へ向かう途中、この袋井で引っかかった先生なんでござんすよ」

「引っかかったってのは、どういうことなんで……」

「お類という宿場女郎と一夜をともにしたのが運の尽きで、先生はもう医術の修行も江戸への旅も忘れるほど、そのお類に首ったけの夢中ってことになっちまったんでさあ」

「それでそのまま、袋井の大福屋に居続けってわけなんですかい」

「お類なしには夜も日も明けねえってくらいの熱の上げようで……」

「その先生はいつから、袋井宿に居続けなんでござんしょう」

「半月とちょいと前から、ということになりやすかね」

「すると、親分さんがその本村先生にかかるようになったのも、半月ぐれえ前かFらってことになりやすね」

「へい」

小文太は姫四郎の顔へ、チラッと目をやった。

「そうですかい」

安場の長次郎の容体が急変したのも、本村十郎なる医者にかかるようになったのも、同じ半月前ということになる。つまり、本村十郎が主治医となって、長次郎の病状が悪化したということが言えるのである。

どうも、おかしい。

姫四郎は長次郎に顔を近づけると、酒の匂いがするということに気がついていたのだった。長次郎のような病人が、みずからの意志で酒を飲むはずはなかった。

飲みたいという気も、起こらないことだろう。

誰かが逆らうこともできない長次郎に、酒を無理やり飲ませたとしか考えられなかった。なぜ長次郎のような病人に、酒を飲ませたりしたのだろう。おそらく酒だけを、飲ませたのではないのだ。

トリカブト――。

姫四郎は、そう察した。その根は干して漢方の妙薬として使っているが、トリカブトは毒草である。命取りにもなる猛毒であっても、良薬として利用できる。それを巧妙に用いれば、時間をかけて死に至らしむことも可能なのだ。

トリカブトを少量、酒でとくのであった。すぐに死なないし、一カ月もかかれば自然死を装(よそお)うことができる。死後、トリカブトによる毒死であることも、明らかにはならない。酒がほとんどだから、飲まされるほうもトリカブトの匂いや苦味に気づかない。

そうした酒を使ってのトリカブトの調合法があることを、姫四郎も知っていたのだった。素人(しろうと)にできることではないし、本村十郎という医者が半月前からやっているのではないだろうか。

長次郎の病気は、現代の診断によれば肝硬変である。しかし、この時代にはまだ肝臓の機能すら、ほとんどわかっていなかったのだ。それで医者は、酒毒が総身に回って死亡するといった診断を下すのであった。

だが、長次郎は病気でなく、毒殺されることになる。これほどの重病人に毎日、トリカブト入りの酒を飲ませたら、それに対する抵抗力など発揮できようはずもないのである。

本村十郎という医者に会ってやろうと、姫四郎は思った。どうも、気に入らない医者である。

江戸へ修行に向かう途中、袋井の宿場女郎にうつつを抜かし、もう半月以上も滞在を続けている。

そうした費用はすべて安場一家に出させておいて、実は親分長次郎を病死に見せかけ殺そうとしているのである。

人殺しならばそれで結構、ただし医者が医者であることを利用しての人殺しは許せない、というのが姫四郎の考え方であった。

一宿一飯の恩義にあずかり翌朝、姫四郎は草鞋銭(わらじせん)を頂いて、安場の長次郎の住まいを出立(しゅったつ)した。だが、もちろん袋井宿をあとにせず、その足で大福屋という旅籠へ向かったのだった。

大福屋は袋井で二番目に大きな旅籠である。その大福屋の離れ座敷に、本村十郎は滞在していると聞かされていた。

姫四郎は裏へ回って、いきなり離れ座敷の雨戸を叩いた。長次郎親分のところから参りましたと声をかけると、たちまち三枚ほどの雨戸が取り除かれた。胸も太腿もむき出しの長襦袢一枚、というしどけない姿の女が雨戸をあけたのだ。まだ十八、九だろうか、いかにも男好きのする身体つきで、顔も素人娘のように可愛らしかった。だが、女郎である。

お類という女郎なのだろう。

座敷には乱れた夜具がそのままになっていて、男がひとり慌てて着物の袖に腕を通しているところだった。こいつが本村十郎だろうかと、姫四郎は迷わずにはいられなかった。四十すぎの医者を、想像していたからである。

この男は、まだ若かった。三十ぐらいだろうか。色が青白くて、整った顔立ちで知的である。貫禄こそまったくないが、見るからに医者らしい感じである。たとえ修行不足の医者だろうと、若先生などと女たちから騒がれそうな男だった。

二

お類という女郎は、またさっさと夜具の中へ戻ってしまった。腹這いになって、タバコ盆を引き寄せる。口もきかないし、知らん顔でいた、何とも感じの悪い女郎としか、言いようがなかった。

「お前さんが、安場の親分さんのところから来たなどと、嘘をついてはいかんな」

廊下へ出て来て、本村十郎は言った。年寄りみたいな口のきき方をするのは、貫禄というものを意識してのことだろう。

「嘘なんぞ、ついちゃおりませんぜ」

縁側に腰をおろして、姫四郎はニヤリとした。

「安場の親分の使いだなんて、真っ赤な嘘ではないか」

本村十郎は厳しい顔で、姫四郎をにらみつけた。

「ご冗談でしょう、使いだなんて、これっぽっちも口にしちゃあおりやせん。あっしは、長次郎親分のところから参りやしたと、申し上げたはずでござんすよ」

姫四郎は、片目をつぶって見せた。

「しかし、お前さんは……」

「長次郎親分のお住まいから、真っ直ぐここへ参りやしたんですからね。嘘なんぞ、ついちゃあおりやせん」

「口が達者だ」

「おかげさまで……」

「では、用件を聞こう」

「先生とちょいとばかり、お話し合いがしたかったんでござんすよ」

「わたしは、話などしたくない」

「先生はあっしのことを、知っておいでのようでござんすね」

「知っておる」

「なるほど、昨夜のうちに知らせがあったんですかい」

「お前さんは乙井の姫四郎、人呼んで乙姫（おとひめ）。医術の心得が多少はある変わった渡世人、ということだそうではないか」

「まあ、そんなところなんで……」

「だが、お前さんは内藤了甫（りょうほ）先生の三男に生まれたなどとホラを吹いているようだが、そういう嘘もまたよくないな」

「嘘だと、お思いですかい」

「当たり前だ。内藤了甫先生は、関東にその名を知られた名医ではないか」

「恐れ入りやす」

「渡世人の親であろうはずはないし、内藤先生の名を汚すことにもなる」

「まあ、嘘とお思いなら、それでもかまわねえんですがね」

「見よう見まねで医術を身につけたと、正直に申せばそれでよいのだ」

「ところで、先生はどちらからおいでになったんで……」

「岡崎の御城下から参った」

「二年前に亡くなりやしたが、岡崎には真杉黄魚（ますぎおうぎょ）先生という名医がおいでした」

「ほう、知っておるのか」

「へい」

「わたしは、その真杉先生の門下だ。一番弟子だった」

「ほう……」

「真杉先生が亡くなられると、弟子たちは新しい師を求めて次々に岡崎を去っていった。最後に残ったのはお嬢さんのお稲どのと、このわたしだけだった。このままでは、岡崎の真杉一門の名が消えてしまう。それには、わたしが医者として評判を取るほかに、道はなかろう」

「そのために江戸へ出て、改めて修行を積もうと、まあそういうことでござんしょうね」

「江戸には、真杉先生の友人ということで、名医がおいでになる。そこで五年ほど、修行をしようと思ってな」

「江戸の名医で真杉先生と親しい間柄だったとなると、鹿沼水明先生ってことになるんじゃあねえんですかい」

「どうして、そこまでわかるのだ」

本村十郎は、表情を固くしていた。驚くほど医者の世界に詳しい姫四郎は、いったい何者なのかと思ったに違いない。

「むかしのことになりやすが、真杉先生と鹿沼先生が顔を揃えて内藤了甫のところへ、教えを乞うために来なすったことがありやしてね」

屈託のない笑顔で、姫四郎はそう言った。

「すると、お前さんはほんとうに、内藤了甫先生の……」

怪しむような目つきで、本村十郎は姫四郎の顔を見守った。

「そんなことは、どうでもようござんしょう。それより先生に、はっきりと伺ってておきてえことがありやしてね」

姫四郎は、三度笠の顎ヒモを結び直した。

「どういうことだ」

「江戸へ修行に向かうこともおっぽり投げて、いつまでここにこうしていなさるんで……」

「余計な世話を焼くな」

「たったいま江戸へ向けて出立なさるってんなら、あっしも目をつぶりやすがね」

「目をつぶる……？」

「そうじゃあねえと、このまま黙って見過ごすわけにはいかなくなるんでさあ」

「目をつぶるとか、黙って見過ごすわけにはいかぬとか、それはいったいどういうことなのだ」

「宿場女郎にうつつを抜かし、何もかも忘れちまった。それだけじゃあねえ、宿場女郎をひとり占めにして旅籠に居続けるとなりゃあ、一日につき二両はかかる。十日で二十両、二十日で四十両だ。それだけの小判を、まさかおめえさんが持っていたとは言わせねえぜ」

「もちろん、長次郎親分の面倒を見る礼として、一日につき三両ずつ頂戴してお
る」

「病人に薬もなし養生もさせねえで一日三両とは、おめえさん医者というより盗人じゃあねえのかい」

「しかし……」

「当たりめえなら、そんな大金を医者に払うやつもいねえだろう。長次郎親分に一日も早く死んでもらいてえ野郎が、おめえさんに毒死とわからねえように殺してくれと頼んだんじゃあねえかい」

「毒死！　殺す……！」

「そいつをおめえさんは、その女郎を手放したくねえ一心から、引き受けたんだろうよ。どうだい、ここまで言われりゃあ、ちっとは目が覚めたはずだ」

姫四郎は、ニッと笑った。

「何を言う！」

本村十郎の顔から、血の気が引いていった。

「いつまでここにいたって、際限はねえんだぜ。まとまった金を出さねえ限り、

女郎はおめえさんのものにはならねえのよ」

姫四郎は、お類という女郎へ目を転じた。

「あと四、五日もしたら、お類はわたしと一緒に江戸へ行くと言ってくれている」

「女郎に、そんなまことがあるものと、おめえさんはお類の言葉を本気にしているのかねえ」

「わたしは、お類を信用している」

「もし、お類が一緒に行かねえと言い出したら、おめえさんはどうするんだい」

「そのときは……。わたしは、死ぬつもりでいる」

「情けねえことを、言ってくれるじゃあねえかい。まあ、おめえさんの性根が腐っているとわかりゃあ、それまでってわけよ。もう、見逃すことはできねえな」

「わたしを殺して、お前にどんな得があるというのだ」

「ちょいと、道楽をさせてもらうだけさ」

「わたしは、何もしていない」

「女郎狂いの金欲しさに、医者が病人に毒を盛る。そうと知っちゃあ、道楽をせずにはいられねえ」

姫四郎は、笑いながら立ち上がった。

「待ってくれ！」

血相変えて震えているが、動こうともしない本村十郎であった。腰が抜けてしまっているのかもしれない。

「おめえさんに長次郎親分殺しを頼んだのは、代貸の小文太だろうよ。おめえさんは半月前から長次郎親分に、トリカブトをまぜた酒を飲ませていたんじゃあねえかい」

姫四郎は言った。

「えっ……！」

叫ぶような声を上げて、本村十郎はそれっきり絶句してしまった。

そのとき、影が姫四郎の背後へ走った。植え込みの陰に潜んでいた関根の小文太が、長脇差を抜き放って飛び出したのであった。

姫四郎は、振り向くこともなかった。その左手が長脇差の柄を握り、同時に逆手の白刃が後ろへ水平に円を描いていた。キーンという音とともに長脇差をはじき返されて、関根の小文太は大きくのけぞった。

「さっきから、気づいておりやしたぜ」

向き直って、姫四郎はニヤリとした。

「こんなことになるんじゃあねえかと、おめえのあとを追って来たのよ！　野郎、くたばりやがれ！」

小文太は無謀にも、正面から長脇差を振り回して突進した。

姫四郎は、横へ跳んだ。

目標を失った小文太は、縁側にぶつかって廊下へのめり込んだ。その背中に、姫四郎の長脇差が埋まった。長脇差は小文太の心臓のあたりを抜けて、胸へ突き出ていた。

「ぎゃっ！」

ピンでとめられた虫のように、小文太は一瞬もがいただけで、すぐに動かなくなった。

「ひいっ！」

這いずって逃げようとした本村十郎が、頭から地面へ転がり落ちた。仰向けになったその胸のうえに、姫四郎は足をのせた。ぐいと踏みつけておいて、姫四郎は長脇差を垂直に本村十郎の喉へ突き刺していた。

血が地下水のように、勢いよく噴き出した。本村十郎は、自分が死んだことにも気づいていないみたいだった。信じられないというように、目を見開いたままであった。両腕がゆっくりと、左右に投げだされた。

姫四郎は長脇差を鞘(さや)に戻しながら、夜具の中にいるお類へ目をやった。

お類は、まるで動じないという顔つきでいた。横を向いて、キセルをくわえていた。

「女郎のまこととタマゴの四角、あれば晦日(みそか)に月が出る」

そう言って、姫四郎はお類に背を向けた。

姫四郎は袋井宿を西へ抜けた。

その日は見付、浜松、舞坂と八里半、約三十四キロを歩いた。翌日も新居、白須賀、二川、吉田、御油(ごゆ)と同じ八里半を消化した。三日目は四里半、十八キロを赤坂、藤川、岡崎と歩いた。

岡崎についたのは、正午すぎであった。本多家五万石の御城下は、秋の日射しのなかに賑わっていた。長さ二百八間(けん)の矢はぎ大橋が東海道一、いや日本一だと騒がれて岡崎の名所となっていた。

町家だけでも、一千六百戸。

町人の人口だけで、六千三百人。

旅籠屋が、百と十二軒。

本陣と脇本陣が、三つずつある。

このところ都会の地にして商人多く、大いに繁盛の土地なり。昔より遊女の名高く、ここも妓女の装い一風ありてこころ憎し。

このところより松平郷へ三里。城下の町並六十余丁二十七曲という。矢はぎ橋長さ二百八間、高らん頭巾金物橋杭七十柱、日本一の長橋なり。むかし日本武尊、東夷を征伐のとき、ここにて多く矢を作らせ給う故、矢はぎというなり。

姫四郎は茶屋に寄って、名物の大浜そばを食べた。茶屋の亭主と土地の男たちが、深刻な顔つきで言葉を交わしている。そばをすすりながら、姫四郎はふと聞き耳を立てていた。記憶に残っている人の名前が、ささやかれていたからだった。

「お稲さん、大丈夫なのかねえ」

「真杉先生なら、安心して任せておけるが……」

「ただ真杉先生のお嬢さんというだけで、お稲さんは医者でも何でもないんだからね」

「何よりもまず、女の医者なんて聞いたことがないだろう」

「矢はぎ大橋じゃあないけど、医者の真似事をするなんて、日本でただひとりだけだろうよ」

「真杉先生のお弟子さんが、ひとりでも残っていたらなあ」

「最後のひとりとなった本村先生も先月、江戸へ旅立たれてしまったしねえ」

「まあ、お嬢さんとしても何とか真杉一門の名をあげたいと、焦(あせ)っているんだろうけどよ」

「明日の治療にお稲さんがもし失敗したら、荷物をまとめてこの岡崎から出て行くという約束なんだそうじゃないか」

「名高い医者の先生が何人も見て、どういう病(やま)いなのかわからずじまいだったんだ。お稲さんの手に負(お)えるはずがないよ」

そこまで聞いて姫四郎は、手早く代金を払うと茶屋を出た。

三

真杉家は、岡崎の西町というところにあった。

門構えの家だったが、それはもう人手に渡っていた。生前の真杉黄魚が多くの借金を残し、それを清算するには家を手放さなければならなかったのである。真杉黄魚は採算を考えずに、病人の治療に専念した医者だったのだ。

妻を亡くしたあとは、娘のお稲に家計のいっさいを任していた。

真杉黄魚の名を慕って、はるか遠方からも患者がやってくる。そうした人々のためには、何日もわが家に泊めてやっての治療も必要だった。大勢の患者のほかに、多くの門弟がいた。

金がかかり、借金に頼るほかはなかったのである。

真杉黄魚が死ぬと、患者はほとんど寄りつかなくなった。十人ほどいた弟子も、次々に姿を消す。有名な医者の門下にいてこそ、自分も将来を約束されるのである。真杉黄魚亡きあとにいても、意味はないという打算が働いてのことだった。

九人の弟子が去った。

お稲と本村十郎だけになった。

ほかに残ったのは真杉黄魚の過去の名声と、借金だけであった。本村十郎だけが先生では、土地の人々しか患者として訪れない。食べていくのがやっとのことで、借金など返しようがなかった。

それで、家を手放すことで借金を清算し、通りに面している棟割り（むねわ）長屋へ引き移った。そこはかつて真杉黄魚が住んでいた家で、ずっと畳屋を営む者に貸してあったのである。折よくその畳屋が中心地に店を移すことになったので、あとに入居するという話がまとまったのだった。

いまではそこに、お稲がひとりで住んでいる。小さな商家ばかり並んでいる中に、お稲の住まいだけが店のない家であった。お稲は無職だし、多少の貯えと内職によって食いつないでいるらしい。

隣家が、小さな荒物屋である。その荒物屋の主婦に、姫四郎は声をかけた、相手が旅の渡世人なので、荒物屋の主婦は店の外へ出てくるのを渋っていた。薄気味悪いし、恐ろしくもあるのだろう。

「真杉先生にお世話になった者でござんすが、岡崎を通りかかったついでにご挨拶をと思ったところ、お嬢さんの身に何やら切羽詰まった事態が起こったような話を小耳にはさみやした。つきましては、そのことで詳しい話をお聞かせ願えたらと思いやして、声をかけさせて頂いたんでござんす」

仕方なく姫四郎は、そのように目的を説明するのに嘘をついた。

「おやまあ、そうだったんですか」

とたんに荒物屋の女は、泳ぐようにして店の外へ出て来た。お稲に対して好意的であるばかりではなく、女はどうやら話が好きなようであった。

「明日に何か差し迫った事情があるように、聞いたんでござんすがね」

姫四郎は、甘い笑顔で言った。

「そうなんですよ」

女は悲劇を予告するような目つきで、姫四郎を見上げた。

「いってえ、どんなことなんで……」

「岡崎の立花屋さんを、ご存じかねえ。本業は材木問屋だけど、ほかに両替屋、油問屋、海産物問屋もやっている立花屋さんなんですけどね」

「存じておりやす。東海道を往来する人の中に、立花屋の噂を耳にしねえ者はいねえと言われているあの立花屋さんのことでござんしょう」

「そうそう、そうなんですよ」

「岡崎一どころか、三河と尾張にだって立花屋のうえに出る金持ちはいねえと、言われておりやすね」

「そのとおりですよ。何しろ、尾張さまにさえ五万両の貸しがあるという立花屋さん、あれだけの長者はちょいとほかにはないでしょうね」

「へい」

「江戸や大坂には、いくらもいるかもしれないけど……」

「その立花屋さんが、どうかしたんでござんすかい」

「立花屋さんの大旦那、お年は五十で、立花屋宗右衛門とおっしゃる方なんですがね。その大旦那が、妙な病いにかかってしまったんですよ」

「妙な病いとは……？」

「左の腕が、チクチク痛んで仕方がない。そういう病いでしてね」

「左腕のどこが、痛むんです」

「それが、当の大旦那にもわからないんだそうですよ。どこがどうして痛むのか、見当もつかない。それでいて、チクチク痛んで仕方がないとかでねえ」

「チクチク痛む……」

「立花屋さんのことだから、金に糸目はつけないってわけでね、千両箱積んでもいいからって、名高いお医者さんを呼び集めたんですよ」

「それで、どうなりやした」

「京大坂からやって来た名医と評判の先生たちが、ひとり残らずただ首を横に振るばかり……」

「どこがどうして痛むのか、さっぱりわからねえんですかい」

「そうなんですよ。そこで名乗りをあげたのが、亡くなった真杉先生のお嬢さんでしてねえ」

「父の教えに従えば、わたしにも治せる。お嬢さんは、そう言いきってしまったんですよ」

「なるほど……」

「大した度胸でござんすね」

「それが噂となってパッと広まったから、さあ世間は驚いた。天下の名医たちを向こうに回して、二十の女が治してみせると言いきった」

荒物屋の主婦は、まるで瓦版売りみたいな口調になっていた。それだけ主婦は興奮しているのである。

女の医者というのは、前代未聞であった。たとえ女の医者がいたとしても、当時の人情として信用も信頼もできない。無料でいいと言っても、ひとりとして患者にはならなかったはずである。

本来ならば、お稲がどんな発言をしようと、問題にもされなかっただろう。歯牙にもかけないというやつで、相手にしてもらえなかった。だが、お稲が真杉黄魚の娘だっただけに、世間も反応を示したのであった。

噂となって広まり、世間が大騒ぎをする。そうなると、立花屋に詰めていた天下の名医たちも、知らん顔はしていられない。真杉の娘だからと、無責任な発言をしていいというものではない。

実に怪しからんと、名医たちは憤慨した。何しろ、自分たちにはどこが悪いかも、突きとめることができないのだ。名医としてのメンツがある。

ところが、世間は大いにおもしろがって、さあ喧嘩しろとけしかける。岡崎の人々にとって、亡き真杉黄魚は土地の誇りでもある。その娘のお稲を、せめて口先だけでも応援したかったのだろう。

立花屋としても、世間の噂を無視できなくなった。普通なら女の医者と聞いただけで拒絶しただろうし、ましてや素人娘の言葉など真に受けるはずもなかった。だが、立花屋宗右衛門の病名すらわからないし、痛みはひどくなる一方だった。

天下の名医たちも、アテにはできない。

ワラをもつかむという気持ちで、立花屋ではお稲を招くことにした。真杉黄魚の娘だからと、そのことだけが頼りだったのである。

それを知って、激怒したのが天下の名医たちであった。

医者を馬鹿にし、名医を侮辱したというわけである。立花屋に詰めていた天下の名医たちは一斉に引き揚げを始めて、京、大坂、名古屋へと帰っていった。帰りたくとも帰りようがないのが、岡崎の医者であった。

そこで岡崎の医者たちは、もし立花屋宗右衛門の病気が治せなかったらどうやって責任をとるつもりかと、お稲に詰め寄った。

それに対して、お稲はこう答えた。

「そのときは、荷物をまとめてこの地を立ち退きます。二度と再び、岡崎の土は踏みません」

約束である。

以来、お稲は三度ばかり立花屋へ足を運んで、宗右衛門の診察を繰り返している。

「それでお嬢さんは、病人のどこがどのように悪いのか、見立てはついたんでござんすかい」

姫四郎は訊いた。

「お嬢さんは、わかりましたと言いきったそうですよ」

荒物屋の主婦は、疑わしげに首をかしげた。

「まさか、嘘はつかねえでしょう」

「ですが、お嬢さんも真杉一門の名をあげたいの一心から、わからなくたってそうは言わないと思いますよ」

「あとには、引けねえってわけですかい」

「天下の名医のみなさんが、どこが悪いのかもわからなかった。それを、お嬢さんが治してごらんなさいな。真杉一門の名は、天下に鳴り響きますよ」

「立花屋さんからの礼金も、大したもんでござんしょう」

「当座の礼金は、一千両だとか聞いていますがね」

「立花屋の命の恩人ってんで生涯、粗末にはされねえでしょうよ」

「その代わり、もし駄目だったら……」

「真杉先生の名に泥を塗ることになり、岡崎の真杉一門は生涯、浮かばれねえってわけでさあ」

「お嬢さんは岡崎を追い出され、無宿者にされちまうんですよ」

「賭場での命をかけた大勝負と、まったく変わりやせんよ」

「明日が、その日でしてね」

「明日には、病人を治すってことになっているんですかい」

「はい、明朝から……」

「もうまる一日も、ありやせんね」

「お嬢さんは立花屋さんで、大旦那の病いを治さなければならない。そんなことが、どうしてできるんですか。できっこありませんよ」

「それで岡崎のみなさんは、明日のことに目や耳を集めていなさるんですかい」

「誰だって、お嬢さんの味方ですよ。だからこそ、みんな心配しているんです」

「何とかなるかもしれやせんよ」

「いいえ、そんなのはただの気休めってやつですよ。だいたい初めから、無理な話だったんだ」

荒物屋の主婦は、口惜しそうに顔をしかめた。

「お手間をとらせやして、申し訳ござんせん」

姫四郎は、頭を下げた。

「もし旅人さんがお医者さんだったら、せめてお嬢さんの相談に乗ってやっておくんなさいって、お願いできるんだけどねえ」

荒物屋の主婦が、溜め息まじりに言った。

「まったくで……」

姫四郎はニッと笑って、荒物屋の女に背を向けた。

お稲という娘に会ってみるべきだと、姫四郎は思った。お稲の住まいに近づいて、閉じてある油障子の前に立った。姫四郎にも、どうにかしてやれることではなかった。だが、このまま素通りする、というわけにもいかないのである。

本村十郎を、姫四郎は手にかけている。

その縁者であるお稲の危機を、岡崎へ来て知ったのであった。これも、何かの縁というものだろう。

姫四郎は、油障子を左右に開いた。土間とその奥の部屋が薄暗く、家の中は静まり返っていた。しかし、あたりは小綺麗に片付けられているし、気のせいか女の匂いがするようだった。

「ごめんなさいやし」

声をかけながら、姫四郎は三度笠をはずした。

「はあい」

張りのある明るい声が応じて、奥から女が姿を現わした。町人の娘とは、どことなく違っている。やや武家の女に感じが近いのが、医者の娘というものだった。

「おいでなさいませ」

お稲は渡世人の訪問を訝りながらも、きちんとすわって両手を突いた。

「お初にお目にかかりやす。手前は乙井の姫四郎、ごらんのとおりの旅の者にござんす。失礼さんにはござんすが、真杉黄魚先生のお嬢さんとお見受け致しやす」

そのように挨拶をしたあとで、姫四郎は内藤了甫の息子であることから真杉黄魚を知っていると、付け加えるつもりだったのだ。しかし、そうする必要は、まったくなかったのである。

「乙井の姫四郎さん！　父から内藤了甫先生のご子息で、そのように名乗っておいでの旅人さんのお話を聞かされたことがございます」

お稲は恥じらうように笑って、姫四郎へ向けた目を輝かせたのであった。

四

二十になると、すでに婚期を逸している。

だが、お稲はいかにも娘らしくて、明るく清潔な感じがする。それなりに色気もあるし、女っぽさが匂うようであった。小町と称されるような美人ではないが、気品があって繊細（せんさい）なところが魅力的だった。

しっかり者だが、それをまったく感じさせない。ひとり暮らしの娘でも、孤独な陰気さがないのである。屈託なく笑っていると、深刻な悩みなどまるでないみたいだった。夢多き乙女を、絵に描いたようであった。

「いつまでも独り身を通すわけにはいかないだろうと言われますが、父のあとを継ぐ者もいないまま嫁ぐこともできません」

奥の部屋に落着いた姫四郎に、お稲は平気な顔でそのようなことを言った。

「まさかお嬢さんが、真杉先生のあとを継ぐってんじゃあねえでしょうね」

姫四郎は本村十郎の話を、持ち出すかどうかを迷っていた。

「そんな大それた望みは、抱いておりません」

お稲は、顔を伏せて笑った。

「だったら、どなたが真杉先生のあとを継ぐことになるんで……」

姫四郎は訊いた。

「本村十郎という内弟子が、ひとり留まってくれています」

お稲は、真顔になって答えた。

「ほう」

胸のうちで姫四郎は、ギクリとなっていた。お稲の口から先に、本村十郎の名を聞くことになった。そうなるともう、姫四郎のほうからは言い出しにくかった。

「十郎は江戸へ向かって、修行のために旅立ちました。いま頃はもう、江戸の鹿沼水明先生のところで、修行にはいっていることでございましょう」

お稲の口もとに、羞恥の笑いが残った。

「さようでござんすかい」

姫四郎は、しまったと思った。

男のことを話すのに、お稲は照れ臭がっている。それに、目がキラキラしていた。それはお稲が本村十郎に、特別な感情を寄せているという証拠ではないのか、そうだとしたら、大変なことをしてしまったわけである。

「修行に、年数はございません。でも、長くて五年後には、十郎がここへ戻って参ります」

「初めての修行ではねえんだし、五年もたてば大した医者にもなれることでござんしょうよ」

「はい」

「それまでお嬢さんは、独り身を通すってことなんですかい」

「はい。十郎の帰りを、待つつもりでございます」

「その本村ってお人が戻られたら、お嬢さんは嫁入りをなさるんですかね」

「いいえ、二十五、六にもなれば縁遠くなるというよりも、嫁にもらい手はなくなりますから……」

「だったら生涯、独り身を通すってことになりやすよ」

「さあ、どうなりましょうか」

「何かこう、はっきりしねえようでござんすね」

「そんなことは、ありません」

「本村さんが帰るのを待って、そのお人と祝言を挙げるのが、お嬢さんの心づもりなんじゃあねえんですかい」

「そんな……」

急に声が小さくなったし、お稲のそむけた顔が真っ赤に染まっていた。

「図星のようでござんすね」

さりげなく笑いながら、姫四郎はキーンと胸に痛みを覚えていた。やはり、そうだったのだ。本村十郎は、駄目な男であった。袋井の宿場女郎に夢中になり、江戸へ修行にいくことさえ忘れていた。

本村十郎には、医者として腕を磨く気持ちなどないのであった。

五年後だろうと、岡崎へ戻ってくる可能性はゼロである。お稲と夫婦になるつもりも、真杉一門の後継者になる意志もないのであった。

本村十郎は、お稲を裏切った。お稲もあのような男にかかわっていては、苦労をするだけのことだろう。

女で身を滅ぼす男、もし姫四郎が手にかけなかったとしても無事にすむ本村十郎ではない。安場の長次郎毒殺が明らかになれば死罪だし、本村十郎は医者として魂まで腐っている男なのだ。

姫四郎は自分に、そのような弁解を聞かせてみた。だが、そうした弁解によっても、気が晴れるはずはなかった。お稲が五年先に夫とするつもりでいた男を、姫四郎が殺したという事実は、いかなる弁解によっても帳消しにはできないのである。

「でも、心配なのです」

ふと不安そうな顔になって、お稲が口を開いた。

「何がです」

姫四郎は気をとり直して、お稲の顔に視線を戻した。

「十郎には、頼りないところがあって、そのうえ世間知らずなのです。それで、無事に修行を終えて戻って参りますかどうか、心もとないことでして……」

お稲は表情が、珍しく暗くなっていた。

「真杉先生の内弟子だったお人に、そんな間違いはねえでしょうよ」

心にもないことを言って、姫四郎はお稲を慰めるより仕方がなかった。

「そのように、祈るほかはございませんでしょうね」

お稲はすぐに、明るさを取り戻していた。この場だけでも、姫四郎の言葉に救われたのだろう。

「ところで、妙な噂を耳に致しやしたが、立花屋の一件はほんとうの話なんでござんしょうね」

姫四郎は、話題を変えた。

「お恥ずかしい話を、もう耳にされたのでございますか」

お稲は両手で、顔をはさみつけた。

「恥ずかしい話だなんて、とんでもござんせん」

「別に欲があったり、ほかに望みがあったりで、やったことではないのです」

「わかっておりやすよ、真杉一門の名をあげるために、その気になりなすったんでござんしょう」

「それもございます。それに、そのことが江戸にまで聞こえれば、十郎にも励みになるだろうと思いまして……」

「その心掛けは、見上げたもんでござんすがね。立花屋宗右衛門の病いを治す自信のほどが、お嬢さんにはおありでござんすかい」

「はい」

「そいつは、ほんとうなんでござんしょうね」

「大丈夫だと、思っております」

「だったら、立花屋宗右衛門の病いはいってえ、何だったんでござんすかい。お嬢さんの見立てを、聞かせてやっておくんなはい」

「左の腕の筋を、痛めているものと見立てました」

「左腕の筋をねえ」

「はい」

「そのくれえのことを、どうして天下の名医たちが見立てられなかったんです」

「それは天下の名医たちが、名医の目だけに頼って、病いを見立てようとしたからでしょう」

「ほう」

姫四郎は、悪戯(いたずら)っぽい目になって笑った。

「病いを見立てるには、まず病人の話を聞くことだと、父がいつも口癖(くちぐせ)のように申しておりました」

真剣な表情で、お稲は言った。

病人の話をよく聞いてこそ、病気の原因を正確に突きとめることができるという教えは、むしろ当然すぎるくらいであった。しかし、名医と言われる人たちは、それをしないのである。

ひとつは自分の目と経験を過信し、それだけを頼りに診断を下そうとするからだった。もうひとつは、知ったかぶりをするためであった。ちょっと見ただけで診断を下せないようでは、名医ということにはならないのである。

病人からあれこれと話を聞いていては、診断に迷っているものと受け取られる。患者に、信頼されなくなる。それで天下の名医たちは、メンツにかけても病人から話を聞こうとしないのだ。

その点を考慮して、お稲は真杉黄魚の教えを忠実に守ることにした。お稲は三度ばかり立花屋へ足を運び、宗右衛門から話を訊き出した。その宗右衛門の話の中に、次のようなことがあった。

二カ月ほど前、宗右衛門は家の中で足を滑らせて転んだ。その拍子に、針箱を引っくり返した。運悪く宗右衛門の左腕に、針が一本突き刺さった。針はすぐに抜けたが、そのときひどい痛みがあったことを、宗右衛門は記憶している。

突き刺さった針が、宗右衛門の左腕の筋を痛めたのである。

お稲は、そのように診断したのだった。真杉黄魚も一度、そうした病人を治したことがあった。真杉黄魚のそのときの治療法は、同じところを針で刺激したあと温湿布を続けるということだった。

数日後に、病人の痛みはとれた。

お稲は明日その方法によって、宗右衛門の左腕の治療をするということであった。

「なるほどねえ」

姫四郎は、腕を組んだ。

名医たちが、針を突き刺したという話を知らずにいる。だからこそ、患者の痛みの原因がわからなかった。そうしたお稲の見方は、決して間違っていない。そして、二カ月前に宗右衛門が左腕に針を刺したことが痛みの原因になっている、というお稲の判断も正しいのではなかろうか。

しかし、だからと言ってお稲の診断までが、絶対に狂っていないということにはならないのである。筋の痛みというのは、それとなく当の患者にわかるものだった。筋を痛めているのではないかと、患者も医者に訴えることになる。

　それに医者のほうも、筋を痛めているのではないかと一応は疑ってみる。腕を押したりひねったりしたときの患者の痛がりようで、原因は筋にあると簡単にわかるのだ。天下の名医たちが、それに気づかないはずはなかった。

「もし見立て違いとなったときには、当地を立ち退いて二度と岡崎の土は踏まねえんだそうでござんすね」

　姫四郎は言った。

「はい」

　お稲が、深くうなずいた。

「真杉一門の名も、それまでってことになりやすよ」

「はい」

「取り返しのつかねえことになるんだと、充分に承知したうえでの見立てなんでござんしょうね」

「はい」

「お嬢さん、こいつはイチかバチかの大博奕でござんすよ」

「ですから、勝てばいいのではないでしょうか」

「博奕には、負けっていうものがありやしてね、勝負は、五分と五分……」

「覚悟しております」

「岡崎にいられなくなったら、どこへ行きなさるんですかい」

「江戸へ、参ります」

「江戸へ……？」

姫四郎は、眉をひそめた。

「江戸には、十郎がおります」

遠くを見るような目で、お稲はそう言った。

「そうでしたねえ」

姫四郎は、また胸が痛んだ。

江戸には、本村十郎がいる。そう思うからこそ、場合によっては岡崎の地を捨てるという約束も、お稲にはできたのだろう。本村十郎と江戸で暮らすことにも、お稲は女としての夢を持てるのだ。

立花屋宗右衛門の治療に失敗したら、お稲は間違いなく江戸へ行くことになる。だが、江戸に本村十郎はいないのである。いや、江戸に行きつく前に、街道筋の噂話で本村十郎の死を知ることになるかもしれない。

お稲を、岡崎から去らせてはならない。岡崎を捨てたお稲は、不幸になる。悲惨な一生を、過ごすことになるだろう。お稲は岡崎にいて、本村十郎の帰りを待っているべきなのだ。

岡崎にいれば、お稲は無事なのである。本村十郎を待って、お稲は夢を失わずにいる。本村十郎が帰ってこなくても、お稲の夢は消えないはずだ。お稲の夢は一時期、流れるだけのことであった。

お稲を岡崎に留めておくためには、立花屋宗右衛門の病気を完治させなければならない。しかし、お稲にそうできる可能性は、ほとんどないと言ってよさそうだった。

五

岡崎に一泊した姫四郎は、翌朝まだ暗いうちにお稲の住まいを訪れた。立花屋からの迎えは明け六ツになると、聞かされていたからだった。お稲はすでに、仕度を終えて迎えがくるのを待っていた。

「あっしを、お嬢さんの弟子ってことにしてやっておくんなはい」

姫四郎は、そう言ってニヤリとした。

唐突な姫四郎の申し出に、お稲はあっけにとられた。

「医者に供の者がいるっていうのは、当たりめえのことでござんすからね」

姫四郎は土間に、三度笠と振分け荷物を置いた。

「では、姫四郎さんが私と一緒に、立花屋さんまでいらして下さるというのですか」

「え……！」

万事呑み込めたというように、お稲の顔には笑いが広がった。

「へい、そうさせて頂きやす。こう見えても、場合によっちゃあ役に立ちやすよ」

「わたしのほうも、心強いということになります」

「だったら、ようござんすね」

「是非、お願い致します」

「先方でのあっしのやることは、何から何までお嬢さんの指図に従っているというふうに見せかけやすから、そのように心得ていておくんなはい」

「わかりました」

お稲は、うなずく。

「イチかバチかの勝負には、慣れっこでござんすからね」

片目をつぶって、姫四郎はクスッと笑った。

その場でさっそく、姫四郎は手甲と脚絆をはずした。長脇差も、抜き取った。草鞋を草履にはきかえて、着流しという恰好になった。月代をのばしているので堅気の男にはなりきれないが、まあ何とか誤魔化せそうであった。

明け六ツに、迎えの駕籠が来た。

お稲だけが、駕籠に乗る。姫四郎は荷物をかかえて、供の者よろしく駕籠のあとを追う。本町にある立花屋の本店につくと、すぐに奥座敷へ案内された。凝った造りの部屋で、いかにも豪商の住まいの奥座敷という感じである。

厚い絹の夜具のうえに、宗右衛門が仰臥していた。朝の日射しが、室内いっぱいに溢れている。手術も可能な明るさで、秋の朝の涼しさが病人にも医者にも楽であった。この時刻を選んだのも、そうした点を考えてのことだろう。

宗右衛門の女房、若旦那、一番番頭をはじめ立花屋の主なる奉公人たちが、ずらりと居並んでいる。お稲と姫四郎は、宗右衛門の左側にすわった。二人の目の前に、宗右衛門の左腕が投げ出されていた。

「姫四郎、熱を持っているかどうかを拝見しなさい」

お稲は、姫四郎に命じた。

「承知致しました」

チャンスを与えられて、姫四郎は宗右衛門の左腕に触れた。笑いのない姫四郎の顔が、別人のように厳しくなっていた。

左腕を折ったり伸ばしたりした。

反応なしである。宗右衛門は、痛がりもしなかった。

筋を痛めているならば、何も感じないはずはない。

筋ではない。

お稲の見立ては、正しくなかったのだ――。

そう思いながら、姫四郎は緊張していた。いまになって、悪いところを捜さなければならなくなったのだ。悪いところを見つけて、すぐに治療法を考えるのである。かなり、苦しくなって来た。

腫れてもいないし、熱を持ってもいなかった。

やはり、筋ではない――と、姫四郎はお稲の顔へ目をやった、お稲も姫四郎の顔に、鋭い視線を突き刺している。見立てが違っていると、姫四郎は目顔で知らせた。とたんに、お稲の表情が硬ばった。

姫四郎は、宗右衛門の二の腕を左右の親指で押し始めた。二カ月前に針を刺したところは、手首の近くだったという。姫四郎は肘の内側から、地面を耕すように丹念に肉を押していく。

「むっ……」

宗右衛門が、顔をしかめた。

姫四郎の左右の親指は、肘の内側から五センチほど手首寄りにあって、腕の中央部を押していた。そのあたりに、痛みを感じるらしい。姫四郎の二本の親指が、同じ場所を円を描くように押し続ける。

「痛い！」

宗右衛門が、大きな声を出した。

針を刺した場所からも離れているし、筋にも無関係であった。

「痛い、痛い、痛い！」

宗右衛門が、のけぞりながら怒鳴った。

「ここでございますね」

お稲が墨で、姫四郎が押しているところに丸じるしをつけた。

「このように痛いのは、これまでに初めてのことだ」

宗右衛門が言った。宗右衛門の目から、涙が流れていた。

姫四郎はお稲に、目で合図を送った。

「これから、治療にとりかかります。熱湯の用意を、お願い致します。それから焼酎に酢、汚れてもかまわない薄掛けなども揃えて下さい」

お稲が、番頭たちに言った。居並ぶ者を立ち上がらせて、その間に姫四郎と相談するのが目的だったのである。奉公人たちは立ち上がって、慌ただしく座敷を出ていった。宗右衛門の女房と若旦那は、向かい合って何やら話し込んでいる。

お稲と姫四郎は病人に背を向けると、治療用の器具を取り出しながら、小さな声で言葉を交わした。

「熱湯や焼酎を、ほんとうに使わなけりゃあならねえようでさあ」

「それは、どういうことなのですか」

「肉を切り開くことになりそうだってんですよ」

「筋を痛めているというのは……」

「残念ながら、見立て違いでござんすよ」

「では、あの痛みは……」

「肉の中に、何かがはいっているのに違いありやせん」

「何かとは……」

「針の先じゃあねえかと、あっしは察しをつけたんですがね」

「転んで針を刺したというそのときの針の先が……？」

「針の先が折れたことに気がつかねえで、そのままにしてあったんでしょうよ」

「ですけど針を刺したところとは、離れているようですよ」

「肉の中の針の先のようなものが、少しずつところを変えて移っていくってこともあるんでござんすよ」

「肉を切り開いて、それを取り出さなければならないんですか」

「このままにしておいて、針の先が血脈にはいったりしたら、心の臓に達して死ぬってことになりやす」

「そうだとしても、わたしには肉を切り開くなどということは、とてもできません」

「だったら、指を切っちまっておくんなはい」

「それで、どうするのですか」

「指を切っちまったんで、お嬢さんにはできねえ。それで代わりに、指図どおりあっしにやらせるってことにするんです。あっしのやることを目で確かめながら、口で指図をしておくんなはい」

打ち合わせはすんだ。

お稲は短刀で、右手の親指を切った。それを理由にお稲は、手術を姫四郎に代行させると伝えた。異論をはさむ者はいなかったし、当の宗右衛門も承知した。お稲の指図どおりにやるということで、やむなく一任したのだろう。

夜具の一部に汚れてもいい薄掛けを重ねて、そのうえに油紙を広げた。そこに宗右衛門の左腕をおき、力のある手代が二人がかりで押さえ込んだ。姫四郎は宗右衛門の左腕を焼酎で洗い、手術用の短刀を熱湯によって消毒した。

「湯でよく洗いなさい」

「焼酎をもっと使って……」

「短刀の切先を、強く押し当てるのです。迷わず、一気に引きなさい」

お稲が姫四郎のやることを、目で追いながらそれらしく命令する。

姫四郎は、必ず返事をした。

ここと思えるところに、短刀の切先で線を引く。長さも深さも、すべてカンに頼らなければならない。だが、鮮やかな切開であり、短刀の先が震えることもなかった。鮮血が、あふれ出る。

「うっ！」

やや間をおいて、宗右衛門が苦痛を訴えた。

姫四郎は水銃を使って、肉の中に焼酎をたっぷりと注ぎ込む。二人の手代が必死になって、宗右衛門の逃げようとする腕を押さえつける。焼酎によって薄められた血の中に、姫四郎は黒点を認めた。

短刀の先に付着させた黒点を、お稲が差し出す懐紙(かいし)にこすりつけた。すぐさま、縫合(ほうごう)に取りかかる。切開したあとを焼酎と酢で洗い、姫四郎は三針で縫合した。そのうえに膏薬(こうやく)を塗り、油紙を重ねて晒木綿(さらしもめん)を巻く。あっという間の早さで、いっさいが完了した。

「これが、痛みの因(もと)でございます」

お稲が、懐紙を差し出した。

宗右衛門、その女房、若旦那、奉公人たちの順で、懐紙を回覧した。長さ一ミリほどの錆びた針の先に目を凝らして、誰もが感心したり驚いたりであった。そして全員が感謝の眼差(まなざ)しで、お稲に視線を集中した。

「ありがとうございました」

「まったく、大したものでございますな。真杉先生以上の名医と、申し上げたいところです」

「ほんとうに、助かりました」

「このご恩は、決して忘れません」

「今日のうちにこのことが、岡崎中での大評判になりましょう」

笑顔が次々に、そのようなことを言った。しかし、姫四郎に礼を述べる者は、ひとりもいなかったのである。

お稲の住まいへ戻ってくると、姫四郎はすぐに道中仕度に身を固めた。繰り返し礼の言葉を口にしながら、お稲が姫四郎を追って家を出て来た。岡崎の西のはずれまで、お稲は送っていくという。

だが、ほかにも追ってくる男たちがいて、連中は姫四郎の前へ回り込むと一斉に長脇差を抜いた。道中仕度の渡世人が五人、いずれも見たことのある顔だった。安場の長次郎の身内であった。

「やい、乙姫！　小文太の兄貴と、それに本村先生……」

そう言いかけた男のひとりの首へ、目にもとまらぬ早さで白刃が食い込んでいた。左の逆手で長脇差を抜き放ち、姫四郎は間髪を入れずに斬りつけたのであった。

「おかげで親分まで、死になすったぜ！　三人分の意趣返しだ！」

「親分と小文太の兄貴と、それに医者の……」

二人の男が大声を張り上げたが、姫四郎は最後まで言わせなかった。

姫四郎の長脇差はひとりの男の顔面を真っ二つにし、もうひとりの男の脇腹を断ち割っていた。二人の男は同時に、回転しながら路上に倒れ込んだ。

「あっしの道楽も、これくらいにさせちゃあくれやせんかい」

姫四郎は残った二人に、ニヤリと笑いかけた。

二人の男は顔色を失って後退していったが、いきなり身を翻えすと一目散に走り出した。それを見送って長脇差を鞘に納めると、姫四郎は足早に歩き出した。

やがて前方に、矢はぎ大橋が見えた。

「十郎は修行に、精出してくれているんでしょうか」

背後で、お稲が言った。

「決まっているじゃあねえですかい。楽じゃあねえでござんしょうよ。ですが本村さんってお人は、黙々と修行に励んでいるのに違いありやせん」

姫四郎はまぶしそうに、秋の青空を見上げた。

「姫四郎さんはこれからどちらへ向かわれるんですか」

お稲が、屈託のない笑顔を見せた。

「流れ旅、流れ旅……」

ニッと笑った姫四郎は、お稲に会釈を送った。矢はぎ大橋を渡り始めると、姫四郎はもう二度と振り返らなかった。秋風に送られるように、乙井の姫四郎の影は遠ざかった。

因に『女医』という言葉は、わが国最古の医事法制である奈良時代の『医疾令』の中で、すでに使われている。ただし、この『医疾令』にある女医とは、看護婦あるいは助産婦として養成されるものを言っている。

潮に棹(さお)さす桑名宿

一

三十人からの男女が集まっていたが、ただ騒ぎたてるだけで、どうすることもできなかった。あっという間に、野次馬の数が倍になった。騒ぎは大きくなるばかりだし、人垣は厚みを増す一方であった。

街道脇に、絵馬堂がある。扉が左右に大きく開かれているので、絵馬堂の中はまる見えだった。そこには、凄(すさ)まじい形相(ぎょうそう)の男の姿があった。男はすわり込んで、若い女を抱きかかえていた。

男は白刃を手にしてい、その切先を若い女の首筋にぴたりと押しつけている。若い女はもう声を出す気力もなく、ぐったりとなっていた。生きた心地もないのだろうが、娘の顔色は紙のように白くなっている。

十七、八の娘であった。この土地の者ではなく、旅姿の娘である。たまたま通りかかったところを、男につかまるという災難にぶつかったのだろう。娘は目を閉じて、ぶるぶる震えていた。

男のほうは三十五、六だろうか。ボロをまとった流れ者で、まるで手負(てお)いの野獣みたいな顔つきでいる。長脇差を抜いたりしているが、礼儀作法にしばられている渡世人ではなかった。

食い詰めて放浪している無法者のたぐいで、盗人(ぬすっと)、強盗、殺人者と何にでも早変わりをする。脇街道や農村地帯へはいり込まれると、始末に負えない無宿人であった。どんな卑劣なことでも、やってのけるのである。

「刈谷(かりや)の御城下の米問屋に、押し入ったんだそうだ」

「真っ昼間から、押込みを働いたんだそうだぞ」

「二人を殺し、三人に手傷を負わせたということだ」

「血に狂っていやがるな」

「奪った金は……？」

「十二両だとよ」

「追われてここまで逃げて来て、いきなり人質をつかまえおった」

「追いつめられて、苦しまぎれに通りかかった娘さんを捕えてな」

「気の毒なのは、人質にされたあの旅の娘さんじゃ」

「とんだ災難だ」

「かかわりのない者を人質にするなんて、まったく卑怯(ひきょう)なやり方じゃ」

「性根が腐っておるんだから、卑怯も何も感じないんだろう」

「何とかならんのかね」

「人質を見殺しにすれば、引っ捕えることもできるんだがな」

「引っ捕えて、ナマスに刻んでやりたい。どうせ、人質を取っていなければ、何もできん腰抜けだろう」

「いまのところ、手出しはできんだろうな」

「早く、何とかしろ」

集まっている人々は、瞬時も黙ってはいなかった。誰もが、焦っているのである。刈谷の御城下から男を追って来た町奉行所の者が、八人ほど人垣の前面に並んでいるのだった。

その町奉行所の役人たちにも、手出しはできないのだ。持久戦に持ち込むか、人質を見殺しにして賊を斬って捨てるか、役人たちは迷っているところであった。

東海道を岡崎から南へそれて三里半、十四キロで六万石の城下町の西尾に至る。西尾から三里、十二キロで土井大隅守二万三千石の御城下、刈谷であった。更に刈谷から三里ほど北上すると、東海道の鳴海に出るのである。

その刈谷と鳴海のあいだで、三河と尾張の国境に近いあたりだった。尾張へ逃げ込まれたら、刈谷の町奉行所としては追跡するわけにはいかなくなる。それで何とかして、この場で始末をつけたいのであった。

「野郎ども、よく聞け！」

絵馬堂の中で、男が怒声を張り上げた。

野次馬たちは沈黙し、あたりが急に静かになった。

「おれは、青鬼の源だ！　悪党としちゃあ、ちったあ知られている名よ！　人を手にかけたのも、今度が初めてじゃあねえんだ！　五人殺すも六人殺すも、変わりはねえんだ！　おれがその気になったときには、おめえたちの目の前で、この娘を刺し殺すぜ！　おれは、本気だぞ！　いいか、いまから百数えるうちにひとり残らず消えなかったら、この娘の命はねえと思え！」

青鬼の源と自称する男は、娘の首筋を長脇差でひたひたと叩いた。顔色が青白くて悪鬼のような形相をしているので、なるほど青鬼の源とは似合の異名であった。

人垣が揺れて、またざわめきがやかましくなった。

「一つ！　二つ！　三つ！」

青鬼の源が大声で数え始めた。

人垣の最前列にいた三十前の武士が、うなり声を洩らして腕を組んだ。道中仕度の武士だが、月代はのびているし、粗末なものを身につけている。苦労して長旅を続けているらしいその姿は、流浪の浪人と変わりなかった。

「何か、手立てはないのか」

武士が無念そうに、歯ぎしりをした。

「何とか、しなくちゃあなりやせんね」

隣りに立っていた長身の渡世人が、そう言ってニヤリとした。

「そのほうも、そう思うか」

武士が渡世人の顔に、目を走らせた。

「へい」

二十七、八に見える渡世人は、亀裂が生じた三度笠を目深にかぶり、薄汚れた道中合羽を引き回していた。

「何か、策はないか」

武士は渡世人の右手を見て、怪訝そうに眉をひそめた。渡世人の右手首に、珍しいものが巻きつけてあったからである。それは数珠だった。直径二センチほどの銅製の大珠ばかり、五十四個を連ねた一連の数珠であった。

「どのような策があろうと、ひとりじゃどうにもなりやせん」

渡世人が言った。

「拙者（せっしゃ）も、そう思う。ひとりが男から娘を引き離し、ひとりが男を斬る」

武士は視線を、渡世人の顔に戻した。

「そうするほかは、ござんせんね」

渡世人の目が、笑っていた。

気品があって、くずれている。暗さもあるが、笑いを忘れない。そういう感じの渡世人だった。

「そのほう、手を貸すか」

「ようござんすよ」

「腕も度胸も、一人前のようだな」

「お武家さまは、どうなんで……？」

「直心影流（じきしんかげりゅう）を、いささか」

「それで、お武家さまはどちらを、お選びになりやすかい。娘を引き離すほうか、野郎を叩っ斬るほうか……」

「そのほうは、いずれを望むのだ」

「あっしは、どちらでもかまいませんよ」

「男から娘を引き離すほうが、役目としては難しいな」

「だったら、あっしがそっちのほうを引き受けやしょう」

「そうか」

「難しいほうが、やり甲斐もあるってもんでござんしょう」

「よい気風だな。お前が気に入った。名を聞いておこう」

「乙姫と、呼んでおくんなはい」

「乙姫……」

「異名でござんすよ」

「拙者は、小田切兵馬だ」

「だったら、そろそろ参りやしょうか」

乙姫――乙井の姫四郎は、鞘ごと長脇差を抜き取った。朱塗りの鞘を、鉄環と鉄鐺で固めた長脇差である。

姫四郎は無造作に歩き出して、絵馬堂の縁のうえに長脇差を置いた。

「近づくと、娘を殺すぞ！」

絵馬堂の中で、青鬼の源が怒鳴った。

絵馬堂の周囲は静まり返り、人々の中に身動きする者もいなかった。

「その娘の連れにござんす」

神妙な顔で、姫四郎は頭を下げた。

「だから、何だってんだい！」

青鬼の源は腰を浮かせて、油断なく身がまえた。

「その娘には、心の臓に持病がござんす。それで、せめて丸薬だけは飲ませてやりてえと、思いやしてね」

姫四郎は、右手を差し出した。

青鬼の源は黙って、姫四郎の右手を見守っている。手のうえにあるのは確かに五、六粒の丸薬だし、手首に巻いている数珠がチャラチャラと音を立てていた。それほど警戒すべき相手ではないと、青鬼の源は思ったのかもしれない。

「丸腰か」

青鬼の源が、念を押すように言った。

「へい」

「よし、丸薬だけは飲ませてやろう」

「ありがとうござんす」

「そこにいて、手だけを伸ばすんだ」

「へい」

「ちょっと待て！」

「へい」

「道中合羽の中に、何か隠しているんじゃあねえのか」

「とんでもございせん」

「合羽の前を、開いてみせろ」

「こうでござんすかい」

姫四郎は道中合羽の前を開くと、それを大きく左右にはねのけた。人々の目には、道中合羽が羽根になって姫四郎が空中に舞い上がったように、見えたのだった。そのときすでに、姫四郎は絵馬堂の縁のうえにいた。

同時に姫四郎は娘の手を握り、強い力で引き寄せてもいたのである。一瞬のうちにやってのけた早業であり、青鬼の源が愕然となったときには、もう姫四郎は娘を抱きかかえて地面を転がっていた。

「野郎！」

立ち上がった青鬼の源が、絵馬堂を出て長脇差を振りかぶった。

その絵馬堂の縁のうえに仁王立ちになった青鬼の源をめがけて、小田切兵馬という武士が跳躍した。小田切兵馬の大刀が一閃（いっせん）して、青鬼の源は地上へ転落した。縁のうえに、青鬼の源の左脚だけが残っていた。

小田切兵馬の大刀が、まるで大根でも輪切りにするみたいに、青鬼の源の左の太腿（ふともも）を切断したのだった。

地上で何とか身体を起こしかけた青鬼の源を、小田切兵馬の次の一撃が見舞った。青鬼の源の頭と顔が、真二つに割れた。一刀両断とはこのことで、それもまるで絵に描いたようであった。

大した名刀と腕前が、一つになった結果ということになる。

青鬼の源は、赤い水を浴びたような死体となっていた。野次馬連中がホッと溜め息をついたり、感嘆の声を洩らしたりした。刈谷の町奉行所の役人たちが、死体のまわりに集まった。

斬り捨て御免の極悪人を殺したのだから、文句を言われる筋合いはない。役人たちの目の前で成敗したのだから、取調べを受けることもない。その代わり、役人たちは小田切兵馬や姫四郎に礼をのべることもなかった。

四、五十人の人々が、思い思いに散って行く。脇街道はまた、秋の日射しを浴びたのどかな風景に戻って、閑散とした雰囲気になっていた。もう小田切兵馬や姫四郎に、関心を向ける者もいなかった。

小田切兵馬と姫四郎は、何となく肩を並べて街道を北へ向かった。二人に救われた娘が、そのあとを追う。ようやく生気を取り戻した娘は、楚々(そそ)としていてなかなかの器量よしであった。

「どこへ参るのだ」

歩きながら、小田切兵馬が訊(き)いた。

「アテはござんせん」

「拙者も同様でな」

姫四郎は、ニヤリとした。

「ずいぶんと長旅を、重ねておいでのようでござんすね」

「もう十年になる」

「十年……」

「越後の高田十五万石、榊原(さかきばら)家の家中の者だが、諸国をめぐってすでに十年。未だに、帰参がかなわぬ。こう申せば、拙者の立場がいかなるものか、察しがつくだろう」

「へい。小田切さまは、敵持ちでござすんね」

「その通りだ。父上を闇討ちして高田の御城下を退散した江田武太夫なる者を捜し求めて、十年ものあいだ流れ歩いておるが消息さえもつかめぬ。高田をあとにしたときはまだ十八であった拙者も、いまは見た通りの年になっておる」

「まったくお武家さまってのは、大変なものでござんすね」

「拙者は江田武太夫の顔をよく知らぬし、その者にしても十も年をとっておるのだから、いっそう変貌したことだろう。ますます捜し出すのが、難しくなる。いや、江田武太夫はもう、この世の者ではないかもしれぬ」

直心影流の達人、小田切兵馬もさすがにうんざりしたように、弱々しい笑いを浮かべた。

二

敵討というのは、まさに苦難の道であった。

武士はまず主君に、敵討を願い出る。主君はそれを許して、その家臣に暇を与える。現代流に言えば、依願休職である。しかし、願い出て許可されたにしろ、主君がそうしろと言った場合は、厳然たる命令になる。

従って、途中で敵討を諦めたり、中止したりすることはできない。勝手に復職を望んでも、通用することではなかった。いったん与えられた暇というのは、目的を完遂するまで続くのである。十年かかろうと二十年かかろうと、敵討をすまさない限り帰参は許されない。その間、当人も家族も無給だから、自力で生活を維持しなければならない。

敵討に成功すれば、大威張りで故郷に帰れる。帰参を許されるだけでなく、栄誉の加増ということになる。つまり、復職したうえにいきなり昇進を認められて、出世してしまうわけである。

だが、こうした例は、非常に少ない。

逃げたり隠れたりしている相手を捜し出すのだから、それだけでも容易ではない。十年がかりというのは、決して珍しくないのである。

敵討の成功率は、一パーセントだったと言われている。

ほかに、相手が死亡したことを証明できれば復職が許されるという特例があるだけで、あとの者は悲惨な生涯を終えるのであった。何十年となく相手を求め続けるか、旅先で病死するか、敵討を諦めて浪人生活にはいるかだった。

「もし……」

背後から声がかかった。

小田切兵馬と姫四郎は、振り返った。

「お光(みつ)です、伊勢の桑名に住まいがあって、そこへ戻る途中です」

娘は目を伏せて、張りのある声で言った。

「若い女のひとり旅とは、無茶なことをするもんだ」

小田切兵馬が、まぶしそうに娘を見やった。

「お二人さんに、お礼をしなければなりません。それに是非、お話したいこともあるんです」

お光という娘は、思いつめたような目で兵馬を見つめた。

「それで……」

小田切兵馬が訊(き)いた。

「初めにお武家さまに、あちらで……」

お光という娘は、右手に広がっている深い松林を指さした。

「あの松林の中で、話をするのか」

戸惑ったような顔で、兵馬は姫四郎へ目を走らせた。

「何だか知りやせんが、可愛い娘さんが頼んでいるんでござんすよ。話を聞いてやっちゃあ、いかがなもんでござんしょう」

姫四郎は、悪戯(いたずら)っぽく笑った。

「ひとりずつ、話を聞かねばならぬのか」

兵馬は、顔を上気(じょうき)させていた。

「はい。旅人(たびにん)さんはしばらく、待っていて下さいまし」

お光が、姫四郎に言った。

「ようござんすよ」

姫四郎は、うなずいた。

このまま立ち去ったほうが、無難かもしれなかった。だが、何しろ退屈しきっている。おもしろいことになりそうだという予感があったし、姫四郎は変わったやり方をするお光に興味を覚えていたのである。

男たちを松林の中へ誘うお光の目的については、わかりきっている。お光は兵馬や姫四郎に、身体を許すつもりなのだ。男に抱かれることが、お礼だとしたら、ずいぶん安っぽい娘である。

まだ十七ぐらいだし、男の経験豊かな水商売の女には見えなかった。是非お話したいこともあると言っていたし、お光はお礼と頼み事を兼ねて、兵馬や姫四郎の前に身体を投げ出すつもりなのに違いない。

兵馬とお光は、松林の中に消えていた。八ツ半、午後三時をすぎている。日が西に傾くのも、間もなくだろう。秋風が心持ち、冷たくなっている。街道脇の草むらに、野菊の花が咲いていた。

こんなところに、突っ立っていても仕方がない。兵馬とお光がどんな濡れ場を演じているか、のぞいてやろうと姫四郎は思い立った。松林の中へ、足を運んだ。奥が深くて、頭上で松風が鳴った。

かなり奥へ進んだところで、姫四郎は男と女の声を聞いた。五、六本の松の木が、囲むように並んで、小さな空間を作っている。その円形の地面に、もつれ合っている男女の姿があった。

あぐらをかいた兵馬の膝のうえに、お光が身体を投げ出している。お光は身体を固くしているくせに、必死になって兵馬の胸にすがっていた。まだお光は、積極的に男を誘惑する技巧を、知ってはいないのだ。

兵馬は明らかに、迷っている。誘惑に乗るべきでないと、自制はしているものの、お光を突き放す気にはなれないのである。兵馬は武士としての誇りと、若い男の欲望との板ばさみになっているのだ。

「頼むから、離れてくれ」

「いやです」

「こんなことをして、何になるのだ」

「お礼をするのにも、その手立てがありません」

「礼など、どうでもよい」

「わたしにあるのは、この身体だけなんですよ」

「娘の肌を、大切にせい」

「その娘に、恥をかかせるんですか」

「お前のやり方が、何とも腑(ふ)に落ちないのだ」

「それとも、わたしみたいに不器量な娘では、気に入らないとでも……」

「むしろ、その逆だ。お前のような娘を、男がどうして嫌うものか。拙者(せっしゃ)もこの一年、女の肌に接してはおらぬ。それゆえに、忍耐にも限りがある」

「どうか、我慢などしないで下さいまし」

「お前のこの柔肌(やわはだ)を、存分にできるとは……」

「お願いです」

「お前は、本気なのか」

「お光と、呼んで……」

「お光、本当によいのだな」

「あい、可愛がって下さい」

「拙者の負けだ」

思いきったように目を閉じると、兵馬は荒々しくお光を抱きしめた。

そのまま二人は、重なり合って地面に倒れ込んだ。狂おしげに抱いて、兵馬はお光の口を吸う。お光は自分から何も仕掛けずに、じっと動かずにいる。手足を縮めているし、全身に震えが見られた。

衿を押し広げられ、乳を吸われ、着物の裾を大きく開かれ、膝を割られ、腰を引きよせられても、お光は人形のように反応を示さなかった。

顔をそむけるようにして、目を閉じている。小さく口をあけて喘いでは、何かに耐えるように唇を結ぶ。そうしながらお光は、されるがままになっている。

どうやらお光は、男を知らない生娘らしい。

そのように察しをつけて、姫四郎は歩き出していた。生娘が、据え膳になる。それでも、据え膳を食わねば男の恥になるのだろうか。まったく奇妙な男と女の取り合わせだと、姫四郎は苦笑を禁じ得なかった。

ああ……。

背後で、お光の声がした。必死になって、苦痛に耐えている声である。しばらく続いていた呻き声が、急に聞こえなくなった。その瞬間に、お光は女になったのである。姫四郎は、肩をすくめて吐息した。

松林を出たところで腰をおろすと、姫四郎は生干しのイカを取り出した。イカを嚙みながら、姫四郎は広い田畑を眺めやった。麦蒔きが始まった時期だが、畑に農夫たちの姿は見当たらなかった。

前方に山はない。すでに境川を越えているので、ここは尾張国であった。田畑の彼方には、伊勢海がある。現在の伊勢湾であり、南のほうには知多湾があるのだった。日が西に傾き、赤い夕陽になっていた。

一時間がすぎた。

兵馬とお光は、まだ姿を現わさなかった。いくら何でも、時間がかかりすぎる。どうかしたのだろうかと、姫四郎は立ち上がった。松林の奥へ引き返して、先刻の場所をそっとのぞいてみた。

そこにはまだ、兵馬とお光の姿があった。二人とも衣服の乱れを改めていたし、寄り添ってすわり込んでいた。兵馬はお光の肩を抱き、お光は兵馬にしなだれかかっている。二人は、動かずにいた。

情（じょう）を交わした男と女が、いまその余韻（よいん）を嚙みしめている。何とも甘い光景だった。この場限りの肉体関係だけですますつもりでいた二人が、気持ちのうえでも結ばれてしまったという感じである。

「邪魔を致しやすよ」

そう声をかけて、姫四郎は松の木のあいだを通り抜けた。

「あれ……」

顔を真っ赤にして、お光が兵馬の背後へ回った。ただ後ろに隠れたというだけでなく、お光は兵馬の背中に顔を押しつけているようだった。

「すっかり待たされちまったんで、様子を見に来たってわけでさあ」

ニヤリとして姫四郎は、手近な松の木に寄りかかった。

「面目（めんぼく）ない」

照れ臭そうに、兵馬は顔を伏せた。

「お光さんに、情けをかけちまったって次第でござんすかい」

腕組みをして、姫四郎はクスッと笑った。

「その通りだ。遊女とその客のように肌を合わせるだけですむものと思ったのに、いまはこのお光が愛しくてならぬ。拙者だけではなく、お光も同じ気持ちだという」

兵馬は、姫四郎を見上げている。真剣な面持ちであった。

「結構なことじゃねえですかい」

「お光は、生娘であった」

「生娘が初めて肌を許したんじゃあ、睦み合ってからその相手に情が湧くってのは、当たり前な話でござんしょう」

「拙者もお光の可憐さに心引かれて、いつまでもこうしていたいという思いでいっぱいだ」

「どうも、ご馳走さんで……」

「そこで、乙姫どのに断わっておきたいことがある」

「へい」

「お光は拙者のあとに、乙姫どのにも肌を許すつもりだったという。しかし、拙者と情を通じ合ったいまとなっては、とてもそうした気にはなれないそうだ」

「それが、女の操ってもんでござんしょう」

「拙者としてもこうなった以上、ほかの男にはお光の肌に指一本触れさせるわけには参らぬ」

「ごもっともで……」

「乙姫どのには、ほかの方法で礼をしたいということだが、それで納得してはくれまいか」

「ご両人とも、気にかけねえでおくんなはい。もともと、礼をされるようなことは、何もやっちゃあいねえんですからね」

姫四郎は、ニッと笑った。何とも兵馬とお光の二人が、滑稽に思えてならなかったのである。ついさっきまで見知らぬ同士だった二人が、ひょんなことから睦み合って、とたんに思い思われの男女の仲となってしまったのだ。

お光もひたむきな気持ちになっているようだし、兵馬も大真面目なのであった。二人とも、根は純情で正直なのだろう。縁は異なものというが、二人の結ばれ方はあまりにも唐突すぎる。

しかし、今後の二人はどうなるのかと思うと、笑ってすませるわけにはいかなかった。お光の住まいは桑名にあって、そこへ帰る途中だという。もちろん、お光には親というものがいる。

一方の兵馬は流浪の身であり、職にもついていない。生活手段に欠けている。お光は町人であり、兵馬は武士である。浪人ならともかく、兵馬は高田藩士であって、休職中だろうと主君に仕えている武士なのだ。

しかも、兵馬には敵討という重要な任務がある。これまで、十年も苦労して来た。その敵討も諦めて武士を廃業しない限り、町人のお光と一緒になることはできない。いまのままでは、長続きしないことになる。

「拙者は、桑名に参るつもりだ」

兵馬が言った。

「そうですかい」

姫四郎はすぐに別れる兵馬やお光の将来を、心配してやることもないと気をとり直していた。

「いま、お光の頼みというのを聞いたところだが、拙者はその頼みに応じてやりたいのだ。乙姫どのも一通りは、聞いてやってもらいたい」

兵馬は、真剣そのものであった。

三

お光の父親は、ここ七、八年のうちに親分と呼ばれる男にのし上がった渡世人だという。桑名には、黒田屋勇蔵という大親分がいる。その黒田屋勇蔵から、弟分の扱いを受けている町屋の武吉が、お光の父親なのであった。

先年、黒田屋勇蔵は隠居して、目をかけていた若い子分の穴太の徳次郎に跡目を相続させた。この穴太の徳次郎は穴太徳と呼ばれて後年、清水次郎長一家と吉良の仁吉、神戸の長吉などと荒神山で争い、悪役にされてしまった親分である。

それはともかく、町屋の武吉は四日市の金之助という成り上がりの親分と、犬猿の仲にあった。町屋の武吉は子分が七、八人、四日市の金之助も身内が五、六人で、互いに弱小の親分だった。

ところが町屋の武吉はある日、金之助一家の者に襲われて、左足に丸太棒によるひどい打撲傷を受けた。その打撲傷が悪化して、武吉は歩行が困難になった。そうなっては、武吉側の形勢が不利になる一方である。

武吉の子分八人のうち、二人が殺され、六人が逃亡してしまった。住まいに残ったのは武吉と病気がちの女房、それに娘のお光だけであった、金之助一家がいつ、襲撃してくるかわからない毎日となった。

本来ならば、黒田屋一家が武吉のバックとなって、金之助一家を蹴散らしてくれるはずだった。しかし、勇蔵は隠居して何も聞かされていないし、新しい親分の穴太の徳次郎は知らん顔であった。

穴太の徳次郎としては、武吉を見殺しにする気でいたのだ。武吉は前の親分の弟分だから、徳次郎にとっては叔父貴分ということになる。そうした武吉がけむたい存在だったし、徳次郎には邪魔であった。

この際、武吉が金之助に殺されてくれたら、はなはだ好都合である。自分の手を汚さずに、武吉を消すことができる。そして武吉が殺されてから、その仇討をするという名目で、金之助とその一家を料理してしまう。

穴太の徳次郎は、そういう計算をしていたのである。

武吉は、孤立無援となった。

それで仕方なく武吉は娘のお光を、三河の西尾へ行かせることにした。西尾にいる兄弟分に、援助を頼むためであった。だが、その西尾の兄弟分は、先の見えている武吉には冷淡だった。

人手不足だという口実で、武吉の頼みを断わり、お光を追い返したのである。お光は手ぶらで、桑名へ戻らなければならなかった。その帰り道にお光は、青鬼の源に人質にとられるという災難にぶつかったのだ。

しかし、そこへ小田切兵馬と姫四郎が出現して、鮮やかにお光を救出したのであった。お光は何とか礼がしたいと、二人のあとを追った。そのうちにふと、お光は二人に協力を頼んでみようと思いついた。

兵馬と姫四郎に肉体を提供する。それは命を救ってくれたことへの礼であるとともに、協力を頼むためのエサにもなるのだった。そのように途方もないことを、お光は考えついたのである。

両親の危急を救いたいの一心だった。

二人の男に身体を与えるといったことは、生娘として重大問題であり、なみなみならぬ決意を要する。だが同時に処女であるがゆえに、一切の打算を抜きにして考えつける無鉄砲な行為であった。

お光は、兵馬に抱かれた。取引と償いのために、人形となって男に弄ばれるつもりでいたはずなのに、お光の感情に異変が生じた。兵馬に抱かれたあと、お光は急に男を好きになってしまったのだ。

「まあ、こういう次第でな」

語り終えて、兵馬は大小の刀を引き寄せた。

「よく、わかりやした。一つ、好きなようになすっておくんなはい」

姫四郎は、笑った顔で言った。

「乙姫どのは、どうするのだ」

「今夜はもうこのあたりで、野宿するほかはござんせん。明朝、お別れすることに致しやしょう」

「桑名まで、同道する気はないか」

「小田切さまのような剣の達人がおいでなら一騎当千、渡世人の五百や千はあっという間に片付きまさあ」

「乙姫どのは、いずこへ足を向けるつもりで」

「アテはありやせんと、申し上げたはずですよ」

「そうか」

「いずれにしても、あっしは消えたほうがよさそうで……」

姫四郎は、片目をつぶって見せた。

「待って下さいな」

兵馬の背後から、お光が顔をのぞかせた。それでも恥じらいが先に立つのか、お光は姫四郎の顔をまともに見ようとはしなかった。

「乙姫どのって呼ばれておいでの旅人さんは、野州河内郡乙井村の生まれの姫四郎さんじゃあ……」

お光は、兵馬と並んで膝を揃えた。

「へい、乙井の姫四郎でござんす」

姫四郎は答えた。

「うちに草鞋をぬいだお客人から、何度も噂を聞かされました」

お光は、懐かしい相手でも見るような、目つきになっていた。

「どうせ、よくねえ噂でござんしょうよ」

姫四郎は、ニッと笑った。

「いいえ、どの噂もおもしろくて……。乙井の姫四郎、人呼んで乙姫っていう変わった渡世人がいる。右手では人を生かし、左手では人を殺す。そのどっちも道楽だって、当人は言っているけど、生かすほうも殺すほうも大した腕前。それもそのはず、関八州随一と言われた名医の子だって……」

「つまらねえことを、みやげ話にする野郎がいるもんでござんすね」

「でも乙姫さん、その通りなんでしょう」

「さあねえ」

「どんな先生もサジを投げるような難病も大怪我も、乙姫さんの手にかかるとたちまちよくなるって……」

「まさか、そんなふうには参りやせんよ」

「乙姫さん、お願いです。乙姫さんも一緒に、桑名まで足をのばしてやっておくんなさいな」

お光は、地面に両手を突いた。

「あっしが桑名へ、何をしにいくんですかい」

「おとっつぁんの左の足を、診てやってもらいたいんです」

姫四郎の顔から、笑いが消えていた。

「丸太棒でぶちのめされた左足でござんすね」

「はい」

「悪くなるばかりだって話ですが、骨がどうかしちまっているんじゃあねえんですかい」

「骨も駄目になるようだし、肉の色がすっかり変わっちまって、まるで腐っていくみたいに匂うんです」

「腐っていくみてえにねえ」

「生きながら、肉や骨が腐っていくなんてことはないでしょうけどね」

「いや、そういう病(やま)いだって、あるんでござんすよ」

「え……！　それで、しまいにはどうなるんです」

「そのままにしておけば、死ぬってことにもなりますさあ」

「お願いします、乙姫さん、おとっつぁんを、助けてやって下さいな」

姫四郎に向かって、お光は両手を合わせていた。

「見るだけ、見せてもれえやしょう」

姫四郎は言った。お光の熱意に、動かされてではなかった。姫四郎には、病人と病状への興味があったのだ。生きながら腐っていく病気というのは、いつでもお目にかかれるようなものではなかった。

父の内藤了甫(りょうほ)のところへ三人ほど、そうした病人が来ていたのを、見たことがあるだけだった。その治療法について父と兄が議論しているのを聞いて、少年だった姫四郎はショックを受けたものである。

いま、それと同じ病人と対面して、症状を見たり、治療を施したりできるのだった。そうした機会は、滅多にないのである。それだけに姫四郎は、好奇心を刺激されたのであった。

お光の話によると、桑名とその周辺の医者たちは、とっくにサジを投げてしまっているという。その悪臭を嗅いだだけで、何も言わずに逃げ帰った医者もいるそうである。左足の病状は、悪化の道をたどる一方らしい。

桑名へ行くことを、姫四郎は承知した。これで兵馬と姫四郎は、もう二、三日、一緒にいることになったのである。姫四郎としては、あまりありがたいことではなかった。見せつけられるだけではなく、兵馬とお光のために気を使ってやらなければならないからだった。

その夜も兵馬とお光に野宿の場所として水車小屋を提供してやり、姫四郎自身は少し離れたところにある地蔵堂の中にもぐり込まなければならなかった。身体を縮めての寝心地は、あまりよくなかった。

翌朝、明け六ツに三人は、北へ向かった、水車小屋の中で何度も睦み合ったらしく、兵馬とお光は寝不足の赤い目をしていた。そのうえ所帯を持ったばかりの若夫婦みたいに仲がよくて、ぴったりと寄り添っているのだった。

間もなく、東海道の鳴海宿に出た。

東海道を、西へ向かう。

一里半、六キロで宮である。熱田神宮があるところから、宮と呼ばれている。

東海道でいちばん賑やかな宿場だから、日本一ということになる。

ここで東海道は、海路になるのだった。伊勢海を、渡るのであった。名古屋は東海道のうちにはなく、宮から陸路を二里ほど行かなければならない。

船に乗る。

桑名まで、海上七里であった。それで、七里の渡しと呼ばれている。

半日がかりで、伊勢海を渡る。

桑名につく。桑名もまた宮に次いで賑やかな宿場であり、繁盛(はんじょう)の地として知られている。百艘(そう)前後の船が一日のうちに出入りする港であれば、それも当然ということになるだろう。

松平十一万石の御城下でもあり、米の集散地でもあった。富商(ふしょう)、豪商が多く、また焼蛤(やきはまぐり)で全国に知られている桑名は、旅人たちのあこがれの的だった。飲食店、歓楽街が密集している。

人口　九千

家屋　二千六百

旅籠屋（はたごや）　百二十

お光の家は、町屋川の川っぷちにあった。すぐ近くに、町屋橋がかかっている。この町屋川の名をとって、町屋の武吉と称しているのが、お光の父親であった。町屋橋のたもとに、小料理屋がある。その小料理屋はかつて、お光の母親がやっていたのだった。その母親が武吉に熱くなって、二人は夫婦になった。お光の母親は後家（ごけ）だったので、二人目の婿（むこ）をもらったということになる。

「するとお光さんは、武吉親分の実の娘さんじゃあねえんでござんすね」

姫四郎が訊（き）いた。

「義理のおとっつぁんってことになるんですよ」

屈託なく、お光は笑った。

「それにしちゃあ、ずいぶんとおとっつぁん思いでござんすね。義理のおとっつぁんのために、お光さんは生娘の身体を投げ出そうとしなすったんですからね」

「もうそのことを口にするのは、堪忍（かんにん）してやって下さいな」

「こうして小田切さまやあっしを、桑名まで引っ張って来なすったんじゃあねえですかい」

「ほんとうのおとっつぁんだと、私は思っているんです」

「生みの親より、育ての親でござんすからね」

「おとっつぁんもわたしのことを、実の娘だと思っているって……」

「そうですかい」

「おとっつぁんにもしものことがあったら、おっかさんだけじゃなくって、わたしも生きてはいられません」

「よく、わかりやした」

「だから、おとっつぁんの左足を、何とかしてやって下さい」

「へい」

これは大変なことになったと、姫四郎は重すぎるくらいの責任を感じていた。

お光が、立ちどまった。

「ここなんです」

川っぷちのその家は間口が広くて、腰高油障子には丸に『武』の字が浮かんでいる。客人が訪れてもおかしくない構えだし、土間から若い者が飛び出して来そうな雰囲気でもあった。

だが、いまでは堅気（かたぎ）の人間の住まいのように静かであり、人の出入りも見られない。廃屋（はいおく）のように朽（く）ちかけてもいないが、活気とか勢いとかいうものに欠けているのである。陰気な家であった。

四

小田切兵馬と姫四郎は、町屋の武吉とその女房のお福に歓迎される。お光も帰って来て、家の中が急に明るくなったようだと、夫婦は喜んでいた。兵馬と姫四郎がいれば、もう恐ろしいものはない。四日市の金之助など、手も足も出ないはずである。これで一家惨殺(ざんさつ)という悲劇も避けられるし、何よりもまず気分的に救われたのであった。そのうえ、噂に聞いた姫四郎が武吉の左足の病気から、命を守ってやると訪れたのであった。

武吉とお福が急に元気になるのは、当たり前というものだった。お福などは横になってはいられないとばかりに、マメマメしく夕食の仕度にとりかかった。お光とお福の笑い声が、ひどく楽しげであった。

客人が大勢、泊まったときもあったのだ。家の中は広いし、兵馬と姫四郎の寝る場所に不自由はなかった。だが、兵馬と姫四郎に別々の寝所が、宛(あて)がわれるはずはない。二人は一つ部屋に、床を並べて横になった。

「あっしが一緒で、申し訳ござんせん」

嫌味ではなく、姫四郎はそう言った。今夜になって急に引き離されてしまった兵馬とお光が、気の毒に思えたのであった。

「何を申す」

兵馬は、固い横顔を見せていた。強がってはいても、心はお光へ走っているのだ。

「あっしがいちゃあ、お光さんがここへ忍んでくるってこともできねえでしょう」

「この家にいる限り、そのようにふしだらなことは許されぬ」

「そうはおっしゃいますがね、小田切さま。これっきりでお光さんと、別れるっていうわけにはいかねえでしょう」

「それは、できぬ相談だ」

「この家にいる限り、お光さんと肌を合わせることは許されねえ。このまま、お光さんと別れるわけにもいかねえ。それじゃあ今後いってえ、どういうことになるんでござんしょう」

「いまそのことで、思案しておるのだ」

「思案も何も、あったもんじゃござんせんよ」

「どういうことだ」

「お光さんと、一緒になるんで……」

「それには、武士を捨てねばならぬ」

「浪人されるか、町人になるかでござんすね」

「敵討も、断念するのか」

「へい」

「拙者の生涯は一変する」

「それがおいやなら、お光さんへの思いを断ち切るほかはありやせんよ。このまじゃあ、お光さんだって可愛想ってもんでござんす」

「お光への思いを、断ち切るのか」

「四日市の金之助とその子分たちを叩っ斬ったあと、そっとこの桑名を立ち退くんでござんすよ」

「姫四郎どのも、桑名を立ち退くのだな」

「へい。武吉親分の左足の治療をすませたら、その日のうちにでも桑名をあとに致しやす」

「武吉どのの足は、いつ診てやるのだ」

「明朝でござんす。朝の明るい日射しの中で、診るのがいちばんですからね」

「さようか」

「小田切さまは、いかが致しやす」

「姫四郎どの」

「へい」

「女々しい武士と、笑ってくれ。お光への思いを断ち切ることなど、拙者にはとてもできぬ。拙者は武士を捨てて町人となり、お光を妻としてこの桑名に骨を埋めよう」

「そう決めた心は、二度と変わらねえでしょうね」

「変わらぬ。たったいま拙者は、敵討を断念したぞ」

「さようですかい。そう聞いて他人事ながら、ホッと致しやしたよ」

姫四郎は、兵馬に背を向けた。

これで、この家にも日が射すだろうと、姫四郎は思った。兵馬の十年来の苦労は、水の泡となる。しかし、もう二十年も捜し求めたところで、敵を見つけ出せるという保証はないのだ。

そう考えれば、諦めもつく。敵討を諦めてどこかの土地に住みつき、一生を終えるという例は少なくない。過去を捨てきれば、敵討など最初からなかったということにもなるのである。

「武吉も、喜ぶだろう」

お光のはずんだ声や、お福の笑い声が聞こえて来そうだった。

翌朝、縁側に出て姫四郎は、武吉の左足を診察した。

なるほど、悪臭を放っている。左足の膝より五センチ下まで、完全に変色していた。汚色しているというべきで、一目で腐敗しているとわかる。息をとめて姫四郎は、丹念に調べてみた。

脱疽である。

現代は、壊疽と称することが多い。壊死の一形式で、身体の組織や細胞が局部的に死ぬのであった。直接には腐敗菌の作用で、身体の組織が崩壊する。

しかし、腐敗菌に侵害される前提条件として、その部分の生活機能がかなり衰えているということがある。冷、熱、打撲、毒物、血行障害などが、腐敗菌の侵害を許すのだった。

武吉の場合は、左足にひどい打撲傷を負った。そのために血行障害を起こし、局所的に生活機能が衰えた。そこから腐敗菌の侵害を許し、左膝下の壊死の状態へ悪化したのである。

「どんなもんだろうな、乙姫さん」

武吉が訊いた。

「左足の膝から下を、失うことになりやすよ」

姫四郎は、ズバリと言った。

「え……！」

武吉は信じられないと言う顔で、まじまじと姫四郎を見守った。

「脱疽でござんすよ」

姫四郎としては珍しく、真剣な眼差しであった。

「脱疽……」

「このままにしておいたら、腐ったところが広がるばかりで、身体中に毒が回りやす。間もなく命取りになりやす」

「それで、この左足の膝から下を、切り取るってわけかい」

「へい。そうすりゃあ何とか、脱疽を食いとめることができやす」

「切り取らずに治すって法は、ねえもんだろうか」

「切り取るってことは、ほとんどやっておりやせん。そいつは医者のほうが、切り取るってことに気がついていねえからでござんす。気がついても、医者のほうで逃げ腰になっちまうんでしょうよ」

「それで結局は、治らねえってわけなんだな」

「へい。その場だけでの手当てと薬で誤魔化しやすが、脱疽が広がる一方で、間もなく命取りになりやす。脱疽を食いとめるには切り取ることが何よりで、そのために足の脱疽は治しやすいと、父親が話しているのを耳にしたことがありやす」

「そうかい」

「親分、死んだ気になって、左足を切り落とすことを覚悟しておくんなさい」

「死んだ気になりゃあ、足の一本や二本、どうってことはねえんだが……」

武吉は腕を組んで、深々と吐息した。五十年配の武吉の貫禄は大したものだったが、さすがに青白い顔になっていた。

「いかがなもんでござんしょう」

姫四郎は武吉に、返事を促した。

「いつ、やるんだい」

武吉は、唇を噛みしめた。

「今日のうちにでも……」

「今日か」

「親分ほどのお人に、度胸が不足しているはずはねえでしょう」

「生憎とこのおれには、渡世人のクソ度胸ってものがねえんだよ」

「そんなはずは……」

「おれは、根っからの渡世人じゃあねえ。この道にへえってから、まだ八年という駆け出しだ」

「そうだったんですかい」

「それまでは、流れ者の浪人でな、流れ流れてやってきたのがこの桑名宿、ひょんなことから黒田屋の勇蔵親分に気に入られ、用心棒となって落着いた。そのうちにお福といい仲になって一緒になったが、それを機会に大小を捨てて渡世の道に踏み込んだって、こういうわけよ」

「親分もかつては、お武家さんだったんでござんすかい」

「町屋の武吉にも、以前は江田武太夫という姓があったのさ」

武吉は、自嘲的に笑った。

とたんに、兵馬が全身を震わせた。その兵馬へ、姫四郎が目を走らせた。兵馬は、顔をそむけた。血の気が引いた顔を、見られたくなかったのだろう。とんでもないことになったものである。

皮肉な運命の意外さに、息が詰まりそうであった。敵討を諦めたその翌日に、兵馬は当の敵と鼻を突き合わせたのだ。しかも、それは武士を捨ててまでも夫婦になろうと決心したお光の父親であった。

「それで親分は、どちらのご家中だったんですかい」

姫四郎は訊いた。もう少しはっきりと、確かめておく必要があると、思ったからだった。

「越後の高田、十五万石の榊原さまよ」

屈託のない顔で、武吉は答えた。

「そうですかい」

「だが、おれはずっと江戸詰めで、越後へは滅多に帰らなかったな」

「親分はまたどうして、浪人されたんでござんす」

「逐電(ちくでん)したんだ」

「逐電……」

「つまり脱藩、無断で御城下を立ち退いたのよ」

「どうして、そんなことを……」

「十年も前のことになるが、久しぶりに越後の高田へ戻ったとき、些細なことから同じ藩の者と争いになって、酒の勢いもあってその相手を手にかけちまったんだ。互いに姓名も顔もロクに知っちゃあいねえのに、命のやりとりをしたんだから、まったく馬鹿げたことだぜ」

「その足で、高田の御城下を立ち退いたんでござんすね」

「それから二年あちこちを流れ歩いて、この桑名に腰を落着けたってわけよ」

武吉は感慨深げに、桐の木がある小さな庭へ視線を投げかけた。

間違いなく武吉は、兵馬が敵と狙う江田武太夫だった。武太夫の武の字をとって、武吉と名前を変えたのだろう。武吉は兵馬の父の顔も姓名も、ロクに知っていなかったという。

小田切兵馬の名を聞いても、まるで思い当たらなかったのも、そのためだったのである。何も知らずに、武吉はほんとうのことを喋った。兵馬の正体に気づいていないからだが、それだけではなかった。

武吉にとって十年前の出来事が、完全に過去のことになっているためなのだ。

過去のことに善悪はないし、他人事か夢物語のようなものであった。それは、単なる思い出にすぎないのである。

「乙姫さん、やってもらうことにしようじゃあねえかい」

武吉が言った。左足の切断に応ずる、という意味である。

「承知致しやした」

姫四郎は、うなずいて見せた。

姫四郎と兵馬は、武吉の寝間を出た。兵馬は、無言であった。怒ったように険しい表情をしているし、顔色も白かった。心の動揺を押さえようと努めているのだが、頭の中の混乱がそれを許さないのだろう。

武吉を斬れば、どういうことになるか。お福とお光は生きていないかもしれない。それはとても、兵馬にはできることではなかった。しかし、目の前にいる敵を、みすみす見逃す気にもなれない。

武吉を斬って、越後の高田へ引き揚げる。本懐を遂げて、意気揚々と帰るのであった。帰参を許されたうえに、加増ということになる。出世して、生活にも苦労はない。武士でいられるし、上役の娘を妻に迎えてという未来が待っている。

家の外へ出た。

「おはようございます」

道の掃除をしていたお光が、笑顔を向けて挨拶（あいさつ）した。姫四郎ではなく、兵馬に声をかけたのである。まぶしそうな目をして、恥じらいの色を隠しきれない。そうしたお光が、初々（ういうい）しくて可憐（かれん）だった。

「おはよう」

複雑な顔で、兵馬が笑いかけた。

そのとき、町屋川に沿った道を歩いてくる男たちの姿が、姫四郎と兵馬の目に映じた。いずれも、長脇差を腰にした六人の男たちであった。

五

男たちに気がついて、お光が家の中へ逃げ込んだ。それで連中が、四日市の金之助とその子分たちだと、察しがついた。先頭にいる四十半ばの大男が、四日市の金之助なのだろう。

姫四郎も兵馬も着流しで、丸腰だった。二人は男たちの行く手を遮（さえぎ）るように、入口の前に突っ立っていた。男たちも無言で、二人と向かい合いにずらりと並んだ。最初から、挑戦的であった。

「今日は、決着をつけに来たんだ。喧嘩の場所を決めろって、武吉の野郎に取次ぎな」

金之助が、唾を飛ばして言った。

兵馬は激怒した顔でいた。姫四郎は、ニヤリとした。

「乙姫どの、怒りのぶつけようがなかった。このウジムシどもに、八つ当たりをすることにしよう」

兵馬が言った。

「存分に、やっておくんなはい」

姫四郎は、白い歯をのぞかせたままだった。

「やいやい！　何をゴチャゴチャ吐かしていやがるんだ！」

金之助が、怒声を張り上げた。

同時に兵馬の右手が、金之助の腰へのびていた。

「何をしやがる！」

驚いた金之助は、反射的に飛び退いた。

兵馬の右手には、金之助の長脇差が握られていた。

男たちは一様に、目を見はっていた。その右端の男に、姫四郎は足払いをかけた。男は仰向けに、引っくり返った。姫四郎の左手が、男の長脇差を抜いた。姫四郎はそれを、逆手に持ち変えていた。

「あっ！」

男が、悲鳴を上げた。

その男の首筋に長脇差を突き刺すと、姫四郎は喉を一文字にかき切った。早くも背中を向けた男を追って、姫四郎は並んで立つようにして長脇差を突き立てた。背中から胸へと、長脇差が突き抜けていた。

姫四郎は、男の腰を蹴った。姫四郎の手に長脇差だけを残して、男は町屋川の水の中へ落ち込んだ。バシャッという音とともに、派手な水煙が上がった。

「やあ！」

「とう！」

気合をかけては、兵馬が長脇差を振るっていた。跳躍して、大上段から振りおろす。さすがは、直心影流の達人である。その勢いというものが凄まじく、白刃は一本の線となり、空気を裂く音が風のように聞こえた。

ひとりが顔を割られ、もうひとりが肩から腹まで切り下げられて、町屋川へ転落した。その場に倒れずに、斬られたときの衝撃で、はじき飛ばされるのである。

だが、二人目を切ったところで、長脇差は折れてしまった。

「小田切さま」

姫四郎が兵馬へ、手にしていた長脇差を投げた。

「かたじけない」

兵馬は受け取ると同時に長脇差を、腰を抜かしてすわり込んでいる男の首に叩きつけた。男の首が宙を飛んで、川の真中あたりに落ちて沈んだ。首のない男の身体を、兵馬は川の中へ蹴落とした。

「助けてくれ！」

真っ青な顔で、金之助が両手を合わせた。その足もとに激しい勢いで、水が滴り落ちた。恐怖の余り失禁状態となり、小便を洩らしたのである。

「えい！」

兵馬は長脇差を、斜め上段から振りおろした。袈裟がけに斬っておいて、身体を回転させた金之助の背後から更に一撃を浴びせる。全身が血まみれになった金之助は、泳いでいってみずから川の中へ落ちた。

「気が少しは、晴れやしたかい」

姫四郎は、ニッと笑った。

「いったい、どうしたらよいのだ」

兵馬は長脇差を、川の中へ投げ込んだ。

「昨夜の話は、どうなるんです。心に決めたことは変わらないと、おっしゃったはずでござんすがね」

川沿いの道を、姫四郎は歩き出した。

「敵を養父とすることが、許されるだろうか」

「武吉親分の話を、聞かなかったことにすりゃあ、それですむんじゃあねえんですかい。何も知らなきゃあ、無事にすむのが世の中ってもんでござんしょう」

兵馬は、姫四郎と肩を並べた。

「知らぬが仏か」

「へい」

「しかし……」

「現にこうして、金之助たちを斬って捨てたじゃあねえですかい。連中をあのままにしておけば、間違いなく武吉親分は殺された。つまり小田切さまは、武吉親分の命を救ったってことになるんですぜ」

「敵討は、わが手によってすませたいからだ」

「すると小田切さまはこれから、武吉親分を手にかけるおつもりで……」

「そうするのが、当然ではないか」

「あっしは、逆な考え方をしておりやしたよ」

「逆とは……」

「あっしは小田切さまに、お願いしようと思っておりやした」

「何をだ」

「武吉親分の治療に、手を貸して頂こうと……」

「医術の心得もない者に、そうした手伝いができるはずはない」

「それが小田切さまじゃあねえと、できねえことなんでござんすよ」

「何をさせる気なのだ」

「小田切さまの腕で、武吉親分の左足を切り落としてもれえてえんです」

「何だと……？」

「病人の苦痛を和らげるには、一刀のもとに切り落とさなけりゃあなりやせん。それともう一つ、あっしがここだと注文したところを、寸分違わず断ち切ってもれえてえんです。それには、小田切さまみてえな腕前がないと……」

「乙姫どのも、大した腕前だと聞いたぞ。何も拙者の腕を借りるまでもないだろう」

「あっしのような喧嘩剣法は相手を殺す場合だけに通用して、こうしたときには何の役にも立ちやせん。剣の達人にしか、できねえことなんでござんす」

姫四郎は、青い秋空を振り仰いだ。遠くに、城が見えている。城のうえに、雲が浮かんでいる。蛤を焼く匂いが、どこからともなく漂ってくる。長さが百六十間もある土橋、町屋橋のうえを旅人が往来していた。

兵馬はもう、何も言わなかった。

午後から、武吉の左足を切断することになった。

お福とお光は、近所の家へ出かけた。もちろん手術の光景を見てはいられなかったし、声も聞いてはいられないからである。一つ屋根の下にいられないというので、近所の家に避難させたのだった。

板の間に薄い夜具を広げて、そのうえに武吉は大の字になった。土間に縁台を置き、武吉の左足だけをそこにのせる。武吉の膝とその上下の部分が、宙に浮くことになるのだった。

兵馬がタスキをかけて、土間に立った。板の間と縁台に渡されて、宙に浮いている武吉の膝に、刀を振りおろすのであった。その膝頭（ひざがしら）のややうえのあたりに、姫四郎が墨で線を引いた。

華岡青洲（はなおかせいしゅう）が考案した麻酔薬『麻沸湯（まふつとう）』の製法は、姫四郎も知っている。だが、材料がまったくないし、一瞬にしてすむことだから麻酔薬は省略した。その代わりに、生姜湯（しょうがゆ）を武吉に飲ませた。

ショウガの乾（ほ）した根で、いわゆる乾姜（かんきょう）という、これをお湯で煮立てて、飲ませるのであった。強度の興奮剤である。神経を麻痺（まひ）させられないので、興奮によって誤魔化すというやり方だった。

姫四郎は、武吉の左の太腿（ふともも）を固く縛（しば）った。腿の付け根を絞るようにして、幾重にも締めつける。もちろん止血のためだが、足が麻痺して痛みが鈍くなるということもある。姫四郎は、武吉の口の中へ晒（さらし）を押し込んだ。

焼酎、酢。

油紙、膏薬（こうやく）。

晒（さらし）の反物（たんもの）、なども用意された。

「お願い致しやす」

姫四郎が、兵馬に声をかけた。

兵馬が、抜刀した。

武吉が、固く目を閉じた。血の気を失った武吉の顔に、水を浴びたように脂汗が浮いている。

兵馬は半身になって、刀を上段に振りかぶった。緊張はしていない。兵馬にとっては容易なことだし、自信もあるからだった。だが、厳しい顔つきであった。

兵馬は視線を、姫四郎へ転じた。

《いま拙者は、刀を振りかぶっている。刃の下にいるのは父の敵、江田武太夫なのだ。この武太夫を捜し求めて十年、いまこそ本懐を遂げることができる》

兵馬の目が、そう言っている。

その兵馬の目を、姫四郎はじっと見返した。

《その通りで、ござんしょう。小田切さまがほんの少し向きを変えるだけで、武吉親分はあっけなく死にまさあ》

姫四郎は、目で答えた。

《拙者はここで、武太夫を斬るべきなのだ。それが、武士というもの》

《だったら、そうしなせえ》

《かまわぬのか》

《あっしは死ぬも生きるも、大して変わりはねえと思っておりやす。生を喜ばず、死を悲しまず。何もかも自然のままに、従うほかはござんせん》

《では、斬るぞ》

《好きなように、なすっておくんなはい》

《お光は、どうなる》

《小田切さま次第でさあ》

《乙姫どの、どうすればよいのだ》

《そいつは、未練ってもんでござんしょうよ》

姫四郎は、武吉の顔を見やった。

兵馬も、目をそらした。

「やっ！」

短い気合が静寂を破り、兵馬は刀を垂直に振りおろした。

空気が鳴り、肉と骨を断つ音が聞こえた。膝から下の武吉の左足が、土間へ飛んで転がった。姫四郎が引いた線と一分の狂いもなく、しかも滑らかなくらいにきれいに切断されていた。

「ぎゃっ！」

やや間をおいてから、武吉が叫び声を上げた。だが、武吉はそのまま、気を失ってしまった。

姫四郎は切断面を、温めた焼酎と酢でよく洗った。そのあとに分厚く軟膏を塗り、油紙で包んだ。更に、血が見られなくなるまで、晒を巻いた。止血帯は、はずせなかった。あとは、看病だけであった。

夜になって武吉は高熱を発して、うなり続けていた。姫四郎、兵馬、お光の四人がかりで頭を冷やした。武吉の顔が土気色に変わったので、四人はもう必死になっていた。

翌日になって熱が引き、武吉は生気を取り戻した。塩を入れたお茶などを飲むようになり、三日目には流動食を口にした。もう、心配はなかった。その日のうちに、姫四郎は桑名を出立することにした。

兵馬が、送って来た。

「不思議なことだが、武吉どのの足を切り落とした瞬間に、拙者の敵討への執念も、江田武太夫への怒りも消えてしまった」

兵馬が言った。

「わかるような気が致しやす」

姫四郎は、ニヤリとした。

「これで、本懐を遂げた。すべては、すぎ去ったことなのだ。そのように、拙者には思えてな」

「どうやら小田切さまも、この桑名に腰を落着けることになりそうでござんすね」

「拙者には、もう帰るべきところもないのでな」

「桑名でお光さんと、焼蛤でも売りやすかね」

「それも、よかろう。その手は桑名の焼蛤、悪くないではないか」

「ずいぶんと、お達者で……」

「乙姫どのは、これからいずこへ足を向けられる」

兵馬は、町屋橋のうえで足をとめた。

「これで、三度目でござんすよ。あっしに、行くアテはござんせん。生きて明日なき、流れ旅でさあ」

ニッと笑ってから、姫四郎は小田切兵馬に背を向けた。方角は、桑名の港だった。佐屋まで船で行き、そのあと陸路を名古屋へ抜けて、それから先のことは、姫四郎にもわからなかった。

因に、脱疽に対して下肢を切断するという一肢截断の手術は、これより七年後の安政四年に本間棗軒が行ったのが、日本で最初とされている。

コスミック・時代文庫

●●●●●●●●●●●●●●●●●●●●●●●●●●●●●●●●●●●●

姫四郎流れ旅(ひめしろうながれたび)
東海道つむじ風

2023年2月25日　初版発行

【著者】
笹沢左保(ささざわさほ)

【発行者】
相澤　晃

【発行】
株式会社コスミック出版
〒154-0002 東京都世田谷区下馬 6-15-4
代表　TEL.03(5432)7081
営業　TEL.03(5432)7084
　　　FAX.03(5432)7088
編集　TEL.03(5432)7086
　　　FAX.03(5432)7090

【ホームページ】
http://www.cosmicpub.com/

【振替口座】
00110-8-611382

【印刷／製本】
中央精版印刷株式会社

乱丁・落丁本は、小社へ直接お送り下さい。郵送料小社負担にてお取り替え致します。定価はカバーに表示してあります。

ISBN978-4-7747-6454-2 C0193